Julia hat sich sehr auf die Auszeit mit Michael auf Amrum gefreut, auch wenn die Insel im November eher unwirtlich ist und Michael seinem Kollegen Andreas versprochen hat, ihm beim Ausbau des Dachbodens des Ferienhauses zu helfen. Doch dann geschieht eines Nachts ein grausamer Mord am Strand und durchbricht jäh die Inselidylle. Der Mörder hat ein junges Paar entführt, betäubt, es an den Strand gebracht, die Frau im Sand vergraben, den Mann in der Nähe festgebunden. Dann hat er gewartet. Bis die Flut kommt. Und die Frau qualvoll ertrinkt. Und ihr Mann dabei zusehen muss, ohne ihr helfen zu können. Die Inselbewohner sind geschockt. Die Polizei vor Ort setzt sofort alles daran, den Täter zu stellen, und Hauptkommissar Harmsen wird von Flensburg nach Amrum beordert, um die Ermittlungen zu leiten. Aber darauf hat der Mörder nur gewartet. Denn er hat den perfekten Plan. Und bereits weitere Opfer im Visier.
Julia und Michael denken zur gleichen Zeit darüber nach, abzureisen. Aber sie entschließen sich dagegen. Ein Fehler, wie sich bald herausstellen wird …

»Nach der letzten Seite braucht man einen doppelten Whiskey – und an Schlaf ist trotzdem nicht zu denken.« *Stern*

Arno Strobel, 1962 in Saarlouis geboren, studierte Informationstechnologie und arbeitete bei einer großen deutschen Bank in Luxemburg. Mittlerweile konzentriert er sich ganz auf das Schreiben und gehört zu den gefragtesten deutschen Thrillerautoren. Arno Strobel lebt mit seiner Familie in der Nähe von Trier.
Mehr unter www.arnostrobel.de

Außerdem bei FISCHER Taschenbuch erschienen:
»Der Trakt«, »Das Wesen«, »Das Skript«, »Der Sarg«,
»Das Rachespiel«, »Das Dorf«

Besuchen Sie Arno Strobel auch auf Facebook.

Weitere Informationen, auch zu E-Book-Ausgaben, finden Sie bei www.fischerverlage.de

ARNO STROBEL

DIE FLUT

Psychothriller

FISCHER Taschenbuch

MIX
Papier aus verantwortungsvollen Quellen
FSC® C083411

Originalausgabe
Erschienen bei FISCHER Taschenbuch
Frankfurt am Main, Februar 2016

Dieses Werk wurde vermittelt durch
die Literarische Agentur Thomas Schlück GmbH, 30827 Garbsen.
Redaktion: Ilse Wagner
Das Zitat von Oscar Wilde auf S. 122 stammt aus »Aphorismen«,
Kapitel 8: »Liebe und Vernunft«
Satz: pagina GmbH, Tübingen
Druck und Bindung: CPI books GmbH, Leck
Printed in Germany
ISBN 978-3-596-19835-1

Die Intelligenz ist ein Geschenk des Teufels.
Fjodor Michailowitsch Dostojewskij

Prolog

Schon früh fiel seinen Eltern seine überdurchschnittliche Auffassungsgabe auf. Mit vier Jahren konnte er lesen und schreiben, ein Jahr später interessierte er sich zum ersten Mal für die Angabe der chemischen Zusammensetzung von Mineralwasser auf dem Flaschenetikett.

Seinem Vater rechnete er nach jedem Besuch an der Tankstelle vor, wie viele Liter er im laufenden Jahr getankt und wie viel er insgesamt dafür bezahlt hatte. Auf den Cent genau.

Zwei Wochen nach seiner Einschulung wurde er in die zweite Klasse versetzt, am Ende des gleichen Schuljahres übersprang er eine weitere Stufe und kam im Alter von sieben Jahren in die vierte Klasse.

Freunde fand er dort keine, er war seinen Mitschülern suspekt. Er sprach nicht viel, und wenn doch, waren es meist seltsame Dinge, die sie nicht verstanden. Seinen Eltern ging es zu diesem Zeitpunkt ähnlich.

Im darauffolgenden Jahr wechselte er auf das Gymnasium.

Etwa einen Monat nach Schulbeginn spürte er es zum ersten Mal.

Es war ein warmer Septembernachmittag, und er saß wie so oft auf der abschüssigen Wiese im Garten, starrte mit glasigem Blick in die Ferne und versuchte, die Gedanken zu ordnen, die sein Verstand in dicht aufeinanderfolgenden Schüben produzierte. Seine zwei Jahre jüngere Schwester Sarah war gerade eingeschult worden und saß hinter ihm auf der Terrasse an ihren Hausaufgaben.

Es war, als presse etwas Fremdartiges Gedanken aus seinem Verstand, die er nicht denken wollte. Sogar sein umfangreicher Wortschatz bot ihm keine Möglichkeit, genauer zu beschreiben, was er empfand. Nicht einmal für sich selbst. Diese Unzulänglichkeit machte ihn wütend, so sehr, dass er aufsprang, zu Sarah lief und ihr ohne Zögern seine geballte Kinderfaust ins Gesicht schlug.

Als Sarah blutend und kreischend zu ihrer Mutter rannte, fühlte er sich besser.

Seine Eltern standen der Situation ebenso fassungswie hilflos gegenüber. Wie so oft, wenn es um ihn ging. Sie gaben ihm eine Woche Hausarrest und drohten mit härteren Strafen, sollte etwas Ähnliches erneut vorkommen.

Monate später lockte er Sarah auf den Dachboden und versprach ihr ein Abenteuerspiel. Sie ließ sich die Hände von ihm hinter dem Rücken fesseln und den Mund mit einem breiten Paketklebeband zukleben. Selbst seiner Aufforderung, auf den bereitgestellten Stuhl zu steigen, kam sie noch freiwillig nach. Erst, als er die Schlinge vom Balken über ihr herabließ und ihr um den Hals legte, weiteten sich ihre Augen, doch da war es bereits zu spät. Er hatte das Seil schon so stramm gezogen, dass Sarah auf Zehenspitzen balancieren musste, um nicht stranguliert zu werden.

Seine Mutter fand ihn zwanzig Minuten später reglos vor dem Stuhl auf dem Boden sitzend. Fasziniert betrachtete er die panisch aufgerissenen Augen seiner kleinen

Schwester, während die Kraft sie mehr und mehr verließ und der Strick ihr immer mehr die Luft abdrückte.

Seiner hysterisch schreienden Mutter erklärte er sachlich, dass es nichts mit Sarah zu tun hatte und es ihm nur darum gegangen war, zu sehen, wie ein Mensch aussieht, der Todesangst empfand. Es nutzte nichts. Am nächsten Tag schleppte sein Vater ihn zu einem Kinderpsychiater.

Er durchschaute schnell das simple System hinter den Fragen, die der Mann ihm heuchlerisch freundlich stellte, und ließ ihn das durch seine Antworten auch spüren.

Der sichtlich irritierte Arzt empfahl seinen Eltern dringend eine längerfristige Behandlung ihres Sohnes. Das gefiel ihm nicht, doch er ahnte, seine Intelligenz und seine Anpassungsfähigkeit würden ihn vor weiteren Konsequenzen bewahren, wenn er sie überlegt einsetzte.

Über einen Zeitraum von vier Monaten musste er einmal pro Woche zur Therapie. Danach attestierte der Psychologe seinen Eltern selbstgefällig, dass die *schwierige Phase* ihres Sohnes nun vorüber und er wieder absolut genesen sei.

Aus dieser Erfahrung hatte er gelernt. Zukünftig würde niemand mehr etwas von seinen Gedanken erfahren. Er wusste, er war allen überlegen, doch das würde er nun zu verbergen wissen.

Kurz nach seinem sechzehnten Geburtstag übernahm das Fremdartige in ihm endgültig die Herrschaft über seinen Verstand.

1

»Habe ich dir schon gesagt, dass ich mich sehr auf diese beiden Wochen freue?« Julia schaltete das Licht im Badezimmer aus und strahlte Michael an. Er legte das Buch beiseite und betrachtete sie lächelnd. Sie hatte ihre dunklen Haare unter einem rot-weißen Handtuchturban verborgen, der weiße Frotteebademantel war nur locker um ihren Körper geschlungen.

Dass Julia einige Pfunde mehr auf die Waage brachte als die klapprigen Magermodels, gefiel Michael gut. Zumindest wurde er nicht müde, ihr das zu beteuern, wenn sie wieder einmal feststellte, dass sie dringend abnehmen musste.

»Lange Spaziergänge bei Wind und Wetter, dick eingepackt in warme Sachen, gutes Essen, die Seele baumeln lassen …« Am Fußende des Bettes angekommen, stieg Julia auf die Matratze und kroch geschmeidig auf Händen und Knien weiter. Draußen prasselte der Regen in wütenden Böen gegen das Schlafzimmerfenster. Die Unwirtlichkeit jenseits der Mauer ließ die Wärme des Schlafzimmers noch um einiges gemütlicher erscheinen. Als ihre Gesichter nur noch Zentimeter voneinander entfernt waren, fügte sie gurrend hinzu: »Und noch andere Dinge.«

Michael küsste sie und zog sie lächelnd an sich. »Vergiss aber nicht, dass ich auf Amrum auch arbeiten muss.«

Julia hob den Kopf und zog die Stirn kraus. »Ich habe mit keinem Wort erwähnt, dass du bei diesen wundervollen Erlebnissen dabei sein wirst.« Beide lachten und umarmten sich wieder.

Sie hatten sich rund drei Jahre zuvor in einer Kneipe kennengelernt. Ein halbes Jahr später war Michael zu Julia in ihre geräumige Wohnung gezogen.

Etwa zur gleichen Zeit hatte er nach fünfjähriger Tätigkeit als wissenschaftlicher Assistent an der Uni eine Stelle in einem Institut für Bioinformatik und Systembiologie angenommen, wo er sich seitdem mit der Analyse genomischer Resequenzierungsdaten beschäftigte. Julia wusste von Michael, dass seine Arbeit unter anderem für die züchterische Verbesserung von Nutztieren wichtig sein konnte. Den Versuch, zu begreifen, was genau das bedeutete, hatte sie aber irgendwann aufgegeben.

Der bevorstehende Urlaub auf Amrum war durch Michaels Kollegen Dr. Andreas Wagener zustande gekommen. Michael hatte den Mittdreißiger zuvor erst einige Male gesehen, kannte aber wie jeder Mitarbeiter des Instituts seinen Namen. Wagener konnte in der Diabetesforschung einige beachtliche Erfolge vorweisen, die selbst in den Vereinigten Staaten für Aufsehen unter den Wissenschaftlern gesorgt hatten.

Wie Julia von Michael wusste, hatten die beiden sich Ende Juni dann beim Essen zufällig gegenübergesessen und waren ins Plaudern gekommen. Dabei hatte Wagener nebenbei erwähnt, dass er sich auf seinen Urlaub freue, der am nächsten Tag beginnen würde. Auf Michaels höfliche Nachfrage, ob er denn verreisen werde, erfuhr er, dass Wagener gemeinsam mit seiner Frau zwei Wochen auf Amrum verbringen werde. Seinen Eltern gehörte dort ein Haus.

Michael erwähnte, dass er noch nie auf einer der deutschen Inseln gewesen war, woraufhin Wagener erklärte, während der Ferienzeiten sei das Haus fast immer belegt, aber wenn er mal in der Nebensaison dorthin wolle, wäre das kein Problem. Seine Eltern würden das Haus zwar nicht an Fremde vermieten, aber Michael sei ja schließlich ein Kollege.

Am Abend erzählte er Julia von der Begegnung. Sie war sofort begeistert von der Idee, aber Michael hatte abgewinkt. Spontane Vorschläge von Leuten, die man kaum kannte, stellten sich seiner Erfahrung nach meist als Höflichkeitsfloskeln heraus, die schnell relativiert würden, wenn man tatsächlich darauf zurückkam.

Anfang Oktober war Andreas Wagener dann überraschend an Michaels Laborarbeitsplatz aufgetaucht und hatte verkündet, er würde mit seiner Frau die zweite und dritte Novemberwoche wieder auf der Insel verbringen. Wenn sie Lust hätten, könnten er und Julia gerne mitkommen. Im Gegenzug könne er ihm dabei helfen, den Dachboden des Hauses weiter auszubauen.

Julia war ihm begeistert um den Hals gefallen, als sie davon erfuhr. Sie liebte das raue Klima der Nordsee, und nachdem wenige Tage später ihr Urlaubsantrag in der Bank genehmigt war, sagten sie zu.

Zwei Wochen vor dem geplanten Start hatten sie sich mit Andreas Wagener und seiner Frau Martina zum Essen getroffen, um sich ein wenig kennenzulernen. Julia fand Martina zwar etwas gewöhnungsbedürftig, doch letztendlich konnte sie das nicht davon abhalten, sich auf den Urlaub zu freuen. Sie würden auf der Insel sicher genug Gelegenheit finden, Zeit allein zu verbringen.

Nun sollte es am nächsten Morgen losgehen.

»Was denkst du über Andreas?«, fragte Julia unvermittelt und richtete sich ein wenig auf.

»Er ist ein genialer Wissenschaftler. Seine Forschungsergebnisse im Bereich …«

»Das meinte ich nicht«, unterbrach sie ihn. »Ich meinte: Was hältst du von ihm als *Mensch*?«

Michael zuckte mit den Schultern. »Ich weiß es nicht, ich kenne ihn außerhalb des Instituts kaum. Er ist höflich und recht umgänglich, das hast du ja vor zwei Wochen selbst feststellen können. Aber sonst …« Er beugte sich ein Stück nach vorn und gab Julia einen Kuss auf die Nase. »Wir müssen uns überraschen lassen.«

Julia kräuselte die Nase und rieb mit zwei Fingern über die Stelle, die Michael geküsst hatte. »Seine Frau ist seltsam.«

»Ja, sie spricht nicht viel. Vielleicht aber auch nur deshalb, weil wir uns noch nicht kennen. Wer weiß, ob aus der stillen Martina nicht eine entsetzliche Plaudertasche wird, wenn sie aufgetaut ist.«

»Was die Frage aufwirft, warum sie uns überhaupt in das Haus mitnehmen.«

»Vielleicht hat Andreas einfach keine Lust, die anstehenden Arbeiten auf dem Dachboden allein anzugehen. Ich finde, über solche Dinge brauchen wir uns keine Gedanken zu machen.«

»Ja, du hast recht.« Julia seufzte und kuschelte sich wieder in Michaels Arm. »Letztendlich ist es egal. Ich freue mich jedenfalls sehr auf diese beiden Wochen. Du auch?«

Michaels Blick war an ihr vorbei gerichtet.

»Worüber denkst du nach?«
»Ach, nichts Besonderes.«
»Und? Freust du dich?«
»Und wie«, antwortete er und küsste sie auf die Stirn.

2

Der Mann schlendert den schmalen Weg am äußeren Ende von Norddorf entlang wie ein Spaziergänger. Die Hände tief in den Taschen vergraben, den Kopf eingezogen und den Mantelkragen hochgeschlagen, um das Gesicht vor dem schneidenden Wind zu schützen.

Nur wenige der Ferienhäuser am Fuße der ausgedehnten Dünen sind belegt. Um diese Jahreszeit ist die Anziehungskraft der Insel nicht allzu groß. Zu kalt, zu nass, keine Ferienzeit. Ihm ist es recht. Mehr noch, es spielt ihm in die Karten.

In seinem Kopf herrscht die gewohnte Betriebsamkeit. Mit spielerischer Leichtigkeit verarbeitet sein Gehirn die Masse an Daten, die seine Sinne ihm liefern, als wäre er an Dutzende sensible Messinstrumente angeschlossen. Nicht eine einzige Kleinigkeit entgeht ihm, scheint sie auch noch so unbedeutend. Sein Blick scannt die Umgebung wie eine Kamera. Rundumfotos im Sekundentakt. Und jede einzelne dieser imaginären Aufnahmen wird später für ihn abrufbar sein.

Das Paar geht engumschlungen etwa hundert Meter vor ihm. Als es in einen der kleinen Vorgärten abbiegt, bleibt er stehen und nestelt angelegentlich an seinem Mantel herum.

Die beiden sind ihm am Strand aufgefallen, wo sie dicht aneinandergedrängt den stürmischen Windböen trotzten. Ihre Gesichter hat er nicht erkennen können.

Erst als sie sich voneinander gelöst und den Weg Richtung Dünen eingeschlagen haben, konnte er sie anhand ihrer geschmeidigen Bewegungen als relativ jung einstufen. Er ist ihnen gefolgt bis zu diesen Ferienhäusern. Bisher stimmt alles.

Während er sich mit vorgebeugtem Kopf noch immer an den Knöpfen des Mantels zu schaffen macht, ist sein Blick unentwegt auf die beiden gerichtet. Sie erreichen die Eingangstür des verklinkerten Hauses. Sekunden später schließt sie sich hinter ihnen.

Augenblicklich setzt er sich in Bewegung. Auf Höhe des Vorgartens bleibt er stehen, schaut sich wie zufällig um.

Er ist allein. Zwei große, gardinenlose Fenster an der Vorderfront erlauben den Blick ins Innere des Hauses. Im Raum hinter dem rechten Fenster brennt Licht. Er nimmt eine Bewegung wahr, kann aber keine Einzelheiten erkennen.

Einen Moment lang spielt sein Verstand mögliche Szenarien und seine Reaktion darauf durch, dann betritt er den kurzen Weg, der zum Eingang führt. Nach ein paar Schritten bleibt er stehen und starrt auf die Menschen im Inneren des Hauses. Sie sind zu viert. Ohne Zögern wendet er sich ab und verlässt das Grundstück. Abgehakt.

Am Ende der kleinen Straße biegt er links ab. Ein Hund kommt geduckt auf ihn zugelaufen. Ein Mischling, nicht übermäßig groß. Der Wind zerrt zornig an seinem verfilzen Fell. Das Tier läuft nur Zentimeter an ihm vorbei, ohne Notiz von ihm zu nehmen.

Es gestaltet sich kompliziert, die passenden Probanden zu finden. Schwieriger als gedacht. Er hebt den Arm und wirft einen Blick auf seine Armbanduhr. Zeit, umzukehren.

An das Paar, das er gerade noch verfolgt hat, verschwendet er keinen Gedanken mehr. Es wird ihm nicht von Nutzen sein.

Hinter einem reetgedeckten Gebäude biegt er in eine schmale Straße ein, die ihn wieder zu den Dünen bringt. Es ist wichtig, dass er in der Nähe der Dünen bleibt.

Er hat fast das Ende des Weges erreicht, als schräg vor ihm ein Mann und eine Frau aus einem freistehenden Haus treten. Es ist das letzte in der Straße. Er weiß, dass es sich dabei ebenfalls um ein Feriendomizil handelt. Gleich dahinter beginnen die Dünen.

Die beiden sind Mitte bis Ende zwanzig. Sie lachen überrascht auf, als der Wind ihnen so heftig entgegenschlägt, dass sie ins Torkeln kommen. Schnell greift der Mann nach der Hand seiner Begleiterin und zieht sie mit sich. Schon nach wenigen Metern bleiben sie jedoch wieder stehen. Küssen sich ausdauernd.

Der Mann verlangsamt seine Schritte, doch die beiden machen keine Anstalten weiterzugehen. Erst, als er schon fast auf gleicher Höhe mit ihnen ist, lösen sie sich endlich voneinander, biegen in die Querstraße ein und verschwinden aus seinem Blickfeld.

Ohne Hast wechselt er die Straßenseite, geht zum Eingang des Hauses, aus dem die beiden gekommen waren, drückt auf den Klingelknopf. Nichts. Er geht um das Haus herum in den Garten und blickt durch die verglaste Terrassentür. Niemand da. Auch hinter dem kleineren Fenster daneben regt sich nichts.

Das gefällt ihm. Schnell schaut er sich auf dem Grundstück um, registriert jede Gegebenheit und macht sich wieder auf den Weg zur Vorderseite des Hauses. Zurück an der Eingangstür, klingelt er erneut, mit dem gleichen Ergebnis wie beim ersten Versuch. Gut. Sehr gut.

Er wendet sich ab und marschiert in die Richtung los, die auch die beiden eingeschlagen haben.

Es dauert nicht lang, bis er sie wieder vor sich sieht. Sie gehen auf den Norddorfer Supermarkt zu und sind kurz danach darin verschwunden.

Er lehnt sich an eine Mauer gleich neben dem Eingang. Wartet.

Es geht schnell. Schon nach wenigen Minuten tauchen die beiden wieder auf. Der Mann hat eine kleine Tüte mit dem Logo des Geschäftes in der Hand. Sie gehen so dicht an ihm vorbei, dass er sie mit ausgestrecktem Arm berühren könnte. Er folgt ihnen in einigem Abstand, wobei er zweimal stehen bleiben und warten muss, weil sie sich wieder küssen.

Als sie die Tür des Hauses hinter sich geschlossen haben, sieht er sich ein weiteres Mal die Umgebung an. Er ist verhalten zufrieden. Wenn sich nicht doch noch herausstellt, dass es weitere Personen in dem Haus gibt, ist er einen wichtigen Schritt vorwärtsgekommen.

Dann hat er seine Kandidaten gefunden.

3

Julia stellte die Kaffeetasse auf der Kommode neben der Garderobe ab, griff nach ihrer dicken Jacke und streifte sie über. Die Tasse wieder in der Hand, öffnete sie behutsam die Haustür und zog sie hinter sich so weit zu, dass sie angelehnt war.

Die anderen schliefen noch. Die Terrassentür klemmte und machte beim Öffnen einen ziemlichen Lärm, also hatte sie den Hauseingang genommen.

Zum ersten Mal, seit sie vier Tage zuvor angekommen waren, hatte der Wind etwas nachgelassen. Der Himmel war jedoch noch immer wolkenverhangen. Und es war kalt. Dampf stieg aus ihrer Kaffeetasse auf wie ein Flaschengeist und verlor sich nach wenigen Zentimetern in der diesigen Morgenluft. Julia zog die Schultern hoch. Zumindest regnete es nicht.

Bereits als sie seitlich zwischen dem Haus und dem Schuppen mit der kleinen Segeljolle vorbeiging, sah sie die unglaubliche Dünenlandschaft vor sich. Nebelschwaden waberten in den Mulden zwischen den mit Gräsern und niedrigen Büschen bewachsenen Sandhügeln. Hier und da stachen die Spitzen einzelner Halme aus dem milchigen Dunst, bogen sich in den leichten Böen, als winkten sie ihr zu, und reckten sich im nächsten Moment wieder den grauen Wolken entgegen. Ein Holzsteg schlängelte sich durch die Szenerie wie ein gleichmäßig schmaler Bach. Wenn man ihm folgte, kam man irgendwann zum Strand.

Julia erreichte die Terrasse aus hellen Steinplatten, an die sich die Grasfläche des kleinen Gartens anschloss. An den äußeren Rändern ging der Rasen nahtlos in den hellen Dünensand über.

Neben der doppelflügeligen Terrassentür kauerte sie sich auf die verwitterte Holzbank und umschloss ihre Tasse mit beiden Händen. Sie genoss es, von dieser grandiosen Natur umgeben zu sein, auch wenn sie sie in diesem Moment an alte Hitchcock-Filme erinnerte. Und sie genoss die Ruhe, mit einem Rascheln aus den im Wind tanzenden Grashalmen unterlegt, nur hier und da vom ungehaltenen Schrei einer Möwe durchschnitten.

Von ihrem Platz aus konnte Julia das Haus der Feldmanns sehen. Es stand etwa hundertfünfzig Meter entfernt fast auf gleicher Höhe. Den einzigen Kontakt zu den Nachbarn hatten sie bisher an ihrem zweiten Tag auf der Insel mit Udo Feldmann gehabt. Michael und Andreas arbeiteten seit dem Morgen am Dachstuhl und hatten gerade ihre ausgedehnte Mittagspause beendet. Um kurz vor drei stand plötzlich Feldmann vor der Tür und stellte sich knapp vor. Julias freundliche Begrüßung ignorierte er ebenso wie ihre Einladung, ins Haus zu kommen. Er sei nicht zu einem Kaffeekränzchen da, erklärte er in belehrendem Tonfall, sondern weil er sie auffordere, sofort mit dem Gehämmer aufzuhören. Es gäbe eine Amtsverordnung, die man ja schließlich nicht zum Spaß erlassen habe. Diese Verordnung beinhalte das Verbot der Inbetriebnahme von lärmverursachenden Geräten und Maschinen im privaten und gewerblichen Bereich sowie lärmerzeugender Arbeiten zwischen zwanzig und acht Uhr und dreizehn und fünfzehn Uhr. Und es sei noch nicht fünfzehn Uhr.

Julia war von diesem Wortschwall vollkommen überrumpelt worden. Bevor sie auch nur zu einer Antwort ansetzen konnte, hatte Feldmann sich schon abgewandt und war wieder neben dem Haus verschwunden.

Beim Abendessen hatte Andreas ihnen dann erzählt, Feldmann sei Lehrer für Mathematik und Physik an einem Kieler Gymnasium gewesen. Warum er frühzeitig aus dem Schuldienst entlassen worden war, wusste niemand so genau, aber auf der Insel wurde gemunkelt, er habe nach einer Provokation die Nerven verloren und einen Schüler geschlagen.

Martina hatte Andreas' Bericht mit teilnahmsloser Miene zugehört, so, wie sie es meistens tat.

Julia nahm einen großen Schluck Kaffee. Er war nur noch lauwarm und schmeckte entsprechend. Ihre Gedanken blieben bei Martina, mit der sie einfach nicht warm wurde. Die 36-Jährige beteiligte sich kaum an Gesprächen, lachte so gut wie nie. Wenn sie sich hier und da zu einer Bemerkung hinreißen ließ, so troff diese meist vor Zynismus.

Vielleicht hing das ja mit den Blicken zusammen, mit denen Andreas Julia manchmal ansah, wenn er glaubte, sie bemerke es nicht? Waren sie Martina ebenso aufgefallen wie ihr selbst?

Julia hatte schon daran gedacht, mit Michael darüber zu sprechen, es dann aber wieder verworfen. Sie wollte keine schlechte Stimmung verbreiten. Es war ja möglich, dass sie sich das alles nur einbildete. Und selbst wenn nicht – vielleicht hatte Andreas sich einfach ein bisschen in sie verguckt. Letztendlich war das nicht ihr Problem.

Als Julia wieder zum Nachbarhaus hinübersah, stand Udo Feldmann am Zaun. Er trug einen dunklen Bademantel und hatte sich ihr zugewandt. Der leichte Nebel umspielte seine Gestalt und verlieh ihm ein fast geisterhaftes Aussehen. Julia konnte es auf die Entfernung nicht genau erkennen, aber es schien, als starre er sie an. Ein kalter Schauer huschte über ihren Rücken, als sie sich fragte, wie lang er wohl schon da stand.

Sie wusste nicht recht, wie sie reagieren sollte, und entschloss sich schließlich für den Angriff als beste Verteidigung. Mit erhobenem Arm winkte sie zu Feldmann hinüber, verkniff sich aber, ihm einen guten Morgen zuzurufen. Die Einzigen, die das gehört hätten, wären wahrscheinlich Michael, Andreas und Martina gewesen.

Feldmann stand noch zwei, drei Atemzüge lang bewegungslos da, dann wandte er sich ab und verschwand im Haus, ohne ihren Gruß zu erwidern.

»Ist er nicht ein ausgesprochen netter Zeitgenosse?«

Julia fuhr herum und sah sich Andreas gegenüber, der ihr aus der geöffneten Terrassentür entgegenlächelte. Er trug Jogginghose und Sweatshirt. Die dunklen Haare lagen nassglänzend eng am Kopf, die Wangen wirkten frisch rasiert, seine Augen wach und aufmerksam.

»Gott, hast du mich erschreckt. Ich habe gar nicht gehört, dass du die Tür geöffnet hast. Wie hast du sie so leise aufbekommen?«

Andreas zuckte mit den Schultern. »Angewandte Physik. Man muss sie nur ein wenig anheben, denn klemmt sie nicht mehr.«

Julia versuchte, einen Blick an ihm vorbei ins Innere zu werfen. »Sind die anderen auch schon wach?«

Statt zu antworten, sah Andreas sie nur an. Vordergründig freundlich und doch mit einer unangenehmen Intensität, als versuche er, ihre intimsten Gedanken zu lesen.

»Andreas?«

»Martina schläft noch. Und aus dem Zimmer, das ihr bewohnt, ist auch kein Geräusch zu hören. Wir sind noch allein.«

Das Lächeln, das seinen letzten Satz begleitete, sein unverwandter, forschender Blick – all das weckte in Julia den Wunsch, aus seiner Gesellschaft zu fliehen. »Ich denke, ich gehe trotzdem mal rein und mache Frühstück.«

Sie wollte sich in Bewegung setzen, zögerte jedoch, als Andreas keine Anstalten machte, den Eingang freizugeben.

»Ich habe eine bessere Idee. Was hältst du von einem kleinen Spaziergang zum Strand? Ein wenig durch die Dünen schlendern und die Natur genießen. Ich tue das öfter, wenn ich hier bin, und ich kann dir versichern, es ist ein Genuss. In einer halben Stunde sind wir zurück.«

Als Julia nicht gleich antwortete, fügte er hinzu: »Bis dahin sind vielleicht auch die beiden Langschläfer dort drinnen wach.«

Die Vorstellung, mit Andreas durch die morgendliche Einsamkeit der weitläufigen Dünenlandschaft zu spazieren, widerstrebte Julia zutiefst.

»So früh am Morgen ist Bewegung Gift für mich«, log sie. »Da dümpelt mein Kreislauf noch im Sparmodus.«

»Das ist außerordentlich schade.« Ein Schatten der

Enttäuschung huschte über Andreas' Gesicht, doch schon Sekunden später hellte sich seine Miene wieder auf.

»Ich habe noch einen weiteren Vorschlag: Nicht weit von hier gibt es ein kleines Hotel, etwa eine viertel Stunde zu Fuß. Ich glaube, ich habe euch bereits davon erzählt. Der Besitzer macht ein wirklich ausgezeichnetes Frühstück. Werfen wir die anderen doch aus den Betten und spazieren gemeinsam dorthin. Was meinst du?« Er lächelte sie erwartungsvoll an, und Julia stellte erleichtert fest, dass in seinen Augen dabei nichts anderes als Vorfreude stand. Hatte sie ihm Unrecht getan und sich diesen seltsamen Blick zuvor nur eingebildet? Oder hatte er ihren Unwillen bemerkt und machte nun den erhofften Rückzieher? »Na, einverstanden?«

Sie zuckte mit den Schultern. »Warum nicht? Lassen wir uns verwöhnen.«

Eine halbe Stunde später saßen sie zu viert an einem Tisch im *Kleinen Dünenhotel* und warteten auf das Frühstück, das sie sich aus dem reichhaltigen Angebot zusammengestellt hatten.

»Gutbesucht«, bemerkte Michael und sah sich in dem gemütlich eingerichteten Restaurant um. Die meisten der etwa zehn Tische waren besetzt.

»Ja«, stimmte Andreas ihm zu. »Wenn man bedenkt, dass um diese Jahreszeit nur wenige Gäste auf der Insel sind, ist es schon beachtlich, wie viele den Weg hierher finden.«

Auf einem großen Tablett brachte ein leicht untersetzter Enddreißiger ihren Kaffee und zwei Körbe mit Brötchen und stellte alles auf dem Tisch ab. Andreas deutete mit dem Kinn zu ihm hin. »Seit Benno das Hotel vor zwei Jahren übernommen hat, läuft es ganz ausgezeichnet.«

Benno stieß ein kurzes Lachen aus. »Na ja, was man so ausgezeichnet nennt. Aber immerhin lassen sich ab und zu sogar Einheimische hier blicken. Das will was heißen.«

Ein weiteres gutgefülltes Tablett wurde von einer schwarzhaarigen Frau an ihren Tisch gebracht.

»Hallo, schön, euch mal wieder zu sehen«, sagte sie lächelnd und legte Andreas eine Hand auf die Schulter. Julia registrierte den Blick, mit dem Benno die Geste beobachtete. Auch die Frau schien ihn zu bemerken und zog die Hand schnell wieder zurück.

Andreas nickte. »Ja, wir freuen uns auch schon seit Wochen darauf. Darf ich euch Michael und Julia vorstellen? Sie sind zum ersten Mal auf Amrum.« Und an Michael gewandt, fuhr er fort: »Das ist Katja, Bennos Frau. Sie ist Grundschullehrerin auf der Insel und eine echte Sportskanone. In den Sommerferien gibt sie Segel- und Surfunterricht. Und wie ihr seht, hilft sie außerdem hier im Restaurant.«

Katja nickte ihnen zu. »Freut mich, euch kennenzulernen. Wie gefällt es euch hier?«

»Kalt und nass, aber wunderschön«, erklärte Julia und lächelte die Frau an. Katja war ihr auf Anhieb sympathisch. Sie wirkte offen und hatte ein erfrischendes Lächeln.

»Dann wünsche ich euch noch eine schöne Zeit. Ihr kommt doch sicher mal zum Essen?«

»Sehr gerne.«

»Vielleicht schon heute Abend? Da gibt es unsere Spezialität: Salzwiesenlamm.«

Julia hatte nichts dagegen, sich nach dem Frühstück auch das Abendessen servieren zu lassen. Zudem würde die Abwechslung sicher ganz guttun, nachdem sie die ersten Abende im Ferienhaus verbracht hatten. Auch die anderen stimmten zu, also reservierten sie für den Abend.

Als Katja zusammen mit Benno den Tisch verließ, hörte Julia, wie er ihr zuzischte: »Musstest du ihn anfassen?«

»Ach herrje«, sagte Martina und stellte ihre Kaffeetasse ab. »Benno und seine Eifersucht.«

Sie hatte es also auch gehört.

»Was war denn?«, fragte Andreas, woraufhin Martina die Mundwinkel verächtlich nach unten zog. »Die böse Katja hat dir die Hand auf die Schulter gelegt. Nicht, dass du so etwas bemerken würdest. Allein schon deshalb ist es lächerlich, dass Benno ausgerechnet auf dich eifersüchtig ist.«

»Ich befürchte, Benno ist auf jeden eifersüchtig«, überspielte Andreas die Provokation und nahm vorsichtig einen Schluck des heißen Kaffees. »Eifersucht zeugt nicht gerade von herausragender Intelligenz. Ein überlegener Verstand lässt diese Art von unlogischen und überflüssigen Emotionen erst gar nicht zu.«

»Das sehe ich anders«, warf Michael ein.

»Ich denke, Eifersucht hat nichts mit mangelnder Intelligenz, sondern eher mit fehlendem Selbstbewusstsein zu tun. Einer extremen Verlustangst.«

Julia nickte dankbar zu ihm hinüber. Sie fand Eifersucht furchtbar, weil sie eine Partnerschaft zur Hölle machen konnte. Das wusste sie aus eigener Erfahrung in einer früheren Beziehung. Dass intelligente Menschen weniger eifersüchtig waren, hielt sie allerdings für ausgemachten Blödsinn.

Andreas hob die Schultern und ging nicht weiter darauf ein. Julia war es schon mehrfach aufgefallen, dass er häufig während Diskussionen plötzlich das Thema wechselte oder verstummte, vor allem, wenn Martina einen ihrer Kommentare eingebracht hatte.

Als sie nach dem Frühstück beschlossen, sich auf den Rückweg zu machen, stand Andreas auf und ging zur Theke, kam allerdings gleich darauf wieder zurück und fragte Michael, ob er ihm eventuell Geld leihen könne. Eigentlich wollte er sie zum Frühstück einladen, hätte aber gerade festgestellt, dass er vergessen habe, Geld einzustecken.

Michael hielt ihm lächelnd sein Portemonnaie entgegen.

»Kein Problem. Dann zahlst du eben das nächste Mal. Schau mal, da müsste genug Bargeld drin sein.«

Auf dem Rückweg machten sie einen Umweg und gingen am Strand entlang. Der immer präsente Wind zerrte an ihrer Kleidung und rauschte an ihren Ohren vorbei. Trotzdem genoss Julia die frische salzhaltige Luft.

Das Wasser kam gerade zurück und leckte mit seinen Vorboten der Flut in gleichmäßigem Rhythmus immer weiter über den feuchten Sand. Manchmal konnten sie nicht schnell genug ausweichen, dann wurden ihre Gummistiefel zentimeterhoch umspült.

Julia betrachtete das breite, flache Strandstück links von sich, in dem hier und da kleine Seen standen. Bald würde es bis auf einen schmalen Streifen überflutet sein. Sie wusste, das ging schneller, als man es vielleicht vermutete.

Sie liebte die Natur, aber sie hatte auch Respekt vor deren Macht.

4

Gleich nach ihrer Rückkehr zogen Michael und Andreas sich um und setzten ihre Arbeit am Dachstuhl fort.

Julia folgte ihnen nach ein paar Minuten, die Kamera im Anschlag. Sie hatte sich vorgenommen, eine Fotodokumentation von ihrem Aufenthalt und den Fortschritten beim Ausbau zu erstellen.

Die Männer waren dabei, den großen Raum unter dem Dach mit hölzernen Trennwänden zu unterteilen. Bis auf schmale Bereiche an den Seiten konnte man überall bequem stehen.

Als Julia die ersten Bilder schoss, verzog vor allem Michael das Gesicht zu grinsenden Fratzen und vollführte alberne Verrenkungen. Nach mehreren erfolglosen Versuchen, wenigstens ein paar vernünftige Fotos zustande zu bekommen, gab sie es schließlich kopfschüttelnd auf.

Martina saß in der Küche, die Ellbogen auf dem Tisch und das Kinn auf die ineinander verschränkten Hände gestützt. Ihr Blick war auf das Fenster gerichtet, aber Julia bezweifelte, dass sie etwas von dem wahrnahm, was dort draußen vor sich ging. Sie bemerkte Julia erst, als sie neben ihr stand.

»Ich mache mir einen Kaffee. Möchtest du auch einen?«

Martina schürzte die Lippen und nickte dann. »Ja, warum nicht.«

»Die beiden kommen gut voran«, erklärte Julia, während die Maschine mit gedämpftem Summen ihre Arbeit aufnahm. »Warst du überhaupt schon mal da oben, seit wir auf der Insel sind?«

»Nein.«

»Noch kein einziges Mal?« Julia stellte die Tasse mit dem dampfenden Kaffee vor Martina ab und sah sie verwundert an. »Interessiert dich das denn gar nicht? Es ist doch schließlich auch dein Haus.«

»Mein Haus?« Mit einem humorlosen Lachen griff Martina nach der Tasse. »Das Haus haben Andreas' Eltern gebaut. Damit habe ich nichts zu tun. Ich komme aus einfachen Verhältnissen und habe nichts mit in die Ehe gebracht. Die beiden sorgen dafür, dass Andreas das nicht vergisst.«

Mittlerweile war auch der zweite Kaffee fertig, und Julia setzte sich ebenfalls an den Tisch.

»Wie auch immer, das Haus gehört eurer Familie. Ich wundere mich einfach, dass dich so gar nicht interessiert, was da oben vor sich geht.«

Ich wundere mich sowieso über einiges, was dich betrifft, hätte sie am liebsten hinzugefügt, verkniff es sich aber.

Eine Weile starrte Martina auf die Tasse, dann sagte sie, ohne den Blick abzuwenden: »Wir haben schon vor einiger Zeit aufgehört, uns dafür zu interessieren, was der andere tut.«

»Das klingt hart.«

»Hart? Das war es vielleicht am Anfang, als ich einsehen musste, dass mein Mann eigentlich nicht mit mir, sondern mit seinem Job verheiratet ist.«

Julia nickte. »Ich kenne das von Michael. Er schafft es

manchmal auch nicht, abzuschalten, wenn er nach Hause kommt.«

Ein erneutes, kurzes Lachen. »Das ist der Punkt, er kommt immerhin nach Hause. Andreas taucht meistens erst auf, wenn ich schon im Bett liege. Ich warte schon lange nicht mehr auf ihn.«

Mit diesem Gesprächsverlauf hatte Julia nicht gerechnet. Andererseits war das vielleicht die Gelegenheit, herauszufinden, warum Martina sich oft so seltsam benahm.

Julia nahm sich vor, sie nicht zu bedrängen, aber das war auch gar nicht nötig. Martina sprach weiter, offenbar froh darüber, ihrer Frustration Luft machen zu können.

»Ich bin ein praktischer Bestandteil seines Lebens, kümmere mich um das Haus, erledige Papierkram, organisiere alles. Dafür bin ich finanziell abgesichert. Das ist der Deal.«

»Hat er das gesagt?«

»Nein, aber so ist es. Mittlerweile gehe ich allerdings oft abends weg, treffe mich mit Leuten.« Nun sah sie Julia direkt an. »Wir führen getrennte Leben. Andreas ist fast ausschließlich in der Firma, und ich habe dafür gesorgt, dass ich anderswo …« Sie unterbrach sich, und Julia hatte das deutliche Gefühl, ihr sei gerade bewusstgeworden, dass sie im Begriff war, einer fast Fremden sehr intime Dinge anzuvertrauen.

»Aber es gibt doch sicher auch Abende, die ihr gemeinsam verbringt?«

»Das vermeiden wir nach Möglichkeit beide. Es sei denn, wir sind irgendwo eingeladen oder haben Besuch. Das ist auch der Grund, warum Andreas euch gefragt hat, ob ihr mitkommen möchtet. Allein wäre ich nicht mit ihm hierhergefahren.«

Wenn es stimmte, was sie gerade gehört hatte – und aus einem nicht begründbaren Gefühl heraus spürte Julia, dass Martina ihr die Wahrheit sagte –, war das zwar wenig schmeichelhaft, doch letztendlich konnte es ihr egal sein. An einer engen Freundschaft mit den beiden hatte sie sowieso kein großes Interesse. Mit jeder Stunde weniger.

»Wir haben uns schon gewundert, dass wir von Andreas eingeladen wurden, obwohl wir uns kaum kennen.«

Martina winkte ab und stand auf. »Ist ja auch egal.« Ohne ein weiteres Wort verließ sie die Küche und Sekunden später das Haus.

Julia dachte noch eine Weile über das Gespräch nach, konnte sich aber keinen Reim darauf machen. Einerseits hatte Martina ihr vollkommen unerwartet sehr private Dinge erzählt, die Unterhaltung andererseits aber abgebrochen, bevor ein wirkliches Gespräch zustande gekommen war. Na gut, es lohnte sich wohl kaum, sich tiefgehende Gedanken darüber zu machen. Nach dem Urlaub würden sie und die Wageners wahrscheinlich sowieso wieder getrennte Wege gehen.

Julia stellte die Tassen in die Spülmaschine, griff sich ihre Kamera und verließ die Küche. Sie wollte ein paar Fotos vom Haus und der direkten Umgebung machen. Eine gute halbe Stunde lang war sie unterwegs und schoss in der Zeit mindestens fünfzig Fotos. Zurück im Haus, schloss sie die Kamera an ihr Notebook an, kopierte die Aufnahmen und sah sie sich einzeln an.

Einige der Aufnahmen löschte sie sofort, andere würde

sie ein wenig bearbeiten müssen. Viele waren aber auf Anhieb gut gelungen.

Nach einer Weile stieß sie auf ein mittelmäßiges Foto, das sie von den Dünen aus vom Haus gemacht hatte. Erst fiel ihr nichts Besonderes daran auf, doch als sie gerade weiterblättern wollte, entdeckte sie die Gestalt, die, halb verdeckt von einem Busch, ein Stück neben dem Haus stand und offensichtlich zu ihr herüberblickte.

Mit wenigen Klicks hatte sie den Bereich so weit vergrößert, dass sie erkennen konnte, wer es war: Udo Feldmann.

Sein Gesicht war bei der extremen Vergrößerung stark verpixelt, aber es bestand kein Zweifel daran, dass es sich um den Nachbarn handelte.

Ob er gerade unterwegs gewesen war, als Julia mit ihrer Kamera auftauchte, und sich versteckt hatte? Wollte er einfach nicht von ihr gesehen werden? Wie auch immer, der Anblick weckte ein seltsames Gefühl in ihr.

Als Julia weiterblätterte, verdichtete sich dieses Gefühl zu einem kalten Schauer, der ihr über den Rücken lief.

An unterschiedlichen Stellen aufgenommen, was einen Zufall ausschloss, tauchte immer wieder Udo Feldmann auf. Mal deutlich erkennbar, mal nur als Schatten.

Nach dem letzten Foto klappte Julia das Notebook mit Schwung zu und starrte noch eine Weile auf den Deckel. Feldmann war ihr während ihrer kleinen Fototour gefolgt und hatte sie die ganze Zeit über beobachtet. Was war mit diesem Kerl los?

Sie nahm sich vor, später mit Michael darüber zu reden. Die nächste Zeit würde er aber sicher noch mit Andreas auf dem Dachboden zu tun haben. Martina war irgendwohin verschwunden, und Julia hatte keine Ahnung, wann sie wieder zurückkommen würde. Ein weiterer Spaziergang kam ebenfalls nicht in Frage, denn sie würde sich ständig nach dem Nachbarn umsehen.

Also ging sie ins Schlafzimmer, legte sich aufs Bett und griff sich ihr Buch vom Nachttisch. Sie wollte sich ablenken, und das funktionierte beim Lesen immer sehr gut. Allerdings kam sie nicht sehr weit, bis ihr die Augen zufielen.

Als Michael sie weckte, war es bereits später Nachmittag. Julia brauchte eine Weile, um vollkommen wach zu werden, doch dann fielen ihr die Fotos ein. Sie sprang aus dem Bett und erzählte Michael von ihrer Entdeckung.

Er sah sich die Aufnahmen auf dem Notebook an und schüttelte den Kopf, nachdem er alle gesehen hatte, auf denen Feldmann abgebildet war. »Der Kerl ist schon ziemlich schräg. Wahrscheinlich macht es ihm einfach Spaß, andere aus einem Versteck heraus zu beobachten.«

Das sah Julia ein wenig anders. »Ich weiß nicht … mir kommt es fast so vor, als hätte er sich absichtlich so hingestellt, dass er auf den Fotos drauf sein würde.«

»Hm …«, machte Michael. »Das kann ich mir zwar kaum vorstellen, aber wenn du meinst … Ich werde mal mit Andreas darüber reden, der kennt ihn ja schon länger. Vielleicht spreche ich auch Feldmann direkt an. Wenn er weiß, dass er entdeckt worden ist, traut er sich vielleicht nicht mehr, das noch mal zu machen. Okay?«

Julia nickte. »Ja, gut. Irgendwie ist der Kerl mir echt unheimlich.«

Sie besprachen das Thema erst während des Abendessens im *Kleinen Dünenhotel*, wo Andreas ihnen bestätigte, dass Feldmann sich manchmal äußerst merkwürdig benahm.

»Der Mann ist ein Spinner. Er ist mir schon des Öfteren unangenehm aufgefallen. Im Sommer habe ich ihn manchmal mit einer Kamera am Strand herumlaufen sehen. Ich möchte nicht wissen, was oder wen er sich als Objekte für seine Fotos aussucht. Wenn er meiner Frau derart nachgestellt hätte …«

»Hättest du es mit ziemlicher Sicherheit nicht mitbekommen«, fiel Martina ihm abfällig ins Wort. Wie meist ignorierte Andreas ihre Bemerkung und blieb weiterhin Michael zugewandt.

»Am besten wird es sein, wir gehen morgen zu ihm und zeigen ihm die Fotos. Ich bin äußerst gespannt auf seine Reaktion.«

Martina hob die Brauen. »Wir?«

»Selbstverständlich. Schließlich ist Feldmann unser Nachbar, und Michael und Julia sind unsere Gäste. Da ist es doch Ehrensache, dass ich mitkomme.«

Martina schüttelte nur schweigend den Kopf und rückte ein Stück zur Seite, als Katja das Essen brachte.

Julia ahnte, dass sie sich gerade die Frage stellte, ob Andreas den Nachbarn auch zur Rede stellen würde, wenn er nicht Julia, sondern ihr nachgeschlichen wäre.

Das Salzwiesenlamm schmeckte hervorragend, obwohl Julia Lammfleisch eigentlich nicht sehr mochte.

Von Udo Feldmann wurde nicht mehr gesprochen, was ihr ganz recht war. Vielleicht war er ihr einfach aus Neugierde gefolgt. Oder weil er insgeheim hoffte, dass sie gegen irgendwelche Regeln verstieß und er sie ein weiteres Mal zurechtweisen konnte. Das war eine Erklärung, mit der sie zumindest so lange gut leben konnte, bis Michael und Andreas mit Feldmann gesprochen hatten.

Als sie gegen einundzwanzig Uhr beschlossen, bald zurückzugehen, sah Michael plötzlich irritiert zu Julia hinüber. »Mein Portemonnaie ist nicht da.«

»Hast du es vielleicht zu Hause liegenlassen?«

»Nein, ich hatte es in dieser Hose, als wir heute Morgen hier waren, und …« Er stockte und sah zu Andreas.

»Ich habe es dir gegeben, weil du deines vergessen hattest.«

»Ja, stimmt.« Andreas hob die Schultern. »Aber ich habe es dir doch zurückgegeben.«

»Sicher? Ich kann mich nicht daran erinnern.«

Andreas sah Julia an, als erwarte er, dass sie sich dazu äußerte.

»Als ich von der Theke zurückkam. Ich habe mich bei dir bedankt und es vor dich auf den Tisch gelegt.«

Michaels Gesichtsausdruck wurde nachdenklich. »Daran kann ich mich wirklich nicht erinnern. Vielleicht habe ich es auch unbewusst eingesteckt und dann irgendwo verloren. Oder ich habe mich in dem Moment gerade unterhalten und es liegenlassen, als wir gegangen sind.«

Man konnte Andreas ansehen, wie unangenehm ihm die Situation war. »Das ist sehr bedauerlich. Aber ich habe es auf den Tisch gelegt, ganz sicher. Wir sollten Benno fragen, vielleicht hat es jemand gefunden und bei ihm abgegeben.«

Das konnte Julia sich nicht vorstellen, denn Benno hätte mit Sicherheit einen Blick ins Innere geworfen und Michaels Personalausweis gefunden, der in einem gesonderten Fach steckte.

Sie behielt recht. Weder Benno noch Katja wussten etwas von dem Portemonnaie. Nachdem Michael zum wiederholten Male alle Hosentaschen und auch die Taschen seiner Jacke überprüft hatte, beschlossen sie, den Rückweg mit Hilfe der Taschenlampen-Apps ihrer Smartphones abzusuchen.

Fünfundzwanzig Minuten später erreichten sie das Haus. Von Michaels Portemonnaie fehlte jede Spur.

5

Der Mann hat die große Kapuze seiner Jacke so weit ins Gesicht gezogen, dass ein Beobachter die Skimaske unmöglich sehen kann, die sein Gesicht verdeckt. Vor der Tür bleibt er stehen, legt ohne Zögern den Finger auf die Klingel. Er trägt Handschuhe.

Schritte, ein Klacken, dann schwingt die Tür nach innen auf. Jane. Er hat sie Jane genannt, Jane und John. Ihre wahren Namen interessieren ihn nicht.

Mit einer schnellen Bewegung liegt die Klinge seines Messers an Janes Hals. »Still«, zischt er ihr zu, als sie die Augen aufreißt, drückt die Klinge noch ein wenig fester gegen ihren Hals und zieht sie ein winziges Stück nach rechts. Ein hauchdünner roter Streifen entsteht unter dem Metall auf ihrer glatten Haut.

»Geh rein.« Er flüstert, obwohl es unnötig ist.

John sitzt auf der Couch. Als sie das Wohnzimmer betreten, rutscht ihm das Weinglas aus der Hand. Der rote Wein verteilt sich auf seiner Hose. John merkt es nicht. Wie paralysiert starrt er auf das Messer an Janes Hals. Bewegungslos, stumm. Sekundenlang. Dann richtet sich Johns Blick an die Augenschlitze der Skimaske, sein Mund öffnet sich. »Wer … wer sind Sie? Was wollen Sie?« Seine Stimme klingt heiser. Die Angst …

»In den Keller«, flüstert der Mann. »Geh voraus.«

John wird keine Schwierigkeiten machen. Das hat er in seinem Gesicht gesehen.

Zehn Minuten später sind die beiden mit Kabelbinder verschnürt. Jane sitzend an einem schweren, gusseisernen Ofen, John aufrecht stehend, die Hände über dem Kopf an ein Heizungsrohr gefesselt. Ihre Münder sind verklebt, die Augen ebenfalls.

Minuten später öffnet er die Terrassentür und drückt sie nur leicht gegen den Rahmen zurück. Im Flur zieht er wieder die Kapuze über den Kopf, dann verlässt er das Haus. An einer dunklen Stelle legt er die Skimaske ab und stopft sie in die Jackentasche.

Er versichert sich, dass die Sackkarre mit der leeren Mülltonne darauf hinter dem Holzhäuschen am Rand des Strandes steht und die zusammengelegte Plastikplane an ihrem Platz liegt, dann macht er sich auf den Rückweg.

Teil eins ist erledigt. Der nächste Teil folgt vier Stunden später.

Es ist mühsamer und dauert über eine halbe Stunde. Der Wind drückt so heftig gegen ihn, dass er manchmal einen Ausfallschritt machen muss, um nicht umzufallen.

Als er mit seiner Arbeit fertig ist, verlässt er den Strand und nimmt die Sackkarre mit. Ein Stück weiter stopft er die Plane in die Tonne und setzt dann seinen Weg fort. Die großen Gummireifen drehen sich fast geräuschlos. Er fühlt sich gut.

Fünfzig Meter vor dem Haus hält er an, fingert an der Mülltonne herum und überprüft dabei die Umgebung. Alles ruhig. Er geht seitlich am Haus vorbei, stellt die Karre auf der Terrasse ab.

Bevor er die Tür öffnet, hält er den Atem an und lauscht konzentriert in die Dunkelheit. Vor der Kellertreppe bleibt er stehen, zieht eine Stirnlampe aus der Jackentasche, schaltet sie ein und wirft einen Blick auf die Uhr. Zwei Minuten vor drei. Es bleibt ihm etwa eine Stunde für den nächsten Teil. Das wird er schaffen.

Er setzt die Stirnlampe auf und steigt die Treppe hinab.

Die Köpfe der beiden rucken augenblicklich hoch, als er die Tür öffnet. Sie brüllen gegen das Klebeband an, zerren an ihren Fesseln.

Mit wenigen ruhigen Schritten ist er bei Jane und zieht das Klappmesser aus der Hosentasche. Er geht neben ihr in die Hocke, betrachtet die freien Stellen ihres Gesichts. Die Bedingungen am Strand sind so, dass er ihr nachher das Klebeband nicht nur von den Augen, sondern auch vom Mund abnehmen kann. Das ist gut.

Er greift in Janes Haare, hält sie fest und holt sich sein Souvenir von ihr. Als er dann die Messerspitze gegen die Stelle des Klebebands drückt, unter der sich ihr rechtes Auge befindet, erstarrt sie. Er beugt sich vor und flüstert: »Ich werde dich jetzt losbinden, und du wirst mit mir kommen. Wenn du versuchst zu fliehen, werde ich dich nicht töten. Ich werde dir beide Augen ausstechen und dich liegenlassen. Und dann töte ich ihn. Hast du das verstanden?«

John hat es offensichtlich auch verstanden. Er führt einen wilden Tanz auf, zerrt an den Kabelbindern, die seine Hände oben halten.

Als Jane weinerliche Geräusche von sich gibt, erhöht er den Druck der Messerspitze. Sie verstummt, woraufhin Johns vom Klebeband erstickte Laute umso hektischer werden.

»Hast du mich verstanden?«

Sie nickt, soweit sein fester Griff es zulässt.

Mit einem Schnitt sind ihre Hände frei. Erneut krallen sich seine Finger in ihre Haare. Er zieht sie hoch, drückt die Spitze der Klinge als stumme Drohung ein weiteres Mal gegen ihr Auge. Drei, vier Sekunden lang, dann lässt er das Messer sinken und schiebt sie vorwärts.

Auf der Terrasse angekommen, lotst er sie in die Mülltonne und drückt sie in die Hocke. Als er ihr die Nadel in den Oberarm sticht, stößt sie einen dumpfen Laut aus.

Nach zwei Minuten ist Jane bewusstlos. Er deckt sie mit der Plane ab und macht sich auf den Weg zum Strand. Kein Stern ist zu sehen. Der Himmel scheint noch immer wolkenverhangen zu sein. Eine fast perfekte Dunkelheit, dazu der starke Wind … sehr gut. Das Glück ist ihm hold.

Der runde Lichtkegel der Stirnlampe tanzt schräg vor ihm, während er die Karre über den harten, welligen Sand schiebt, der bis vor ein paar Stunden noch der Meeresgrund war. Und es bald wieder sein wird.

Der Wind drückt gegen seinen Rücken und erleichtert ihm das Vorwärtskommen mit seiner Last.

Es ist einfach, die präparierte Stelle zu finden, sie liegt direkt an den Buhnen. Die Spitze des Platzhalters ragt ein paar Zentimeter aus dem Sand.

Er holt den zwischen den Holzpfählen eingeklemmten Spaten heraus und legt ihn neben dem Loch ab. Dann kippt er die Mülltonne um, packt Jane an den Füßen, schleift sie über den Sand.

Nach zwanzig Minuten ist er mit ihr fertig und macht sich auf den Weg zurück zum Haus. John holen.

Er steht schräg hinter John, als Jane zum berechneten Zeitpunkt zu sich kommt. Den Schein der Stirnlampe hat er auf ihr Gesicht gerichtet. Sie versucht, die Augen zu öffnen, kneift sie aber sofort geblendet wieder zu, stöhnt auf, versucht es erneut.

Ihr Mund bewegt sich, doch er versteht nicht, was sie sagt. Das zornige Brausen des Windes reißt ihr die Worte von den Lippen.

Endlich gelingt es ihr, die Augen offen zu halten. Sie dreht den Kopf, so weit es geht. Erst langsam, plötzlich hektisch, als das Wasser sie mit einem ersten Ausläufer umspült. Trotz des blendenden Scheins der Lampe werden ihre Augen groß. Sie hat begriffen, wo sie ist. Dass sie sich nicht bewegen kann, weil sie bis zum Hals eingegraben ist.

Ihr Mund reißt auf wie eine klaffende Wunde. »O mein Gott. Nein. Neiiin.«

Jetzt kann er sie hören. Er weiß, schon nach wenigen Metern landeinwärts wird auch der lauteste Schrei vom tosenden Wind verschluckt.

Janes Kopf zuckt ruckartig hin und her. Sie versucht, sich zu befreien. Es wird ihr nicht gelingen. Der nasse Sand umklammert sie wie Beton.

»Hilfe«, schreit sie. »Bitte nicht. Bitte, lassen Sie mich raus.«

Er dreht den Kopf ein wenig, gerade weit genug, dass die Lampe nicht mehr direkt auf ihr Gesicht gerichtet ist. Es dauert einen Moment, dann bemerkt sie John, der vor ihr im Sand sitzt. Die Füße nur einen Meter von ihrem Kopf entfernt. Das Kinn auf der Brust, die Hände hinter dem Rücken um einen der Holzpfähle geschlungen und gefesselt.

Auch er beginnt sich zu regen. Das Timing ist perfekt.

»Dirk!«, ruft sie, schreit sie. »O Gott! Dirk, hilf mir. Das Wasser. Dirk!«

Johns Kopf ruckt hoch. Er öffnet die Augen, schaut sich verständnislos um. Registriert den Lichtkegel, versucht, die Arme zu bewegen. Scheitert. Dann begreift auch er.

»Was soll das? Wo sind Sie? Machen Sie uns sofort los.«

»Ich kann mich nicht bewegen«, ruft Jane panisch. »Das Wasser … es steigt. Bitte, Dirk, du musst mir helfen. Schnell.«

»Ich kann nicht. Ich bin gefesselt.«

»Aber … was soll ich nur tun? Dirk, bitte.« Ihre Augen richten sich blinzelnd direkt auf die Lampe.

»Wer sind Sie?« Es klingt weinerlich. »Warum tun Sie das? Was wollen Sie von uns?« Ihre Augen verengen sich noch mehr. Sie versucht, ihn zu erkennen. »Bitte, lassen Sie mich hier raus. Ich tue alles, was Sie wollen.«

Er sagt nichts, sondern schaltet die Lampe aus. Sofort schreien beide mit sich überschlagenden Stimmen durcheinander, rufen unverständliche Dinge. Bitten, betteln, er solle nicht weggehen.

Als die Lampe wieder aufleuchtet, verstummen sie abrupt.

Er lässt den Lichtkegel wandern. Von Jane zu John. Er beobachtet ihn ein paar Sekunden, schwenkt wieder zurück. Studiert auch ihr Gesicht. Keine Regung entgeht ihm.

»Hören Sie, bitte.« John dreht den Kopf, versucht, ihn anzusehen. Es wird ihm nicht gelingen, er steht zu weit hinter ihm. Und selbst wenn, ist es egal. Er trägt die Skimaske. Zudem wird John von der Stirnlampe geblendet.

»Gibt es irgendetwas, das Sie haben möchten? Wir sind nicht reich, aber … wir haben ein bisschen was gespart. Es gehört Ihnen.«

Während John offenbar auf eine Reaktion von ihm wartet, schaffen es vereinzelte, wimmernde Geräusche trotz des Windes bis zu seinem Ohr. Jane.

»Und wir werden nicht zur Polizei gehen, das schwöre ich. Nur bitte … holen Sie Nicole da raus. Sie können Sie doch nicht ertrinken lassen.«

Als Jane das Wort *ertrinken* hört, verzerrt sich ihr Gesicht panisch. »O bitte, lassen Sie mich raus. Bitte.«

Als er nicht reagiert, ruft sie um Hilfe. Immer und immer wieder. Der ablandige Wind trägt ihre Schreie über das zurückkehrende Meer, das ihr mittlerweile bis zum Kinn reicht.

Der nächste Ausläufer lässt Wasser in ihren aufgerissenen Mund schwappen. Sie hustet krampfartig, röchelt, ringt nach Luft. Übergibt sich, noch immer hustend.

John zerrt wie besessen an seinen Fesseln, brüllt immer wieder ihren Namen, wirft den Oberkörper ruckartig nach vorn und stößt im gleichen Moment einen Schmerzensschrei aus.

»Hol sie da raus, du verdammtes Schwein. Sofort. Du Dreckschwein. Ich … ich … bringe dich um, das schwöre ich. Du perverse Sau.« Die nächste Phase nach dem Betteln. Wut. Drohungen. Er hat sie vorausgesehen, weiß auch, was danach folgt. Aber was kommt, wenn es zu Ende geht? Er ist gespannt.

Die nächste Welle. Jane hustet mit geschlossenem

Mund, legt den Kopf in den Nacken, schnappt hörbar nach Luft, als das Wasser sich wieder ein Stück zurückzieht, und wird plötzlich ruhiger. Keine Hilferufe mehr. Sie schaut John an, und als er ihren Blick bemerkt, verstummt auch er.

Janes Gesichtsausdruck hat sich verändert. Das Fratzenhafte ist von ihren Zügen verschwunden und hat einem Ausdruck Platz gemacht, den er so noch nicht gesehen hat. Es ist eine Mischung aus Trauer, Resignation und etwas, das er nicht einordnen kann. Sie sagt etwas zu John, der den Kopf schüttelt.

»Was? Du musst lauter sprechen. Ich kann dich nicht verstehen. Der Wind ist so laut.«

»Ich liebe dich.« Jetzt kann auch er ihre Worte hören.

»Ich habe mich so sehr auf ein Leben mit dir gefreut. Auf Kinder. Mit dir zusammen älter werden …« Sie wird wieder leiser. Verstummt. Ihr Blick ist auf Johns Augen geheftet. Der schüttelt den Kopf. »Nein, das kann nicht sein. Das ist doch Wahnsinn.«

Erneut versucht er, sich zu ihm umzudrehen.

»Eine Million. Ich verschaffe Ihnen eine Million Euro, wenn Sie sie da rausholen. Ich schwöre, das schaffe ich. Meine Eltern sind wohlhabend. Sie werden mir alles geben, was sie haben. Ganz sicher. Aber bitte … wir wollen in zwei Monaten heiraten. Wir … bitte! Haben Sie doch Mitleid. Wir haben Ihnen doch nichts getan.«

Als Johns Stimme bricht, richtet er den Schein der Lampe auf ihn. Er muss einen Schritt nach vorn machen, um zu sehen, was im Gesicht des Mannes vor sich geht. Jane beginnt erneut zu husten, sie hat wieder Wasser geschluckt.

Der krampfartige Anfall wird zu einem Gurgeln. Johns Kopf fliegt zu ihr herum, er ruft wieder und wieder ihren Namen.

Auch er selbst richtet seine Aufmerksamkeit erneut auf sie. Ihr Mund ist nun komplett unter Wasser, nur die Nase ist noch frei. Die Augen sind panisch aufgerissen, Strähnen nassen Haares kleben auf ihrer Stirn.

Jetzt wird es nicht mehr lang dauern. Das weiß auch sie. Ihr Kopf schlägt wild hin und her, für den Bruchteil einer Sekunde ist ihr Mund frei, dringt eine kurze Sequenz ihres Schreis über das Meer. Wohl das letzte Mal, überlegt er.

John gebärdet sich wie ein Irrer. Er reißt an seinen Fesseln, stemmt die Füße in den Sand und drückt den Unterkörper hoch. Er schreit ihren Namen, schreit Flüche, schreit … um dann plötzlich zusammenzubrechen, als hätte jemand einen Stecker gezogen. Er jammert, weint. Stammelt immer wieder »Nein, bitte … nein. Nicole …«

Janes Nase ist nun für immer längere Perioden unter Wasser. Sie versucht, im Rhythmus der Flut die Luft anzuhalten und tief einzuatmen, sobald es möglich ist. Die Zeiträume dafür werden immer kürzer.

Er ist von ihr enttäuscht. Nein, er ist wütend auf sie.

Sie hat nichts gezeigt, was ihn irgendwie überrascht hat. Was ihm weitergeholfen hätte. Und gerade von ihrer Reaktion hat er sich so viel erhofft. Am liebsten würde er zu ihr gehen und ihr das Genick brechen.

Aber vielleicht wird wenigstens John ihn für seinen Aufwand entschädigen. Der interessante Moment ist bald da.

Er verändert seine Position, so dass er direkt in Johns Gesicht schauen kann. Jane kümmert ihn nicht mehr.

Wenn er überhaupt ein Anzeichen für dieses Gefühl der *Liebe* entdecken kann, wenn er eine Chance hat, zu verstehen, was es bedeutet, zu lieben, dann nur noch in Johns Gesicht. Wenn seine Liebe stirbt.

Was er beobachtet, enttäuscht ihn erneut zutiefst.

John weint, jammert, senkt den Blick, schaut wieder zu Jane, ruft ihren Namen. Wieder und wieder.

Rumgeheule. Das soll alles sein? In der Minute, in der der andere unter Qualen sein Leben verliert? Das ist Liebe?

Er ist fassungslos. Richtet den Lichtkegel auf Jane, obwohl er dazu eigentlich keine Lust mehr hat.

Das Wasser reicht ihr bis zu den Augen, gibt die Nase nicht mehr frei. Janes Kopf zuckt hin und her, immer wilder, sinkt schließlich nach vorn, treibt wie schwerelos in der Bewegung der Flut. Letzte Blasen zerplatzen vor ihrer Stirn. Keine Luft mehr. Nach Sekunden ein Zucken. Dann nichts mehr.

Und John? Er stammelt ihren Namen vor sich hin. Verfällt in einen Weinkrampf. Sonst nichts. Die gleiche Reaktion, wie sie alle Menschen in den verschiedensten Situationen zeigen. Nichts, was etwas Besonderes wäre.

Was immer dieses Gefühl der Liebe auslöst, was immer es Besonderes bewirkt, auch John kann ihm nicht helfen, es zu verstehen. Er ist so wütend.

Mit zwei Schritten steht er hinter John, zieht sein Messer aus der Tasche, klappt es auf und hält es wildentschlossen von hinten an seine Kehle. John verstummt. Erstarrt.

In der allerletzten Sekunde besinnt er sich. Lässt die Klinge wieder sinken. Wenn der erste Versuch schon zu keinem befriedigenden Ergebnis geführt hat, möchte er wenigstens den Spaß haben, der morgen beginnen wird. Dazu braucht er John. Er soll erzählen, was er erlebt hat.

Morgen werden Kriminalbeamte auf die Insel kommen. Dann geht das Spiel los. Seine Wut verraucht.

Er freut sich.

6

Wie fast an allen Tagen bisher war Julia als Erste wach. Sie beschloss, zum Supermarkt zu gehen und frische Brötchen und Orangensaft zu kaufen.

Schon auf dem Weg dorthin bemerkte sie die Veränderung. Ungewöhnlich viele Leute standen auf der Straße zusammen und redeten miteinander. Mal nur zu zweit, mal ganze Gruppen. Alle wirkten dabei sehr ernst. Eine junge Frau auf der anderen Straßenseite schlug sich die Hände vor den Mund und sah den Mann ihr gegenüber entsetzt an.

Julia erreichte den Supermarkt, vor dem mehrere ältere Frauen zusammenstanden und leise miteinander sprachen. In ihren Mienen: Verwirrung, Entsetzen, Fassungslosigkeit.

Im Geschäft herrschte die gleiche Stimmung. Alles schien langsamer und leiser abzulaufen als sonst.

An der Brottheke unterhielt sich die rothaarige Verkäuferin über die Auslagen hinweg mit einer Kundin, die gerade Augen und Mund gleichzeitig aufriss. »Am Strand? Jesus Maria, wie ist das denn passiert? Ist sie ertrunken?«

»Nicht einfach nur ertrunken. Herr Knutsen hat mir eben erzählt, er war dort und hat mit Fiete Seebald gesprochen, Sie wissen schon, der die Dienststelle in Nebel leitet. Die beiden kennen sich gut. Und der Seebald hat gesagt, die Frau ist bestialisch ermordet worden.«

Erneut wurden die Augen der etwa sechzigjährigen Kundin riesengroß. »Nein. Ein Mord? Hier? Und … bestialisch? Was genau ist denn passiert? Hat der Seebald das dem Herrn Knutsen auch erzählt?«

Die Verkäuferin nickte langsam und bedeutungsvoll. »Das hat er. Die Frau ist eingegraben worden. Bis zum Hals. Bei Ebbe. Und dann kam die Flut …«

Die Kundin war mittlerweile derart schockiert, dass sie nur noch ungläubig den Kopf schütteln konnte.

»Und wissen Sie, was das Allerschlimmste daran ist? Ihr Mann war neben ihr festgebunden und musste alles mit ansehen. Ist das nicht furchtbar? Der arme Kerl musste dabei zuschauen, wie seine eigene Frau ertrunken ist.«

»O Gott, das ist ja … mir fehlen die Worte. Wissen Sie denn, wer die Frau war?«

»Nein, das hat der Herr Knutsen auch nicht gewusst.«

»Entschuldigung«, sagte Julia und machte einen Schritt auf die beiden zu, »habe ich das richtig verstanden? Am Strand ist jemand ermordet worden?«

Die Verkäuferin betrachtete Julia von Kopf bis Fuß und nickte. »Ja, letzte Nacht.«

»Wie schrecklich.«

»So was ist hier auch noch nie passiert«, erklärte die Kundin, als müsse sie die Insel gegenüber der Fremden verteidigen.

Julia dachte an das, was die Verkäuferin über den Mord erzählt hatte. Bei Ebbe bis zum Hals eingegraben. Und der Mann musste zusehen, als das Wasser kam …

Das konnte doch nicht sein. Solche Dinge passierten normalerweise nur in Fernsehfilmen. Oder zumindest so weit weg, dass man sich einreden konnte, nie damit in Berührung zu kommen. Aber vielleicht war die Sache bei jedem Weitererzählen auch mehr und mehr ausgeschmückt worden. So hoffte sie zumindest.

Sie kaufte ein paar Brötchen und verließ den Supermarkt. Allerdings schlug sie nicht den direkten Weg ein, sondern machte einen Bogen, der sie am Strand vorbeiführte.

Es war, als redeten die Menschen plötzlich lauter als zuvor. Anders als auf dem Hinweg bekam sie immer wieder Fetzen der Unterhaltungen mit. Und alle drehten sich um das gleiche Thema: die Tote am Strand.

Julia war aufgeregt, bemerkte irgendwann, dass ihre Schritte immer schneller wurden, und blieb schließlich stehen, als sie den breiten Zugang zum Strand erreicht hatte. Vor dem rot-weißen Band, mit dem der Strand abgesperrt war, stand ein junger Mann, die Hände hinter dem Rücken verschränkt, und starrte ihr mit steinerner Miene entgegen.

»Entschuldigung«, sprach Julia ihn an. »Im Dorf wird erzählt, dass am Strand eine tote Frau gefunden wurde. Stimmt das?«

»Darüber darf ich keine Auskunft geben.«

»Sind Sie Polizist?«

»Nein, aber ich bin von der Polizei beauftragt worden, hier Wache zu halten und niemanden an den Strand zu lassen.«

»Wenn niemand an den Strand darf, muss das ja einen triftigen Grund haben. Dann stimmt es also.«

»Ich darf keine Auskunft geben.«

Julia warf einen Blick zur Seite über die weite Dünenlandschaft. »Aber ich könnte dort irgendwo über die Dünen zum Strand gehen. Das kann doch nicht alles abgesperrt sein.«

»Dazu darf ich …«

»… keine Auskunft geben, schon gut.« Julia wandte sich ab und machte sich auf den Weg. Sie lief allerdings nicht irgendwo über die Dünen zum Strand, denn dann wäre sie sich vorgekommen wie einer der Gaffer, die an Unfallstellen anhalten, um möglichst viel von dem Unglück zu sehen. Und das hasste sie.

Nein, Julia ging zurück zum Haus. Aber ihre Gedanken kreisten unentwegt um die Schilderung der Supermarktverkäuferin. Bei Ebbe bis zum Hals eingegraben, der Mann daneben festgebunden. Und dann kam die Flut …

Nein, das konnte nicht sein. Jetzt, wo sie das Haus fast erreicht hatte, war Julia ganz sicher, dass die Geschichte maßlos übertrieben war.

Gut, irgendetwas Schlimmes musste tatsächlich geschehen sein. Warum sonst sollte die Polizei den Strand absperren? Vielleicht wollte jemand früh am Morgen schwimmen gehen und war in eine Strömung geraten und ertrunken. So etwas kam jedes Jahr vor, gerade an der Nordsee, wo die Kraft der Gezeiten oft unterschätzt wurde.

Julia öffnete die Tür und betrat das Haus. Hoffentlich war Michael schon wach. Falls nicht, würde sie ihn wecken. Sie musste mit ihm über diese Sache reden.

Nicht nur Michael, sondern auch Andreas und Martina waren zwischenzeitlich aufgestanden. Während die Männer mit ihren Kaffeetassen am Küchentisch saßen, hockte Martina auf der Arbeitsplatte vor dem Fenster und tippte auf ihrem Smartphone herum.

»Ah, da kommen die Brötchen«, rief Andreas erfreut aus. »Dann können wir ja …«

»Am Strand gibt es eine Tote.«

Andreas verstummte abrupt und glotzte Julia erschrocken an. Michael stieß ein überraschtes »Was?« aus, erhob sich und blieb vor ihr stehen. »Eine Tote am Strand? Bist du sicher? Ich meine … woher weißt du das?«

»Im Dorf reden sie von nichts anderem.« Julia legte die Tüte neben Michael auf den Tisch und steckte die Hände in die Taschen der Jeans.

»Im Supermarkt sagte eine Verkäuferin, die Frau sei ermordet worden. Jemand hätte sie eingegraben und von der Flut überspülen lassen. Und dass ihr Mann daneben festgebunden war und alles mit ansehen musste.«

Die drei starrten sie wie gebannt an. Die Ungeheuerlichkeit dessen, was sie gerade erzählt hatte, schien alle sprachlos zu machen. Andreas fing sich als Erster wieder.

»Nein. Das kann ich nicht glauben. Nicht auf der Insel. Es ist ja durchaus möglich, dass jemand umgekommen ist, aber diese Geschichte klingt doch sehr nach dem Geschwätz einfacher Leute.«

Julia und Michael tauschten einen schnellen Blick. Sie sah ihm an, dass er sich ebenso über Andreas' Wortwahl wunderte wie sie selbst. *Das Geschwätz einfacher Leute …*

Andreas schob seinen Stuhl geräuschvoll zurück und stand auf. »Das Beste wird sein, ich mache mich auf den Weg und finde heraus, was da tatsächlich geschehen ist. Ich kenne einige Leute hier und weiß, wen ich fragen kann.«

»Ich komme mit«, sagte Michael sofort, woraufhin Andreas mit den Schultern zuckte. »Wie du möchtest. Allerdings wäre es gut, wenn du dich zurückhältst. Bei gewissen Dingen können die Menschen hier Fremden gegenüber sehr verschlossen sein. Es geht immerhin um den Ruf der Insel und damit auch um den Tourismus.«

»Na, dann haben sie doch Grund zur Freude«, meldete Martina sich zum ersten Mal, seit Julia zurückgekommen war, zu Wort. »So, wie die meisten Leute drauf sind, werden sie in Scharen hierherströmen, wenn sie hören, dass am Strand eine Frau ermordet worden ist. Vielleicht kommt sogar das Privatfernsehen und dreht einen reißerischen Bericht. Endlich ist hier mal was los. Was Besseres kann der langweiligen Insel doch gar nicht passieren.«

Andreas nickte. »Ja, dass das deine Sichtweise ist, kann ich mir vorstellen.« Und an Michael gewandt: »Lass uns gehen.«

Kaum waren die Männer aus dem Haus, stieß Martina sich von der Arbeitsplatte ab und machte ebenfalls Anstalten, die Küche zu verlassen.

»Wo gehst du hin?«, fragte Julia. Diese Geschichte wühlte sie auf, und sie hatte das Bedürfnis, darüber zu reden. Sogar mit jemandem wie Martina und auch auf die Gefahr hin, dass jeder zweite Satz von ihr beißenden Spott beinhaltete.

»Ich lege mich aufs Bett und mache die Augen noch ein bisschen zu. Zumindest so lange, bis die beiden mit der Sensationsstory zurückkommen. Ich fühle mich wie gerädert, obwohl ich letzte Nacht lang geschlafen habe.«

Julia nickte enttäuscht. »Okay, dann bis später.«

Nachdem Martina verschwunden war, machte Julia sich einen Kaffee und setzte sich damit hinaus auf die Terrasse, zu der es auch von der Küche aus einen schmalen Zugang gab.

Die Luft war klar an diesem Morgen, der Blick über die weite Dünenlandschaft beeindruckend. Irgendwo dort hinten, wo der hölzerne Steg auf einer letzten, hohen Düne endete, begann der Strand. Dort war kurz zuvor ein Mensch gestorben.

Der Gedanke fühlte sich so fremdartig an, dass es Julia vorkam, als erinnere sie sich an einen Film, den sie kürzlich erst gesehen hatte. Gegen jede Wahrscheinlichkeit hoffte sie, dass sich das Ganze als Irrtum herausstellen würde. Vielleicht hatte es noch nicht einmal einen Unfall gegeben. Vielleicht war das alles nur ein großes Missverständnis. Vielleicht …

Sie stellte die noch halbvolle Tasse neben sich auf dem verwitterten Holz der Bank ab und legte den Kopf in den Nacken. Das grau in grau der Wolkenfelder verschob sich schnell gegeneinander. Der Wind musste dort oben noch stärker sein als in Bodennähe. Sie starrte in den Himmel, versuchte, die verwaschenen Konturen einzelner Wolken auszumachen. Sie ließ ihre Gedanken frei, ohne sie bewusst zu verfolgen, doch es wollte ihr nicht recht gelingen. Immer wieder hallten die Worte der rothaarigen Frau in ihrem Kopf nach, immer wieder spulte sich die Erinnerung an alles ab, was sie danach erlebt hatte. Der junge Mann vor der Absperrung, die Gesprächsfetzen. Das Entsetzen in den Gesichtern der Menschen.

Sie versuchte, sich dazu zu zwingen, sich auf die Wolken zu konzentrieren. Als es wieder nicht funktionierte, dachte sie an Andreas, um sich abzulenken.

Dr. Andreas Wagener. Er war einer der wenigen Menschen, die sie einfach nicht einschätzen konnte. Er war sicherlich sehr intelligent, was nicht zuletzt seine beruflichen Erfolge beeindruckend bewiesen. Allerdings schienen ihm Eigenschaften wie Sozialkompetenz größtenteils zu fehlen. Dieses Betonen und Herausstellen des eigenen Intellekts und die gleichzeitige Abwertung der *einfachen Leute* … das waren Verhaltensweisen, die Julia irritierten. Auch dass man so miteinander umgehen und leben konnte, wie Andreas und Martina es taten, war ihr absolut unverständlich. Wenn sie die Situation richtig einschätzte, ertrug Martina ihren Mann als Geldbeschaffer in der wenigen Zeit, in der sie zusammen waren, und führte ansonsten ihr eigenes Leben. Mit eigenen Freundinnen und vielleicht noch mehr.

Falls ihre Darstellung stimmte, konnte Julia ihr noch nicht einmal übelnehmen, wie sie sich manchmal benahm. Sie erschien derart verbittert, dass …

Geräusche aus dem Haus ließen sie hochschrecken. Sie erkannte Michaels Stimme und stand verwundert auf. Waren die Männer nur so kurz weg gewesen, oder hatte sie das Zeitgefühl verloren, während sie in den Himmel starrte?

Als die beiden zu ihr auf die Terrasse kamen und sie Michaels Gesicht sah, wusste sie, dass tatsächlich etwas Schlimmes passiert sein musste.

»Was du gehört hast, scheint wirklich die Wahrheit zu sein«, sprudelte es aus Andreas heraus, bevor Michael etwas sagen konnte.

Michael drehte sich betont ruhig zu ihm um. »Möchtest du nicht Martina dazuholen, bevor wir uns darüber unterhalten? Es geht schließlich um Dinge, die uns alle betreffen.«

»Die uns alle betreffen?«, hakte Julia nach. »Was meinst du damit?«

»Er hat sich in den Kopf gesetzt …«, begann Andreas, wurde aber von Michael unterbrochen. »Andreas, bitte. Ich fände es wirklich wichtig, dass alle dabei sind.«

Andreas hob beide Hände und nickte. »Schon gut. Ich hole sie. Moment.«

Es war nicht nötig, dass Andreas die Terrasse verließ. Als er sich umdrehte, stand Martina bereits dicht hinter ihm. Er fuhr überrascht zusammen.

»Mein Gott, hast du mich erschreckt.«

Martina nickte und ging an ihm vorbei ins Freie. »Ja, das geht mir jeden Morgen so, wenn ich neben dir aufwache. Also, was ist nun dran an diesem bestialischen Mord?«

»Leider alles«, antwortete Michael in der ihm eigenen, ruhigen Art und sah zu Andreas hinüber. Die stumme Frage, ob er erzählen sollte. Der zuckte die Schultern. Egal.

»Wir waren am Strand. An die betreffende Stelle sind wir nicht herangekommen, aber einer der hiesigen Polizisten kam uns entgegen und hat uns erzählt, was passiert ist.«

»Und?«, bellte Martina, als Michael eine kurze Pause machte. Julia war versucht, ihr mit einer passenden Bemerkung zu antworten. Sie sah, dass Michael nach den richtigen Worten suchte. Als er schließlich weitersprach, schaute er sie an.

»Es ist so, wie du es im Dorf gehört hast. Eine Frau wurde am Strand bis zum Hals eingegraben, bevor die Flut kam. Ihr Mann wurde direkt neben ihr an einem der Holzpfähle festgebunden, die bei Flut in langer Reihe ins Meer reichen. Sie ist elend ertrunken, ihr Mann musste dabei zusehen und konnte nichts tun. Er lebt und hat der Polizei berichtet, was passiert ist.«

Wieder machte er eine kleine Pause, die dieses Mal niemand unterbrach. »Er hat wohl ausgesagt, dass der Täter die ganze Zeit über daneben stand und dabei zugesehen hat, wie die Frau gestorben ist.«

»Mein Gott«, entfuhr es Julia. Selbst Martina war blass geworden. Sie stand da und starrte mit glasigen Augen vor sich hin.

»Und nun ist Michael der Meinung, wir sollten unseren Urlaub abbrechen und die Insel verlassen«, warf Andreas nach einer langen Zeit des Schweigens ein. Alle sahen zu Michael hinüber. Der nickte mehrmals und verschränkte die Arme vor der Brust.

Abwehrhaltung, dachte Julia. *Er geht davon aus, er steht allein gegen uns andere.*

»Ja, das stimmt. Die beiden waren nämlich Touristen, genau wie wir.«

Andreas hob die Hände und ließ sie wieder sinken. »Aber, lieber Michael, das ist doch kein Grund, Hals über Kopf die Insel zu verlassen. In Großstädten wie Berlin passieren laufend Morde. Deiner Logik folgend, müssten am nächsten Tag alle Einwohner die Stadt verlassen.«

»Ich glaube nicht, dass man das miteinander vergleichen kann.«

»Ich finde Michaels Bedenken richtig«, schaltete Martina sich ein. »Von mir aus können wir sofort aufbrechen.«

Michael wandte sich an Julia. »Was denkst du?«

Sie fühlte sich von der Frage überfordert. Einerseits war das, was sie gerade schon zum zweiten Mal gehört hatte, derart schrecklich, dass sie am liebsten weit weg gewesen wäre. Andererseits fragte sie sich, ob eine sofortige Abreise nicht vielleicht etwas übereilt war.

»Ich … ich weiß es nicht«, antwortete sie wahrheitsgemäß.

»Wenn du Amrum unbedingt verlassen möchtest, komme ich mit, aber …«

Michael bedrängte sie nicht, sondern ließ ihr Zeit, die richtigen Worte zu finden.

»Ach, ich weiß es wirklich nicht. Es wird natürlich nicht mehr so unbeschwert sein, wie wir gedacht hatten, aber wir wissen doch noch gar nicht, was hinter diesem Mord steckt. Vielleicht war das etwas Persönliches. Rache, Eifersucht, irgend so etwas. Also, ich glaube nicht, dass wir in Gefahr sind.« Sie lächelte Michael an. »Es wäre doch schade um die gemeinsame Zeit hier.«

»Da siehst du es.« Andreas deutete mit beiden Händen zu Julia hinüber. »Julia würde auch lieber bleiben.«

Julia wollte schon protestieren, weil sie das so nicht gesagt hatte, doch Michael kam ihr zuvor und richtete seine Worte noch immer direkt an sie.

»Das habe ich zwar nicht herausgehört, aber zugegebenermaßen auch nicht, dass du abreisen möchtest. Julia, mach dir bitte klar, dass das nur ein vollkommen gestörter Mensch getan haben kann. Er ist dabeigeblieben und hat sich angeschaut, wie die Frau langsam ertrunken ist.

Und wie ihr Mann wahrscheinlich fast wahnsinnig geworden ist, weil er ebenfalls zusehen musste. So was tut kein Mensch mit einem halbwegs gesunden Verstand. Und es kann gut sein, dass er noch immer hier auf der Insel ist. Bist du dir wirklich ganz sicher, dass du hierbleiben möchtest?«

Julia konnte ihm keine schnelle Antwort geben. Meine Güte, sie wusste es doch selbst nicht. Offenbar deutete Michael ihr Zögern als Ja, denn sie glaubte, einen Anflug von Enttäuschung auf seinem Gesicht zu sehen.

»Ich finde, wir sollten hierbleiben«, stellte Andreas fest. »Das kann sogar noch sehr interessant werden.«

Martina schüttelte den Kopf. »Interessant? Du bist ja nicht bei Trost. Michael hat völlig recht. Ich möchte auch hier weg.«

Es war, als hätte Michael Martinas Kommentar nicht gehört. Seine ganze Aufmerksamkeit galt Julia. »Und du?« Er sagte es nicht fordernd, sondern auf eine Art, die ihr klarmachte, er würde ihre Entscheidung respektieren, egal, wie sie auch ausfiele. Wenn sie denn eine treffen könnte. »Ich …« Sie überlegte fieberhaft. Wusste noch immer nicht, was sie sagen sollte.

»Okay.« Michaels Stimme blieb ruhig. »Ich finde es riskant, hierzubleiben, aber vielleicht ist das auch einfach nur das Entsetzen darüber, dass so etwas Schreckliches ganz in unserer Nähe passiert ist. Das ist eine Ausnahmesituation, in der bei mir wohl so was wie ein Fluchtreflex eingesetzt hat. Bleiben wir also hier. Allerdings habe ich eine Bitte an euch. Können wir uns darauf einigen, bei Dunkelheit nur noch zu viert das Haus zu verlassen?«

Andreas lächelte. »Den Kompromiss gehe ich ein.«

»Bullshit«, war Martinas Kommentar, aber Julia ahnte, dass ihr Wunsch, die Insel zu verlassen, recht wenig mit dem Mord zu tun hatte.

Julia ging auf Michael zu und schlang die Arme um seinen Nacken. Sie wusste, er blieb nur ihretwegen.

Tief in ihrem Inneren war eine Stimme, die ihr zuwisperte: *Hoffentlich werden wir es nicht bereuen.*

7

Harmsens Anruf erwischte Jochen beim Zähneputzen. Er spuckte aus, spülte mit Wasser nach und trocknete sich den Mund ab, bevor er das Gespräch nach einem kurzen Blick auf das Display annahm.

»Harmsen hier«, bellte sein neuer Partner ins Telefon. »Wo sind Sie?«

Der Tag fing ja schon gut an. »Guten Morgen, Herr Hauptkommissar«, antwortete Jochen übertrieben freundlich.

»Lassen Sie den Blödsinn. Sind Sie noch zu Hause?«

»Ja, ich war gerade beim …«

»Kommen Sie her. Und beeilen Sie sich. In zwanzig Minuten bringt uns ein Helikopter nach Amrum.«

»Nach Amrum?«, fragte Jochen überrascht, doch das konnte Harmsen schon nicht mehr hören. Er hatte aufgelegt.

Fünf Minuten später saß Jochen im Auto. Für den Weg von seiner Wohnung in der Flensburger Innenstadt bis zum Präsidium würde er etwa zehn Minuten brauchen.

Amrum. Wenn ein Helikopter sie auf die Insel flog, musste es einen triftigen Grund geben. Jochen war gespannt. Es war der erste gemeinsame Einsatz mit Harmsen, und worum auch immer es ging, er sah ihm mit gemischten Gefühlen entgegen.

Er kannte Harmsen erst ein paar Tage, doch von den Kollegen hatte er schon einiges über seinen neuen Partner gehört. Viel Gutes war nicht dabei. Er galt als launischer Eigenbrötler.

Als er am Präsidium ankam, war der blaue Hubschrauber der Bundespolizei bereits auf der Wiese nebenan gelandet. Jochen entdeckte Harmsens gedrungene Gestalt in der üblichen abgewetzten Jacke neben den beiden Piloten, die bei der Maschine standen. Er hatte eine Zigarette im Mundwinkel und versuchte, sie anzuzünden, doch der Wind blies das Flämmchen des Feuerzeugs jedes Mal wieder aus. Es war zwar nicht zu hören, aber deutlich zu sehen, dass er fluchte. Über seiner Schulter hing eine braune Ledertasche.

Jochen stellte den Golf am Rand des Parkplatzes ab und ging zu den anderen hinüber.

»Da sind Sie ja endlich. Steigen Sie ein, ich erkläre Ihnen alles während des Fluges.«

Jochen kletterte in das Cockpit, zwängte sich auf einen der beiden hinteren Sitze und setzte die Kopfhörer auf. Harmsen folgte. Zwei Minuten später hoben sie ab.

»Wir haben einen Mord«, erklärte Harmsen. Durch den Kopfhörer klang seine Stimme, als würde sie direkt in Jochens Ohr erzeugt. »Die Kollegen von der Spurensicherung werden anschließend geholt. Das hier ist im Moment der einzige freie Helikopter.«

Er klappte seine Ledertasche auf und zog ein Foto heraus. »Das haben die Kollegen von der Insel uns per Mail geschickt.«

Die Aufnahme zeigte einen in den Nacken gelegten Frauenkopf, der aus braunem Sand herausragte. Die langen, nassen Haare umrahmten das Gesicht, die Augen waren geöffnet. Stumpf, leblos. Die Frau schien noch recht jung zu sein. Und sie war zweifelsfrei tot.

»Der Täter hat sie eingegraben und von der Flut überspülen lassen.« Harmsens Stimme im Kopfhörer riss Jochen aus der Betrachtung. »Er hat daneben gestanden und sich angesehen, wie sie ertrunken ist.«

Jochen sah von dem Foto auf. »Woher wissen wir das? Gibt es einen Zeugen?«

»Ja. Ihren Lebensgefährten.«

Jochen verstand nicht. »Ihr Lebensgefährte? War der etwa dabei?«

»Er war direkt neben ihr an einem Holzpfahl festgebunden.«

»Was? Hat er den Täter gesehen?«

»Ja, aber er trug eine Maske und Klamotten, wie sie jeder hier im Schrank hat.«

»Und er kann ihn nicht beschreiben?«

»Keine Ahnung. Wohl nicht.«

Jochen betrachtete wieder das Foto. Wie kam jemand auf die Idee, eine Frau einzugraben und ihren Freund dabei zusehen zu lassen, wie sie ertrank?

»Vielleicht Eifersucht?«, sprach er laut seinen Gedanken aus. Als er bemerkte, dass Harmsen ihn anstarrte, sah er zu ihm hinüber. »Ist was?«

»Ja. Hören Sie gefälligst auf zu spekulieren, noch bevor wir den Tatort erreicht haben.«

Jochen hielt das Foto hoch. »Aber dieses außergewöhnliche Szenario … dafür muss der Täter doch einen Grund gehabt haben.«

Harmsen nickte. »Ja. Er wollte ein wenig mehr, als sie einfach nur umbringen. Das ist übrigens keine Spekulation, sondern Logik. Erkennen Sie den Unterschied?« Damit wandte er den Kopf ab und sah aus dem Fenster. Jochen tat es ihm gleich und beobachtete die Küste, die gerade unterhalb von ihm verschwand.

Er hatte sich in den paar Tagen, die sie sich kannten, schon einige Male über Harmsens ruppige Art geärgert und beschloss, es diesmal nicht zu tun. Sie würden heute zum ersten Mal gemeinsam einen Mordfall übernehmen, und überflüssige Wortgefechte waren da keine gute Idee.

Sie landeten auf einem freien Platz am Rand von Norddorf, der nördlichsten Gemeinde der kleinen Insel. Kurz vor dem Aufsetzen zerrte der Wind so heftig an dem Helikopter, dass er durchgeschüttelt wurde und ein paar Meter absackte, bevor der Pilot ihn verhältnismäßig sanft aufsetzte.

Die Rotoren liefen weiter, als Harmsen und Jochen ausstiegen und auf den Streifenwagen zuliefen, der ganz in der Nähe auf sie wartete. Dann hob die Maschine wieder ab.

Ein schlanker Mann um die fünfzig und in Uniform stieg aus dem Wagen und kam ihnen ein paar Schritte entgegen. Ein Hauptkommissar. Er streckte Harmsen die Hand entgegen. »Fiete Seebald, moin. Ich leite die Dienststelle hier.«

»Harmsen, Kripo Flensburg«, lautete die knappe Antwort. Immerhin ergriff Harmsen die angebotene Hand.

Auch Jochen stellte sich vor. Seebald nickte ihm zu. »Gut, dass Sie so schnell hier sein konnten. Das ist der erste Mordfall hier auf …«

»Ja. Fahren wir?«, unterbrach Harmsen den Mann und öffnete die hintere Tür des Streifenwagens. Seebald warf Jochen einen irritierten Blick zu, dem der aber auswich. Er wollte sich nicht schon in den ersten Minuten über seinen Partner äußern müssen. Nicht einmal durch ein Achselzucken.

Sie fuhren ein Stück durch Norddorf und bogen kurz hinter den letzten Häusern auf einen sandigen Weg ein, der vor einer großen Sanddüne endete.

»Von hier aus müssen wir zu Fuß weiter«, erklärte Seebald und stieg aus. »Es ist nicht weit.«

Als sie den Kamm der Düne erreicht und freie Sicht hinunter zum Strand hatten, sah Jochen den mit rot-weißem Band abgesperrten Bereich neben einer Reihe von Holzpfählen, die aus dem Sand ragten. Einige Männer standen oder liefen dort herum. An einer Stelle war die Sicht durch eine aufgestellte Schutzplane verdeckt. Das Meer begann erst weiter hinten, in einer Entfernung von ein paar hundert Metern. Ebbe.

Auf der anderen Seite der Düne blies der Wind deutlich stärker und verursachte ein lautes Rauschen in den Ohren.

Sie stapften ein Stück durch den weichen Sand des Strandes, bevor sie den härteren, welligen Untergrund erreichten, der bei Flut vom Wasser überspült wurde. Dann hatten sie die Stelle erreicht. Den Tatort.

Ein junger Uniformierter begrüßte sie freundlich und stellte sich als Obermeister Dietmar Knepper vor.

»Gut, dass Sie so schnell kommen konnten, sonst hätten wir sie ausbuddeln müssen. Bevor die Flut einsetzt.«

»Sie haben doch hoffentlich alles so belassen, wie Sie es vorgefunden haben«, sagte Harmsen und ging neben dem Kopf der Frau in die Hocke.

»Wir haben den Tatort natürlich eingefroren«, erklärte Seebald hinter Jochen.

»Gut. Die Kollegen von der Spurensicherung werden bald eintreffen.« Harmsen sah sich um. »Auch wenn ich bezweifle, dass es hier noch etwas zu sichern gibt.«

Die Frau war nicht das erste Opfer eines Gewaltverbrechens, das Jochen sah, aber der Anblick des in den Nacken gesunkenen Kopfes, der aus dem Sand herausragte, jagte ihm trotzdem einen Schauer über den Rücken. Die Augen waren noch immer geöffnet und starrten stumpf in den Himmel. Vor Mund und Nase hatte sich ein Ertrinkungsschaumpilz gebildet. Typisch für diese Todesart, das wusste Jochen aus der Ausbildung. Gesehen hatte er so etwas bisher noch nicht.

Harmsen erhob sich und betrachtete die Frau von oben. »Ich frage mich, wann und wie er das Loch gegraben und wie er sie da reinbekommen hat.«

Jochen verstand, was er meinte. »Er hat sie vielleicht beide an die Holzpfähle gefesselt, während er das Loch ausgehoben hat. Aber das müsste doch ihr Freund wissen. Er war schließlich dabei.«

Sowohl Harmsen als auch er sahen fragend zu Seebald hinüber. Der nickte. »Es war sehr schwierig, überhaupt etwas aus ihm herauszubringen. Wenn ich das richtig verstanden habe, wurden beide in ihrem Ferienhaus überwältigt und für einige Stunden in ihrem Keller gefesselt. Dann kam der Täter zurück und hat erst die Frau mitgenommen und später ihn. Er wurde betäubt. Als er wieder zu sich kam, war seine Freundin schon eingegraben und er saß gefesselt daneben.«

Erneut fiel Jochens Blick auf den Kopf der Toten.

»Hm … wenn der Täter den Mann betäubt hat, wird er es mit ihr genauso gemacht haben. Aber wie hat er die beiden von ihrem Haus aus an den Strand gebracht? Er musste doch damit rechnen, jemandem zu begegnen.«

Jochen ließ den Blick über den Boden der näheren Umgebung schweifen.

»Da werden Sie nichts finden«, erklärte Knepper. »Alles, was hier vielleicht gelegen hat, ist vom Wasser mitgenommen worden, als es zurückgegangen ist. Praktisch für den Mörder. Tatortbereinigung.« Er deutete zu der Toten hinunter. »Hätte nicht gedacht, dass wir hier mal so was erleben. Also klar, jemanden, der ertrunken ist, schon. Aber eingegraben bis zum Hals … wow, das ist echt ein Ding.«

»Hören Sie auf, Geschichten zu erzählen. Haben Sie den Strand abgesucht? Den Bereich, den das Wasser nicht überspült?«

Knepper sah Harmsen überrascht an. »Klar haben wir das.« Im nächsten Moment legte sich ein breites Grinsen auf sein Gesicht. »Hätten Sie den Inselgendarmen nicht zugetraut, oder?«

Harmsen, der sich schon abwenden wollte, hielt inne und sah Knepper mit halb zusammengekniffenen Augen an. Eine tiefe Falte stand senkrecht über seiner Nasenwurzel.

»Sie scheinen das Ganze hier für ein Abenteuer zu halten. Ein Krimispiel vielleicht. Das ist es aber nicht. Irgendein krankes Arschloch hat diese junge Frau kaltblütig und brutal umgebracht. Ich glaube nicht, dass die Eltern der Frau großes Verständnis dafür hätten, dass ein Polizeianfänger neben ihrem ermordeten Kind steht und

Witzchen reißt, statt seine Arbeit zu tun und dabei zu helfen, den Täter zu fassen.« Harmsen machte einen Schritt auf Knepper zu. Nur wenige Zentimeter trennten die beiden noch. »Ich rate Ihnen, sich zusammenzureißen und Ihren Job zu machen, statt sich wie ein Sechzehnjähriger zu benehmen. Haben Sie das verstanden?« Harmsens Reaktion hatte Knepper die Sprache verschlagen. Er brauchte eine Weile, bis er nickte. »Ja, verstanden.«

»Ich glaube nicht, dass Dietmar Witzchen machen wollte«, schaltete sich Seebald ein. »Er hat den Strand gewissenhaft abgesucht und ein Portemonnaie gefunden, gleich da vorn.« Er deutete auf den Bereich, über den sie gerade gekommen waren. »Mit einem Ausweis darin. Er scheint einem Touristen zu gehören, und wir wissen auch, wo er wohnt. Wir haben nur diesbezüglich noch nichts unternommen, weil wir auf Sie warten wollten. Außerdem haben wir die Mülleimer in der Umgebung nach Spuren durchsucht, aber das Spannendste, was wir gefunden haben, war ein kaputtes Schwimmtier.«

»Ein Ausweis?«, blaffte Harmsen. »Und das sagen Sie erst jetzt?«

»Sie sind doch gerade erst gekommen.« Seebald blieb trotz Harmsens scharfem Ton ruhig. »Und bisher hatten wir kaum Gelegenheit, Ihnen irgendetwas zu sagen.«

»Wo ist das Portemonnaie?«, fragte Jochen, um eine Eskalation der Situation zu verhindern. »Kann ich es sehen?«

»Ja, natürlich.« Seebald machte ein paar Schritte zur Seite, zog das in einer Tüte steckende Portemonnaie aus einer Box und reichte es Jochen.

»Haben Sie es angefasst?« Harmsen wandte sich erneut an Knepper, der bleich wurde. »Ja. Ich habe es aufgehoben.«

»Mit bloßen Händen?«

»Ja.« Es kam zögerlich, fast ängstlich, und auch Jochen rechnete mit einem erneuten Wutausbruch Harmsens. Doch der starrte den jungen Beamten nur eine Weile an, schüttelte wortlos den Kopf und wandte sich an Seebald.

»Fordern Sie ein Polizeiboot an und sorgen Sie dafür, dass die Tote nach Kiel in die Rechtsmedizin kommt, wenn die von der Spurensicherung fertig sind. Und geben Sie meinem Kollegen die Adresse, wo sich der Freund der Frau aufhält.«

Damit wandte er sich ab und stapfte los. »Notieren Sie sie, Diedrichsen, und nehmen Sie das verdammte Portemonnaie mit.«

8

Es war ungewöhnlich ruhig am Tisch während des Mittagessens. Alle starrten vor sich hin, kauten auf ihrem Essen herum, tranken ab und zu einen Schluck. Kaum jemand sprach ein Wort, und wenn, dann waren es Belanglosigkeiten wie die Bitte, das Brot oder den Salat herüberzureichen.

Julia hatte sich zuvor ins Bett gelegt und versucht, ein wenig zu lesen, doch immer wieder waren ihre Gedanken von der Geschichte weggedriftet und um die tote Frau am Strand gekreist. Und um die Frage, ob Michael nicht doch recht damit gehabt hatte, dass es besser wäre, die Insel zu verlassen. Irgendwann hatte sie die Versuche aufgegeben, sich auf das Buch zu konzentrieren. Sie hatte es zur Seite gelegt und mit offenen Augen den Geräuschen gelauscht, die der Wind draußen in der Natur und am Haus erzeugte. Das Rauschen und Pfeifen war fast immer präsent, seit sie auf der Insel angekommen waren, doch an diesem Vormittag klang es unheimlicher als sonst.

Irgendwann hatte Julia die Augen geschlossen, und prompt hatte ihre Phantasie begonnen, Bilder abzuspulen. Eine Frau, die Konturen unscharf, das Gesicht kaum mehr als eine helle Fläche. Sie schrie und flehte um ihr Leben, während das Wasser ihren Kopf umspülte. Nur wenige hundert Meter entfernt, nur wenige Stunden zuvor. Das Knarzen und Knarren, das Heulen und Rascheln – dies alles hatte die Bilder untermalt wie die Hintergrundmusik zu einem Horrorfilm. Als das Gesicht plötzlich schärfer wurde, hätte Julia fast einen Schrei ausgestoßen. Die Frau war sie selbst. Die Angst hatte mit kalter Hand nach ihr gegriffen, sie war aus dem Bett gesprungen, aus dem Schlafzimmer geflohen. Sie wollte zu Michael. Ihm sagen, dass sie es sich überlegt hatte und doch mit ihm wegfahren wollte. Weg von der Insel, weg von diesen Bildern, gleich am Nachmittag.

Als sie ihn im Wohnzimmer entdeckte und sich dicht an ihn kuschelte, als sie die Wärme spürte, die von ihm ausging, und ihn ansah, fühlte sie sich gleich besser.

Der Körperkontakt zu Michael vertrieb die düsteren Bilder und holte Julia in die Realität zurück. Und darin hatte ein brutaler Mord nichts verloren. Er war passiert, das konnte sie nicht leugnen, und ja, es war ganz in der Nähe geschehen. Aber dennoch hatte dieses Verbrechen nichts mit ihnen zu tun. Es tangierte sie nicht.

Der schrille Ton der Türklingel riss sie aus ihren Gedanken und ließ sie hochschrecken. Sie sahen sich an, als warteten sie darauf, dass jemand erklärte, wer um die Mittagszeit vor der Tür stehen könnte.

Andreas übernahm diesen Part. »Das kann eigentlich nur unser geschätzter Nachbar sein. Sollen wir Wetten abschließen, worüber er sich beschweren möchte?«

Er stand auf und verließ die Küche. Durch die geschlossene Tür waren dumpfe Stimmen zu hören, die Haustür wurde wieder geschlossen. Sekunden später kam Andreas zurück, im Schlepptau zwei Männer, die Julia nicht kannte.

Der Ältere der beiden mochte Anfang oder Mitte vierzig sein. Er war nicht sonderlich groß und unrasiert. Seinen aschblonden Haaren hätte ein Friseurbesuch gutgetan.

Sein schwarzhaariger Kollege machte einen deutlich gepflegteren Eindruck. Er war sicher zehn Jahre jünger und einen halben Kopf größer.

»Das sind Herr Harmsen und Herr Diedrichsen von der Kriminalpolizei«, erklärte Andreas und deutete dabei in Richtung der beiden. »Sie sind wegen der Sache am Strand gekommen.«

Harmsen nickte in die Runde. »Wie ich hörte, wissen Sie schon, was in der vergangenen Nacht geschehen ist.« Sein Blick heftete sich auf Michael. »Sie sind Herr Altmeier, richtig?«

Michael hob sichtlich verwundert eine Braue. Auch Julia fand es seltsam, dass der Polizist seinen Namen kannte. Schließlich befanden sie sich im Haus von Andreas' Eltern.

»Ja, der bin ich. Warum?«

Harmsen überging die Frage und sah von Julia zu Martina, dann zu Andreas. »Und wer sind Sie alle?«

Sie nannten ihm ihre Namen. Andreas nannte seinen Namen mit Doktortitel und fügte hinzu, dass das Haus seinen Eltern gehörte und sie zu viert ihren Urlaub auf Amrum verbrachten. Der jüngere Polizist, Diedrichsen, machte auf einem kleinen Block Notizen.

Als Andreas seine Vorstellung beendet hatte, gab Harmsen seinem Kollegen ein Zeichen, woraufhin dieser eine transparente Tüte aus der Tasche zog und Michael entgegenhielt.

»Ist das Ihre Brieftasche?« Die Art, wie er diese Frage

stellte, war deutlich freundlicher und angenehmer als Harmsens Ton.

Michael nickte, nachdem er sich den Inhalt der Tüte kurz angesehen hatte. »Sie sieht zumindest so aus. Da Sie meinen Namen kennen, haben Sie sicher meinen Ausweis darin gefunden, also wird sie es auch sein. Ich habe sie verloren.«

Auf Harmsens Stirn zeigten sich tiefe Furchen. »Verloren?«

»Ja, oder sie ist gestohlen worden«, antwortete Andreas für Michael. Harmsen warf ihm genervt einen kurzen Blick zu und richtete seine Aufmerksamkeit wieder auf Michael.

»Verloren oder gestohlen also. So ein Zufall.« Es klang ironisch. »Wir haben sie in der Nähe des Tatortes gefunden. Wann haben Sie sie verloren? Und wann haben Sie den Verlust der Polizei gemeldet?«

Michael zuckte mit den Schultern. Nicht zum ersten Mal bewunderte Julia seine Ruhe. Die Art, in der der Polizist mit ihm sprach, fand sie unangebracht. Um nicht zu sagen, unverschämt.

»Verloren habe ich sie wohl vorgestern am Vormittag. Im *Kleinen Strandhotel*. Aber der Polizei habe ich das noch nicht gemeldet. Wir wollten erst einmal abwarten, ob sie vielleicht wieder auftaucht.«

»Wir? Ist das eine Gemeinschaftsbrieftasche?«

»Nein«, schaltete Andreas sich wieder ein, »aber ich bin nicht ganz unschuldig daran, dass Michaels Portemonnaie verschwunden ist. Wir haben darüber gesprochen. Deshalb *wir.*«

Anders als zuvor wandte sich Harmsen abrupt Andreas zu. »Ich wäre Ihnen dankbar, wenn Sie Ihr Dazwischengerede unterlassen könnten«, schnauzte er Andreas an. »Ich unterhalte mich gerade mit Herrn Altmeier. Wenn ich etwas von Ihnen wissen möchte, werde ich Sie fragen.«

Für einen kurzen Moment herrschte betretene Stille, doch Andreas fing sich überraschend schnell.

»Und ich wäre Ihnen dankbar, wenn Sie eine Antwort auf Ihre Frage zur Kenntnis nehmen würden, zumal, wenn sie von dem gegeben wird, den diese Frage betrifft. Was Sie ja vorher nicht wissen konnten. Denn hätten Sie es gewusst, hätten Sie sich als intelligenter Kriminalist nach dem *Wir* sicherlich gleich an mich gehalten.«

Diese Schlagfertigkeit hätte Julia Andreas gar nicht zugetraut. Harmsen allerdings war offensichtlich wenig begeistert, wie man unschwer an seinem Gesicht ablesen konnte. Dennoch ging er nicht weiter darauf ein.

Eins zu null für Andreas.

»Also, noch mal, *Herr Altmeier.* Wo genau haben Sie Ihre Brieftasche verloren, und warum hat Ihr vorlauter Freund etwas damit zu tun?«

Michael tauschte einen schnellen Blick mit Andreas, dann erzählte er von dem Frühstück und dass er Andreas sein Portemonnaie gegeben hatte, um zu bezahlen. Dass es sein konnte, dass es anschließend auf dem Tisch liegengeblieben war, weil er es nicht mitbekommen hatte, als Andreas es dort hingelegt hatte. Er wisse es einfach nicht.

Harmsen schüttelte den Kopf. »Das ist ja eine tolle Story. Waren Sie irgendwann mal am Strand?«

Alle vier sahen sich verwundert an, dann sagte Michael. »Ja, wir waren natürlich alle schon mehrmals am Strand. Wir machen hier schließlich Urlaub.«

»Auch an der Stelle, an der die Frau ermordet wurde?«

»Nein, so weit waren wir noch nicht.«

»Und woher wissen Sie, wo das war?«

»Weil wir beide dorthin gegangen sind«, antwortete Andreas und hob sofort die Hände. »Diese Frage betraf uns alle. Auch mich.«

»Was ist das denn für ein Mist? Der eine sagt, Sie waren noch nicht dort, und der andere erklärt, Sie wissen, wo der Tatort ist, weil Sie schon dort waren. Wollen Sie mich verarschen?«

Nun schüttelte Michael beschwichtigend den Kopf. »Nein, das wollen wir sicher nicht. Ich kann das erklären. Es war heute Vormittag, Julia kam vom Einkaufen zurück und erzählte uns, was sie gehört hatte. Da bin ich mit Andreas los zum Strand, um herauszufinden, ob dort tatsächlich eine Frau ermordet worden war. So was lässt einem ja schließlich keine Ruhe, wenn es angeblich in unmittelbarer Nähe geschehen ist. Wir sind ein Stück gelaufen und haben die Absperrung gesehen. Dort hat uns dann ein junger Polizist erzählt, was passiert ist.«

Julia bemerkte den ärgerlichen Blick, den Harmsen seinem Kollegen zuwarf, bevor er fragte: »Und vorher waren Sie also noch nie an dieser Stelle?«

»Nein, daran könnte ich mich sicher erinnern.«

»Wie erklären Sie es sich dann, dass Ihre Brieftasche dort auftaucht?«

»Ich weiß es nicht.«

»War sonst jemand von Ihnen schon mal an dieser Stelle?«

»Ja, ich.« Alle Blicke richteten sich auf Martina.

»Ach. Und wann?«

»Das war gestern. Ich ging spazieren.« »Allein?«

»Ja. Ich gehe am liebsten allein spazieren. Da muss man nicht so tun, als wolle man sich unterhalten.«

»Aber von Herrn Altmeiers Brieftasche wissen Sie nichts?«

»Nur, dass mein Mann sie als Letzter hatte.«

»Ich habe sie aber zurückgegeben«, fügte Andreas schnell hinzu.

»Und sonst war noch niemand von Ihnen dort?«

Alle außer Martina schüttelten den Kopf.

»Bleibt immer noch die Frage, wie die Brieftasche dorthin gekommen ist. Das ist doch wirklich seltsam.«

Julia sah, dass sich etwas wie Ungläubigkeit in Michaels Gesicht abzeichnete. »Sagen Sie … werde ich verdächtigt? Weil mein Portemonnaie am Strand gefunden wurde?«

»Nein, das werden Sie nicht«, sagte Diedrichsen schnell. So schnell, dass Julia das Gefühl hatte, es war ihm wichtig, dass Harmsen nicht antwortete.

»Aber Sie werden verstehen, dass wir Sie befragen müssen, wenn wir Ihre Brieftasche in der Nähe eines Tatortes finden. Das ist Routine.«

»Ja, natürlich verstehe ich das. Ich hatte nur bisher noch nie mit der Polizei zu tun, und mir erschien die Art, wie die Fragen gestellt wurden, doch etwas … ungewöhnlich.«

Alle Blicke richteten sich auf Harmsen, der aber offensichtlich keine Veranlassung sah, sich dazu zu äußern.

Er zog eine Visitenkarte aus der Innentasche seiner abgenutzten Jacke und legte sie auf den Tisch. »Sie kennen das ja sicher aus dem Fernsehen. Wenn Ihnen noch was einfällt, rufen Sie mich an. Mit ziemlicher Sicherheit werde ich mich aber sowieso noch mal melden.«

Er wandte sich ab und wollte die Küche gerade verlassen, als Michael ihm nachrief: »Entschuldigung, was ist mit meinem Portemonnaie?«

»Das wird zuerst auf Fingerabdrücke untersucht. Ich schicke nachher einen Kollegen hier vorbei, der bei Ihnen die Abdrücke nimmt. Dann sehen wir weiter. Entweder sind auf der Brieftasche keine Spuren, dann hat derjenige, der sie dort verloren oder weggeworfen hat, sie abgewischt. Das würde für einen Diebstahl sprechen. Oder aber wir finden die Abdrücke von Ihnen und Herrn Wagener, aber keine anderen.«

Welche Schlüsse er daraus ziehen würde, sagte er nicht. Das war auch nicht nötig.

»Wann wird das festgestellt sein? Ich meine, falls wir die Insel verlassen möchten.«

»Kann ich nicht sagen. In ein, zwei Tagen. Mir ist es eh lieber, Sie bleiben hier für mich erreichbar.«

Damit öffnete er die Tür und verschwand, ohne sich noch einmal umzudrehen. Bevor Diedrichsen ihm folgte, warf er einen Blick in die Runde und zuckte wie zur Entschuldigung mit den Schultern.

Niemand machte Anstalten, die beiden hinauszubegleiten.

Als die Haustür mit einem dumpfen Geräusch geschlossen wurde, war deutlich spürbar, wie die Anspannung von allen abfiel.

»Was ist das denn für ein Typ?« Andreas setzte sich wieder an den Tisch. »Und so was wird als Ermittler auf die Menschen losgelassen. Kein Wunder, dass die Polizei einen schlechten Ruf hat.«

»Wahrscheinlich hat er es selten mit Doktoren und Wissenschaftlern zu tun und weiß nicht, wie man mit denen spricht.« Martina. Nicht einmal in dieser Situation konnte sie auf ihren beißenden Sarkasmus verzichten.

Michael schüttelte den Kopf. »Das kam mir wirklich gerade so vor, als glaubte dieser Harmsen, ich hätte etwas mit der Sache zu tun.« Er sah Andreas an. »Was, wenn auf dem Portemonnaie wirklich nur unsere Abdrücke sind?«

»Erstens glaube ich das nicht, aber selbst wenn … jemand kann Handschuhe getragen haben, als er das Ding vom Tisch genommen hat. Es ist ja schließlich eiskalt hier. Dann sind auch nur unsere Spuren darauf und vielleicht noch die von Julia. Das beweist doch gar nichts.«

Martina stieß ein humorloses Lachen aus. »Wieso die von Julia? Meine würde man auf deiner Brieftasche sicherlich nicht finden. Dazu versteckst du sie immer viel zu gut vor mir.«

Andreas' Mund verzog sich zur Parodie eines Lächelns. »Das klingt ganz so, als ob du sie schon gesucht hättest.«

Michael erhob sich und ging zum Fenster. Eine Weile stand er reglos dort und wandte ihnen den Rücken zu. Als er sich wieder zu ihnen umdrehte, glaubte Julia, zum ersten Mal einen Anflug von Angst auf seinem Gesicht zu erkennen.

»Heute Vormittag waren wir noch der Meinung, dieser Mord würde uns nichts angehen. Ich fürchte, das tut er nun doch.«

9

Sie saßen schweigend nebeneinander in dem Streifenwagen, den Seebald ihnen zur Verfügung gestellt hatte. Rechts von ihnen zogen in langer Reihe verklinkerte Häuser vorbei, in deren Vorgärten Zu-vermieten-Schilder standen. Die Dünen auf der anderen Seite bildeten ein ständiges Auf und Ab, während Jochen den Wagen über die schmale Straße lenkte.

Es gab da einiges, was er Harmsen gerne gesagt hätte, aber er bezweifelte, dass es sinnvoll war, diese Dinge anzusprechen. Er fand Harmsens Auftritt Altmeier und Dr. Wagener gegenüber wirklich grenzwertig.

Ganz davon abgesehen, dass ein so offen dargelegtes Verdachtsmoment bei der ersten Befragung allem widersprach, was man in der Ausbildung lernte, war Harmsens Verhalten insgesamt kontraproduktiv. Wenn man schon im ersten Gespräch so vehement dafür sorgte, dass eine Abwehrmauer aufgebaut wurde, durfte man sich nicht wundern, wenn die Kooperationsbereitschaft möglicher Zeugen gegen null ging.

Jochen wurde aus Harmsen einfach nicht schlau, und was er bisher von den Kollegen über ihn gehört hatte, trug nicht dazu bei, ihn besser einschätzen zu können. Auf der einen Seite sprach man im Präsidium geradezu ehrfürchtig von seinen Ermittlungserfolgen, andererseits hatte Jochen Andeutungen über einen katastrophalen Misserfolg gehört, der offenbar allein auf Harmsens Konto gegangen war. Näher hatte sich allerdings bisher niemand dazu äußern wollen.

Bei der Beschreibung von Harmsens Charakter reichte die Spanne von *schwierig* bis zu *Arschloch*.

»Da vorn muss es sein«, unterbrach Harmsen Jochens Gedanken. Seebald hatte ihnen die Adresse des Ferienhauses gegeben, in dem das junge Paar untergebracht gewesen war.

Jochen stoppte den Wagen vor dem Eckhaus, drehte den Schlüssel um und machte Anstalten auszusteigen, doch Harmsen schüttelte den Kopf.

»Bleiben Sie sitzen. Wir werden nicht zu zweit da drin rumtrampeln, bevor die von der SpuSi hier waren. Ich bin gleich wieder da.«

Jochen ließ sich zurück in den Sitz sinken. Nur mit Mühe konnte er dem Impuls widerstehen, Harmsen eine passende Antwort zu geben. Der Kerl behandelte ihn, als wäre er ein blutiger Anfänger. Lange würde er sich das nicht mehr bieten lassen.

Er beobachtete Harmsen, wie er zur Haustür ging und sie öffnete. Den Schlüssel hatte er ebenfalls von Seebald, der so weitsichtig gewesen war, ihn sich schon vor ihrem Eintreffen zu besorgen.

Die Kollegen der hiesigen Dienststelle hatten insgesamt sehr gute Vorarbeit geleistet und an vieles gedacht, was durchaus nicht selbstverständlich war. Doch statt ein Wort des Dankes zu finden, behandelte Harmsen sie wie Dorfdeppen, die keine Ahnung von Polizeiarbeit hatten. Der Mann hatte ein ausgesprochenes Händchen dafür, sich überall unbeliebt zu machen.

Es dauerte keine zwei Minuten, bis Harmsen wieder

im Auto saß. »Fahren wir zu diesem Arzt, der den Zeugen behandelt.«

»Was haben Sie da drin gemacht?«

Harmsen sah Jochen an, als hätte er ihn gefragt, ob er mit ihm kuscheln wolle.

»Polizeiarbeit. Ich habe mich umgesehen. Hätte ja sein können, dass mir irgendwas auffällt, das uns weiterhelfen kann.«

»Und?«

Harmsen deutete mit dem Kinn nach vorn. »Fahren Sie.«

Das Haus des Arztes lag nur zwei Straßen weiter. Die Tür war verschlossen. Offensichtlich hatte Dr. Mehrfeld die Praxis geschlossen, während er sich um den Mann kümmerte. Auf ihr Klingeln hin öffnete eine Frau um die fünfzig und führte sie an einem leeren Wartezimmer vorbei in das große Behandlungszimmer.

Der junge Mann lag auf dem Rücken auf einer Behandlungsliege. Er regte sich nicht, als sie den Raum betraten. Neben ihm saß der Arzt. Auch ihn schätzte Jochen auf Anfang fünfzig. Von seinen dunkelblonden Haaren war nur noch ein schmaler Ring übrig, der wie ein heller Kranz um den sonst kahlen Schädel lag.

Sein Bauch drückte imposant gegen das weiße Poloshirt und hing so weit über den Bund der ebenfalls weißen Jeans, dass er den Gürtel verdeckte.

Gleich daneben stand ein weiterer Mann. Er hatte graumelierte, dunkle Haare, war einige Jahre älter, doch im Gegensatz zu Dr. Mehrfeld schlank und durchtrainiert. Seine sehnige Statur wirkte in Verbindung mit dem wettergegerbten, kantigen Gesicht ausgesprochen männlich.

»Harmsen, Kripo Flensburg. Das ist mein Kollege Diedrichsen. Wir möchten Herrn Lorenz ein paar Fragen stellen.«

Der Arzt erhob sich schwerfällig und nickte ihnen zu. »Mehrfeld.« Sein Blick richtete sich auf den Mann auf der Liege. »Herr Lorenz ist stark traumatisiert, ich habe ihm ein Sedativum gegeben und bezweifle, dass er derzeit in der Lage ist, Ihre Fragen zu beantworten.«

»Sind Sie Psychiater oder so was?«

»Nein.« Mehrfeld war sichtlich irritiert. »Ich nicht. Aber der Herr neben mir. Deshalb ist er hier.«

Harmsen wandte sich an den Mann. »Wer sind Sie?«

»Damerow, Privatier, Norddorf.«

Harmsen stutzte. »Geht das auch präziser?«

Zwei, drei Sekunden lang sahen die beiden sich in die Augen, und noch bevor Damerow antwortete, stand fest, dass sie keine Freunde werden würden. »Ich habe mich Ihrer Art der Vorstellung angepasst.«

»Was sind Sie? Psychiater oder Komiker?«

»Weder noch.«

»Verdammt nochmal …«

»Würden Sie uns bitte Ihren Beruf, Ihren vollständigen Namen und Ihre Adresse sagen?«, fiel Jochen Harmsen ins Wort und zog sein Notizbuch aus der Tasche. Es war offensichtlich, dass sein Partner bei dem Mann auf Granit beißen würde.

Erst nach einer Weile löste Damerow seinen Blick von Harmsen und wandte sich Jochen zu. »Sie sind also der Gute. Ich dachte immer, das gibt es nur im Fernsehen.«

»Ich kann Sie auch zur Feststellung Ihrer Personalien mitnehmen, wenn Ihnen das lieber ist«, bellte Harmsen.

Damerow ignorierte ihn und richtete seine Aufmerksamkeit demonstrativ weiter auf Jochen. »Mein Name ist Adam Damerow. Ich war Psychiater in Hamburg und habe mich vor zwei Jahren hier zur Ruhe gesetzt.«

»Sie praktizieren also nicht mehr?«, fragte Jochen schnell.

Damerows Braue hob sich.

»Richtig. Das bedeutet es, wenn man sich zur Ruhe setzt.«

»Sie erscheinen noch verhältnismäßig jung für einen Rentner.«

»Muss man bei der Kripo Flensburg um Erlaubnis fragen, bevor man aufhört zu arbeiten?«

»Was ist mit Ihnen los?«, polterte Harmsen erneut dazwischen. »Haben Sie ein Problem mit der Polizei?«

»Nein.« Noch immer würdigte Damerow Harmsen keines Blickes.

»Entschuldigung«, mischte Dr. Mehrfeld sich ein. »Denken Sie bitte daran, dass hier …«

»Ja, schon gut.« Harmsen winkte ab und trat näher an die Liege heran. »Herr Lorenz, ich muss Ihnen ein paar Fragen stellen.«

Jochen folgte Harmsen und hatte zum ersten Mal Gelegenheit, den Mann genauer zu betrachten. Sein Alter war in dieser Position schwer zu schätzen. Er war schlank, die schwarzen Haare standen ihm wild in alle Richtungen vom Kopf ab. Seine Haut war blass, die Augen gerötet.

»Ich sagte doch schon, er wird Ihre Fragen wahrscheinlich nicht beantworten können.« Mehrfeld ging um das Fußende der Liege herum zur anderen Seite. »Ich werde ihn gleich in die Klinik nach Föhr schaffen lassen. Dort wird man sich um ihn kümmern.«

»Herr Lorenz«, versuchte Harmsen es unbeirrt weiter, »wir bemühen uns, den Mörder Ihrer Verlobten zu finden. Dazu brauchen wir Ihre Hilfe. Wenn Sie möchten, dass wir den Kerl fassen, dann reißen Sie sich jetzt zusammen und beantworten meine Fragen.«

»Herr Harmsen …«

»Was?«, fuhr Harmsen den Arzt an.

Jochen konnte das Benehmen seines Partners nicht mehr länger ertragen. »Wir können ihn doch auch später noch befragen. Wenn es ihm etwas bessergeht.«

Harmsen schüttelte den Kopf. »Nein. Ich weiß, er hat Schlimmes durchgemacht und ist traumatisiert, und das tut mir auch sehr leid für ihn. Aber *er* lebt, verdammt nochmal. Seine Verlobte ist tot, und ich möchte, dass er uns gefälligst hilft. Trauma hin oder her.«

»Er … hat an der Tür geklingelt.« Alle Augen richteten sich auf Lorenz. Er lag unverändert auf der Liege und starrte gegen die Decke.

»Was?«, fragte Harmsen.

»Er hat an der Tür geklingelt«, wiederholte der junge Mann mit brüchiger Stimme. »Und er hat Nicole ein Messer an den Hals gehalten.«

»Wann war das?«, fragte Harmsen schnell. Er schien zu befürchten, dass Lorenz gleich wieder verstummen würde.

»Gestern Abend. Gegen zehn. Er hat uns im Keller gefesselt. Dann ist er gegangen. Aber er ist wiedergekommen und hat Nicole mitgenommen.«

»Und wann genau?«

»Irgendwann. Später. Ich weiß es nicht. Dann ist er

noch mal zurückgekommen und hat mich gezwungen, in eine Mülltonne zu steigen. Er hat mir eine Spritze gegeben.«

Es entstand eine Pause. Fünf Sekunden … zehn. Niemand sprach ein Wort, niemand bedrängte ihn. Selbst Harmsen ließ ihm Zeit. Tränen liefen Lorenz aus den Augenwinkeln, über die Schläfen, in die Ohren.

Als hinter ihnen die Praxistür geöffnet wurde, fuhren alle herum. Der Mann, der den Raum betrat, war mager und auffallend blass – einer von Mehrfelds Patienten wahrscheinlich. Jochen wunderte sich, dass er einfach, ohne anzuklopfen, den Raum betrat, und hoffte, dass Harmsen ihn nicht anblaffen und damit Lorenz zum Verstummen bringen würde.

»Als ich aufgewacht bin, saß ich im Sand«, erzählte Lorenz weiter, und alle – auch Harmsen – richteten ihre Aufmerksamkeit wieder auf ihn. Um den Neuankömmling konnten sie sich später kümmern.

»Der Sand war nass. Das Wasser … es kam zurück. Nicole hat geschrien. Sie hat so sehr geschrien. Sie hatte furchtbare Angst. Und ich konnte ihr nicht helfen.« Lorenz sprach jetzt schneller, seine Stimmlage wurde höher. »Ich war gefesselt, direkt neben ihr. Und konnte ihr doch nicht helfen. Ich konnte einfach nicht. Immer und immer wieder hat sie meinen Namen gerufen. Dass ich ihr helfen soll.«

Eine erneute Pause. Dann leise, fast flüsternd: »Sie hat mich angefleht. Und ich konnte nichts tun.«

Pause.

»Der Kerl … dieses Schwein … er hat die ganze Zeit daneben gestanden und ihr zugesehen.« Nun bewegte

Lorenz sich zum ersten Mal. Er drehte den Kopf, sah Harmsen an. »Bitte … Sie müssen diesen Dreckskerl finden. Und dann … müssen Sie ihn erschießen. Bitte erschießen Sie ihn.«

»Wir werden ihn finden«, sagte Harmsen mit derart sanfter Stimme, dass Jochen ihn überrascht ansah. »Dazu brauchen wir aber Ihre Hilfe. Können Sie den Mann beschreiben?«

»Nein. Er hatte eine Lampe, ich glaube, auf dem Kopf. Sie hat geblendet, ich konnte nichts von ihm sehen.«

»Und vorher? In Ihrem Ferienhaus? Als er reinkam?«

»Er … er hatte eine Maske auf.«

»Okay. Ist Ihnen irgendwas an ihm aufgefallen? Denken Sie bitte nach.«

Erneutes Schweigen, den Blick wieder gegen die Decke gerichtet, wieder Tränen. »Nein.«

»Wie groß ist er?«

»Normal.«

»Was hatte er an?«

»Ich … weiß nicht.«

»Herrgott nochmal.« Da war er wieder, der wahre Harmsen. Jochen hatte schon geahnt, dass er es nicht lange schaffen würde, sich zusammenzureißen.

»Sie müssen doch gesehen haben, was der Mann anhatte. Jacke, Hose, irgendwas.«

»Eine dicke Jacke. Mit Kapuze. Dunkel. Mehr weiß ich nicht. Wirklich. Lassen Sie mich. Bitte.«

Harmsen versuchte es noch einige Male, sah dann aber ein, dass es keinen Sinn mehr hatte. Er wandte sich um und musterte den Mann, der kurz zuvor den Raum betreten hatte.

»Wer sind Sie?«

»Menning«, stellte der Mann sich vor. Seine Stimme klang heiser. »Polizeihauptmeister Hans-Peter Menning.«

»Sie sind ein Kollege?«

»Ja, von der Dienststelle in Nebel.«

Harmsen zeigte sich überrascht. »Warum sind Sie in Zivil? Haben Sie Urlaub?«

»Nein, ich bin krankgeschrieben.«

»Und was tun Sie dann hier? Wollten Sie zu Dr. Mehrfeld?«

»Ich dachte, ich kann vielleicht helfen.«

»Helfen?«

»Warum sind Sie krankgeschrieben?«, fragte Jochen. »Was genau fehlt Ihnen?« Etwas sagte ihm, dass es keine Erkältung und keine Magenschmerzen waren.

Als Menning herumdruckste, hätte Jochen ihm am liebsten einen Stoß gegeben, damit er redete, bevor Harmsen grob wurde. »Ich … ich hatte Krebs«, sagte er zaghaft und fügte schnell hinzu: »Aber ich bin geheilt. Vollkommen.«

»Krebs?« Harmsen hob die Augenbrauen. »Seit wann sind Sie krankgeschrieben?«

»Fast ein Jahr. Aber ich bin wieder gesund und kann helfen. Wirklich. Es hat noch nie einen Mord …« Er verstummte und sah mit besorgter Miene zu dem jungen Mann auf der Liege hinüber. »Ich meine, Sie können doch sicher jeden Mann brauchen.«

»Gehen Sie nach Hause.« Wieder war da etwas ungewohnt Sanftes in Harmsens Stimme. »Wir wissen es zu schätzen, dass Sie helfen möchten, aber solange Sie nicht diensttauglich geschrieben sind, haben Sie hier nichts verloren. Das wissen Sie doch selbst. Also, Herr Menning … gehen Sie nach Hause und warten Sie, bis der Arzt Ihnen bescheinigt, dass Sie wieder einsatzfähig sind.«

Menning nickte sichtlich enttäuscht und ging ohne ein weiteres Wort. Bevor er den Raum verließ, rief Harmsen ihm nach: »Alles Gute!«

In der nächsten Sekunde wandte er sich an Jochen.

»Kommen Sie, Diedrichsen, Zeit für ein Mittagessen. Wir fahren zum *Kleinen Strandhotel*. Ich möchte mich mit dem Wirt unterhalten.«

Jochen nickte nur und verließ hinter Harmsen den Behandlungsraum.

Er wurde aus diesem Mann einfach nicht schlau.

10

Er hat recht gehabt. Natürlich.

Sie sind aus Flensburg gekommen und tun exakt das, was von ihnen erwartet wird. Was *er* von ihnen erwartet hat. Sie laufen herum wie die aufgescheuchten Hühner. Stellen Fragen, spekulieren wild, sammeln tapsig und plump die Brotkrumen auf, die er ihnen hingelegt hat.

Sie denken, sie werden diesen Fall lösen können. Die Kriminologen aus der großen Stadt auf der kleinen Insel. Dabei haben sie nicht den Hauch einer Ahnung, in was sie da hineingeraten sind. Dass sie nichts weiter als Mittel zum Zweck sind, Marionetten, deren Fäden er in den Händen hält. Und wann immer ihm danach ist, wird er an dieser oder jener Strippe ziehen, und sie werden reagieren. Ein Spiel. Sein Spiel.

Bald werden die Journalisten kommen. Und sie werden die Nachricht über die Geschehnisse auf Amrum in ganz Deutschland verbreiten. Vielleicht sogar in der ganzen Welt.

So etwas Schreckliches ausgerechnet auf der kleinen, beschaulichen Insel Amrum. Wo es bisher der größte Coup der Polizei war, ein paar Cannabis-Pflanzen in Norddorf sicherzustellen.

Aber das wird erst in ein paar Tagen geschehen. Wenn es wirklich einen Grund gibt, ausführliche Artikel über ihn zu schreiben. Dann, wenn sie erkennen, dass da jemand auf der Insel ist, der das tut, was er tun möchte.

Solange er es tun möchte. Und dass niemand etwas dagegen unternehmen kann. Weil er allen überlegen ist.

Zumindest mit diesem Teil ist er bisher zufrieden. Aber sein Versuch …

Er denkt an die Nacht. An die Präzision, mit der die Aktion abgelaufen ist. Zumindest, was seinen Part betrifft. Die Vorbereitung, die Durchführung … perfekt. Aber Jane und John waren eine einzige Enttäuschung. So, wie normale Menschen es leider fast immer sind.

Vielleicht muss er die Versuchsanordnung ein wenig modifizieren. Vielleicht reichen schon kleine Nuancen, um das gewünschte Ergebnis zu erzielen. Er grinst. Natürlich ist ihm bei dem Gedanken daran sofort eine mögliche Veränderung des Versuchs eingefallen. In dem Fall wäre letztendlich nicht John sein finales Anschauungsobjekt, sondern Jane.

So ist das bei Versuchen. Oft reicht nicht nur die Änderung der Bedingungen allein. Oft muss sie auch mit einer Steigerung der Intensität einhergehen. Das wäre in diesem Fall definitiv gegeben. Und es könnte funktionieren.

Bald wird er es wissen.

Er denkt an seine Schwester. Zum ersten Mal seit Jahren. Er wundert sich nicht darüber, denn es ist das logische Resultat seiner vorangegangenen Überlegungen. In den vergangenen Jahren hatte es keinen Grund gegeben, sich gedanklich mit ihr zu befassen. Das hätte Zeit gekostet, die er für wichtigere Dinge einsetzen konnte.

Sarah. Kleine Sarah. Sie war immer so willig gewesen, ihm zu helfen. Keiner seiner Ideen hatte sie widersprochen, nie hatte sie sich geweigert, ihn bei einem seiner

Versuche zu unterstützen. Selbst das Geschrei und Gezeter ihrer Mutter, wenn sie wieder einmal eine seiner Versuchsreihen gestört hatte, konnte Sarah nicht davon abhalten, ihm bei nächster Gelegenheit wieder zur Verfügung zu stehen. Bis sie sie wegbrachten. In ein Internat. Das arme Mädchen.

Er hat sie nicht mehr gesehen, seit sie sich am Bahnhof von ihm verabschiedet hat.

Seine Gedanken kehren wieder in die Gegenwart zurück. Genug Vergangenheit. Genug Sarah.

Er wird bald mit der Vorbereitung zum nächsten Schritt beginnen. Und er wird ihnen helfen, diesen Tölpeln. In seinem Sinn. Und zuvor wird er sie noch ein wenig hin und her schicken. Die Fäden ziehen. Warum nicht auch dabei ein wenig modifizieren?

Ebenso sicher, wie er weiß, dass immer wieder Situationen entstehen, die nicht planbar sind, kann er sich darauf verlassen, dass er in der Lage ist, diese Situationen sofort aufzugreifen und als Gelegenheit in seinem Sinn zu nutzen. Das hat er auch hier schon getan, und er wird es noch öfter tun. Ganz sicher.

Er muss nur abwarten und handeln, wenn es angebracht ist. Sie werden jeden Hinweis dankbar aufgreifen, den sie finden. Nicht wissend, dass es keine einzige Spur gäbe, wenn er sie nicht bewusst legen würde.

So lange hat er sich versteckt, sein Genie in ein dunkles Verlies seines Verstandes eingeschlossen und nur eine winzig kleine Öffnung gelassen. So klein, dass nur Bruchteile seiner Intelligenz nach außen dringen können. Und selbst die genügen völlig, um jedem normal ausgebildeten Intellekt das Wasser zu reichen.

Er kann mit Recht stolz auf sich sein, wenn er bedenkt, wie perfekt es ihm sein ganzes Erwachsenenleben lang gelungen ist, seine Fähigkeiten vor seiner Umwelt zu verbergen. Er ist der perfekte Normalbürgerdarsteller.

Nun aber ist es langsam an der Zeit, einen etwas größeren Teil seiner Intelligenz auszuspielen.

Erneut springen seine Gedanken zu seiner Schwester. Allerdings nicht zu der kleinen Sarah, die er zuletzt gesehen hat, sondern zu der Sarah in der Gegenwart. Der erwachsenen Sarah. Er beschließt, sie ausfindig zu machen und zu besuchen, wenn er auf der Insel fertig ist.

Warum soll er nicht auch an ihr seine Versuche wiederaufnehmen? Ebenfalls mit veränderten Bedingungen und größerer Intensität. Er wundert sich, dass ihm das nicht schon eher eingefallen ist. Nein, er ärgert sich darüber. Es ist doch naheliegend.

Sie ist schließlich seine Schwester.

11

Julia lag mit geschlossenen Augen auf der Couch des kleinen Wohnzimmers. Dass sie sich nicht wohl fühlte, war in Anbetracht der Lage kein Wunder, aber sie wollte wissen, was genau es war, das sie seit einigen Stunden lähmte. Natürlich bedrückte die Sache mit der ermordeten Frau am Strand sie sehr. Und dass die Polizei Michaels Brieftasche in der Nähe des Tatorts gefunden hatte und deswegen bei ihnen gewesen war. Michael hatte es ganz richtig formuliert. Sie hatten gedacht, dieses Verbrechen berühre sie nicht. Das tat es nun doch, und zwar weitaus intensiver, als sie es je für möglich gehalten hätte.

Aber das allein war nicht der Grund dafür, dass sie sich so unwohl fühlte. Nein, die Stimmung im Haus war insgesamt gekippt, und zwar nicht erst, seit die beiden Polizisten aufgetaucht waren. Die verbalen Giftpfeile, die Martina ständig verschoss, nervten Julia ebenso sehr wie Andreas' immer offenkundiger werdendes Interesse an ihr.

Selbst Michaels Laune war getrübt, was nur sehr selten vorkam.

Er stand gerade unter der Dusche und wollte sich danach ein wenig ins Bett legen. Weil er Kopfschmerzen hatte, wie er erklärte, aber Julia war sicher, es hatte eher mit dem Besuch der Polizisten zu tun. Die Art, wie dieser Harmsen mit ihm umgesprungen war, machte ihm mehr zu schaffen, als er zugeben wollte.

Harmsen hatte ja auch kaum einen Zweifel daran gelassen, dass er es für möglich hielt, dass Michael etwas mit dem Mord zu tun hatte. Julia schüttelte den Kopf. Natürlich, ein Mörder, der eine derart perfide Tat plante und sogar dafür sorgte, dass es einen Zeugen gab, der anschließend davon berichten konnte, war so dämlich, seine Brieftasche samt Ausweis mit zum Tatort zu nehmen. Und dann dort zu verlieren.

Julia konnte nicht fassen, dass ein Ermittler tatsächlich so einfältig war. Sie hoffte sehr, es würde der Polizei schnell gelingen, den wahren Mörder zu fassen. Vielleicht urteilten ja nicht alle so vorschnell und dachten nicht so unlogisch wie dieser Harmsen.

Sie hörte, dass jemand das Wohnzimmer betrat, und öffnete die Augen. Andreas. Er tat so, als sei er überrascht, sie auf der Couch zu sehen. Dabei musste er es gehört haben, als sie Michael sagte, sie werde sich im Wohnzimmer hinlegen. Er hatte nur wenige Meter entfernt gestanden.

»Ah, Julia. Störe ich?«

Sie blieb einfach liegen. »Ehrlich gesagt, ja. Mir geht's nicht so gut, und ich wollte mich ein wenig ausruhen.«

»Dir geht es nicht gut? Das tut mir leid. Hast du Kopfschmerzen?«

»Ja«, log sie.

»Dann schlage ich vor, ich spendiere dir eine ausgiebige Schulter-Nacken-Massage. Zur Entspannung. Du wirst sehen, danach sind deine Kopfschmerzen wie weggeblasen.«

»Das ist lieb von dir.« Es kostete sie einiges an Überwindung, freundlich zu klingen. »Aber am besten hilft es mir, wenn ich einfach die Augen schließe und Ruhe habe.«

»Gut. Ich werde mich in den Sessel setzen und ein wenig lesen. Du wirst keinen Mucks von mir hören. Entspann dich einfach, und wenn du etwas brauchst, sagst du Bescheid, und ich werde es dir holen. Wie in einem Luxushotel.«

»Wo ist Martina?«

»Keine Ahnung. Sie hat das Haus verlassen.«

»Verstehe. Ich würde jetzt wirklich gern ein bisschen die Augen schließen.«

»Bin schon still. Wie versprochen: kein Mucks.«

Das konnte doch nicht wahr sein. Julia war versucht, Andreas zu fragen, ob er wirklich nicht bemerkte, dass er unerwünscht war, oder ob er es absichtlich ignorierte. Aber auch diese paar Sätze waren ihr schon zu viel. Also richtete sie sich auf. »Kein Problem, ich habe mir gerade überlegt, ich jogge ein wenig am Strand entlang. Der frische Wind wird mir guttun.«

Hätte sie wirklich Kopfschmerzen gehabt, wäre es ihr nie in den Sinn gekommen, zum Joggen zu gehen, aber sie wusste, Andreas hasste jede Art von sportlicher Betätigung. Ohne Not am Strand entlanglaufen würde er nicht einmal ihr zuliebe.

»Ah, okay.« Er versuchte erst gar nicht, seine Enttäuschung zu verbergen. »Dann viel Spaß. Lauf nicht zu weit. Und sieh zu, dass du nichts dabeihast, was du verlieren könntest.«

Julia sah ihn fassungslos an. »Ich hoffe, das findest du nicht wirklich witzig.«

Sie ließ ihn stehen, zog im Flur ihre Joggingschuhe

und die Steppjacke an und ging nach draußen. Dort atmete sie ein paarmal tief durch, bevor sie sich auf den Weg machte. Der Wind hatte endlich ein wenig nachgelassen, aber in etwa einer Stunde würde es dunkel werden. Dann wollte sie auf jeden Fall wieder zurück sein.

Sie ging ums Haus herum und dann über den Holzsteg in Richtung Strand. Schon nach wenigen Metern fiel Udo Feldmann ihr wieder ein. Sie drehte sich um und warf einen prüfenden Blick auf das Nachbarhaus. Erst als sie sicher war, dort niemanden zu sehen, setzte sie ihren Weg fort. Sie ließ es zu, dass ihre Gedanken sich mit unwichtigen Dingen beschäftigten, die meisten davon so nebensächlich, dass sie sie in der nächsten Sekunde schon wieder vergessen hatte. Es tat ihr gut, durch die ausgedehnte Dünenlandschaft zu spazieren und die salzhaltige, kalte Luft einzuatmen, ohne über wichtige Dinge nachzugrübeln.

Als sie den Strand erreichte, konnte sie sich schon nicht mehr erinnern, was sie auf dem Weg dahin gesehen hatte. Sie wandte sich nach rechts und wurde sich im gleichen Moment bewusst, dass sie damit die Richtung eingeschlagen hatte, die zu der Stelle führte, an der der Mord geschehen war. Mehr noch, es wurde ihr klar, dass sie das bereits vorgehabt hatte, als sie den Fuß auf den Holzsteg setzte.

Einhergehend mit dieser Erkenntnis schämte sie sich, da sie offensichtlich nicht besser war als die Gaffer an Unfallstellen, die sie so verachtete. Und doch … sie wollte zumindest einmal diesen Platz sehen, an dem in der vergangenen Nacht eine Frau auf so grausame Weise ihr Leben verloren hatte.

Der Strand war menschenleer. Wie immer fegte der

eisige Wind in heftigen Böen über den Sand, trieb hier und dort Gegenstände vor sich her oder wirbelte sie in die Höhe, den dunkelgrauen Wolken entgegen, als besäßen diese eine unwiderstehliche Anziehungskraft für Plastiktüten und -becher.

Julia fröstelte, klappte den Jackenkragen hoch und hielt ihn am Hals zusammen.

Sie wusste nicht, wie weit es bis zu der Stelle war, aber Michael und Andreas waren am Vormittag recht schnell wieder zurückgekommen. Es konnte also nicht allzu lang dauern, bis sie dort war.

Wenige Meter weiter wurde ihr bewusst, dass sie den Weg wahrscheinlich umsonst machte. Mittlerweile hatte das Wasser seinen Höchststand erreicht und begann bereits wieder, sich zurückzuziehen. Das bedeutete, der Tatort war längst überflutet worden, und sie würde ihn mit ziemlicher Sicherheit gar nicht erkennen, wenn sie daran vorbeilief.

Trotzdem ging sie weiter, und irgendwie war sie sogar ein wenig erleichtert. Wer konnte schon wissen, was man empfand, wenn man auf eine Stelle im Sand starrte, wo Stunden zuvor eine Frau gesteckt hatte und grausam ums Leben gekommen war. In der Entfernung sah sie, dass jemand ihr entgegenkam. Noch zu weit weg, um erkennen zu können, ob es sich um einen Mann oder eine Frau handelte. Die Person lief direkt an der Wasserkante entlang, während Julia durch den weichen Sand in der Strandmitte stapfte.

Sie dachte an ihren Nachbarn und hoffte, dass es jemand anderes war. In der Einsamkeit des Strandes auf Feldmann zu treffen gehörte nicht gerade zu den Dingen, die sie sich wünschte. Zwei Minuten später war sie sicher, dass es sich um einen Mann handelte und dass es nicht Udo Feldmann war. Die Schritte, die Körperhaltung … dieser Mann war wahrscheinlich jünger, sicher aber sportlicher.

Er trug eine dunkle Jacke und hatte einen roten Schal um den Hals gewickelt. Als noch etwa hundertfünfzig Meter zwischen ihnen lagen, änderte er seine Richtung. Weg vom Wasser, hin zu ihr. Julias Herzschlag beschleunigte sich. Hastig sah sie sich nach allen Seiten um und entdeckte ein Paar, das engumschlungen auf dem Dünenkamm saß und sich den Wind um die Ohren blasen ließ. Sie war also nicht allein mit dem Fremden. Das beruhigte sie ein wenig.

Nur noch fünfzig Meter. Der Mann hatte dunkles, von grauen Fäden durchsetztes Haar. Soweit sie es erkennen konnte, war er etwa Mitte fünfzig. Er hielt genau auf sie zu und sah sie dabei unentwegt an.

Was sollte sie tun? Umdrehen? Weglaufen? Zu spät. Sie wich ihm aus, doch auch er änderte seine Richtung. Dann stand er vor ihr. Obwohl ihr Herz klopfte, fiel ihr verrückterweise auf, dass er gutaussehend war. Kein Beau, aber … ein interessanter Mann.

»Guten Tag. Sie müssen Julia sein.«

Er kannte ihren Namen? Ein Polizist?

»Wer … sind Sie?«

Sein Gesicht verzog sich zu einem Lächeln. »Eine der wenigen Konstanten des Lebens ist die Tatsache, dass Menschen Fragen mit Gegenfragen beantworten, wenn sie Zeit gewinnen wollen, um sich über eine Situation klarzuwerden.«

Noch immer lächelte er, und sie konnte nichts dagegen tun, dass sie dieses Lächeln sympathisch fand.

»Mein Name ist Adam. Adam Damerow. Ich wohne hier ganz in der Nähe und unternehme gerade einen meiner täglichen Strandspaziergänge.« Sein Blick löste sich von ihr, schweifte hinüber zum Meer. »Ich liebe die See, den Strand. Die Natur.« Wieder richteten sich seine Augen auf Julia. »Die Natur versteht keinen Spaß, sie ist immer wahr, immer ernst, immer streng, sie hat immer recht, und die Fehler und Irrtümer sind immer des Menschen.« Und nach einer kurzen Pause fügte er hinzu: »Johann Wolfgang von Goethe.«

»Und woher kennt jemand, der am Strand Goethe rezitiert, meinen Namen?«

»Ich denke, fast jeder in Norddorf hat mittlerweile von den beiden Paaren im Ferienhaus der Wageners gehört, bei denen die Polizei heute zu Besuch war, kurz nachdem dieser Mord geschehen ist. Wissen Sie denn nicht, wer ihr Nachbar ist?«

»Sie meinen Feldmann?«

Er nickte. »Genau der. Wenn er nicht damit beschäftigt ist, Anzeigen gegen Gott und die Welt zu verfassen, trägt er wichtige Neuigkeiten ins Dorf.«

»Aber …« Sie wollte fragen, woher Feldmann wusste, dass ihre Besucher am Vormittag Polizisten waren, gab es dann aber auf, sich über den Mann zu wundern. »Ach, ist ja auch egal. Was sagt man denn im Dorf über uns?«

Damerow schürzte die Unterlippe. »Das weiß ich nicht, zudem gebe ich darauf auch nichts.«

»Aber wer ich bin, das wussten Sie.«

»Ich gebe es zu: Ich habe geraten. So viele Touristen

gibt es hier zurzeit nicht. Aber selbst wenn Sie nicht Julia wären, hatte ich so zumindest einen Grund, Sie anzusprechen. Sie sehen also, ich konnte nur gewinnen.«

Er hatte sehr gleichmäßige und für sein Alter ungewöhnlich helle Zähne. Beim Lachen bildeten unzählige winzig kleine Fältchen, von den Augenwinkeln ausgehend, zwei Fächer, die sich fast bis zu den Ohren hinzogen.

»Ich schätze, Sie wollten sich die Stelle ansehen, an der man die Frau gefunden hat. Nicht aus Sensationsgier, sondern weil Sie wissen wollten, wie es ist, an so einem Ort zu stehen.«

Julia war verblüfft. Woher wusste er das?

»Sie werden diese Stelle nicht finden. Die See hat sie verschluckt. Aber ich könnte sie Ihnen zeigen. Wollen wir ein Stück gemeinsam gehen?«

»Sie waren doch in die andere Richtung unterwegs. Ich möchte Sie nicht aufhalten.«

»In Wahrheit war ich es doch, der Sie aufgehalten hat. Und als kleine Entschädigung würde ich Sie gerne zu der Stelle begleiten, zu der Sie ursprünglich wollten. Erlauben Sie es?«

Julia dachte darüber nach, doch eigentlich hatte sie ihre Entscheidung schon gefällt. Es war vielleicht gegen jede Vernunft, sich nach dem, was geschehen war, von einem Fremden ansprechen zu lassen, und auch noch dort, *wo* es geschehen war. Am Strand. Aber ihr Gefühl sagte ihr, dass dieser Mann ihr nichts Böses wollte. Und in den allermeisten Fällen konnte sie sich auf ihr Gefühl verlassen.

»Warum eigentlich nicht. Aber nur, wenn Sie mir noch ein paar Weisheiten von Goethe erzählen.«

Er sah ihr tief in die Augen. »Um Weisheiten zu finden, muss man nicht im achtzehnten Jahrhundert suchen. Sie sind meist zum Greifen nah.«

12

Vom Hotelinhaber Benno Brieske erfuhren sie zwar nichts Neues über Altmeiers Brieftasche, dafür aber, dass Adam Damerow ein komischer Kauz sei. Verschlossen und eigenbrötlerisch.

Er habe ein teures Haus gekauft, in dem er seit zwei Jahren lebe. Kein Einkommen. Zumindest kein offizielles. Woher er das Geld habe, gut auf der Insel zu leben, wüsste niemand. Fragen nach seiner Familie oder seinem Beruf, den er so früh an den Nagel gehängt hatte, beantworte er grundsätzlich nicht. Überhaupt sei die einzige Möglichkeit, mit ihm ins Gespräch zu kommen, das Schachspielen. Das täte er leidenschaftlich gerne. Manchmal auch hier in Bennos Restaurant. Außerdem glaubte Benno, dass Damerow ziemlich hinter den Weibern her sei. Seine Katja habe er auch schon angeflirtet.

Dann bekamen sie noch den Tipp, sich mal einen gewissen Udo Feldmann näher anzusehen, der mit seiner Frau neben dem Ferienhaus der Altmeiers wohnte. Er sei ein komischer Kerl, dem alles zuzutrauen sei. Frühpensionierter Lehrer. Man munkle so einiges über die Gründe, warum er vorzeitig gehen musste.

Geschwätz. Allerdings wusste Jochen, dass in jedem Gerede immer ein Fünkchen Wahrheit steckte. Es konnte sicher nichts schaden, sich mit dem Mann zu unterhalten. Harmsen sah das offenbar auch so.

Als sie das Lokal verließen, blieb er stehen und schaute sich um, als wisse er nicht, wohin er gehen wollte.

»Wir werden uns diesen Feldmann ansehen, aber erst später. Ich habe noch einige Telefonate zu führen. Die Organisation der SoKo. Der Staatsanwalt. Die Chefin. Nehmen Sie sich den Wagen und fahren Sie zur Dienststelle nach Nebel. Sorgen Sie dafür, dass wir vernünftige Räume zur Verfügung gestellt bekommen. Telefon, Internet, Computer … das Übliche. Und schärfen Sie den Kollegen dort ein, dass sie der Presse gegenüber kein Wort verlauten lassen. Laufende Ermittlungen, basta. Die haben keine Ahnung, was hier bald los sein wird. Das wird die Herren überfordern.«

Jochen nickte, obwohl er die hiesigen Kollegen anders einschätzte, außerdem verstand er nicht,. warum Harmsen bei seinen Telefonaten allein sein musste.

Sie verabredeten, dass er sich bei Jochen melden würde, wenn er ihn abholen sollte. Dann würden sie gemeinsam Feldmann einen Besuch abstatten.

Die Fahrt nach Nebel dauerte nur wenige Minuten. Die Dienststelle befand sich in einer schmalen Nebenstraße und sah wie eines der Ferienhäuser aus. Knepper und Seebald saßen an ihren Schreibtischen, die in einem kleinen Raum an den Stirnseiten zusammengestellt waren. Als Jochen hereinkam, stand Seebald auf und begrüßte ihn freundlich.

»Sind Sie ohne den Hauptkommissar unterwegs?«

»Ja, er hat mit der Organisation der SoKo zu tun. Und der Staatsanwalt wartet auch auf einen ersten Bericht.«

Jochen setzte sich auf einen der beiden freien Holzstühle, die an der Wand neben der Tür standen, und nahm dankbar die Tasse Kaffee an, die Seebald ihm anbot.

»Ist nicht gut Kirschen essen, mit dem Herrn Kriminalhauptkommissar, oder?«, fragte Knepper grinsend. Offenbar hatte er sich von dem Schock seiner ersten Begegnung mit Harmsen erholt. Jochen mochte ihn. Er wirkte offen und sympathisch.

»Ja, er ist manchmal etwas raubeinig.«

»Raubeinig? Na ja …« Kneppers Grinsen wurde breiter. »Mir fallen da andere Wörter ein. Mürrisch. Mies gelaunt. Unkollegial …«

»Dietmar!« Seebald warf seinem jungen Kollegen einen tadelnden Blick. »Entschuldigen Sie bitte, Dietmar hat manchmal ein etwas zu loses Mundwerk.«

Jochen musste lachen. »Das sollte man sich Harmsen gegenüber besser abgewöhnen.« Er stand auf, machte einen Schritt auf Knepper zu und streckte ihm die Hand entgegen. »Ich heiße Jochen.«

»Dietmar. Gott sei Dank hast du nicht so einen Stock im Arsch wie … ähm … sorry.«

»Schon gut. Ich weiß ja, wie Harmsen auf andere wirkt.«

»Wir haben schon überlegt, ob ihr euch in Flensburg wohl alle siezt und mit Dienstrang anredet. Stelle ich mir lustig vor.«

»Nein, tun wir nicht. Harmsen ist so ziemlich der Einzige, der auf dieser Förmlichkeit besteht.«

»Er wird seine Gründe dafür haben«, bemerkte Seebald und streckte seinerseits Jochen die Hand entgegen. »Fiete. Wenn es recht ist.«

»Na, wenn das mal kein norddeutscher Name ist. Wir

brauchen ein paar Räume für die SoKo. Und Unterkünfte. Die Kollegen werden morgen mit der ersten Fähre eintreffen.«

»Wie viele werden es sein?«

»Ich weiß es nicht genau, aber geht mal von zehn bis fünfzehn Leuten aus. Wir brauchen mindestens zwei große Räume als Einsatzzentrale, möglichst ein paar Computer. Habt ihr so was irgendwo? Auf jeden Fall brauchen wir WLAN-Zugang. Die Kollegen bringen ihre Notebooks mit.«

»WLAN haben wir hier sicher nicht. Aber ich denke, wir werden was für euch organisieren können. Am besten mieten wir ein großes Ferienhaus mit mehreren Wohnungen in Norddorf an. Die stehen im Moment eh fast alle leer.«

Jochen fand, das war eine gute Idee. »Gut, kümmert ihr euch darum, damit das bis morgen Vormittag erledigt ist?«

Seebald kritzelte etwas auf einen Block. »Geht klar. Und für diese Nacht habe ich euch beide bei Benno untergebracht, im *Kleinen Strandhotel.*«

Damit war das Wichtigste erledigt. Jochen wollte schon aufstehen, als ihm die Begebenheit von zuvor wieder einfiel. »Wir haben heute einen eurer Kollegen kennengelernt, während wir das männliche Opfer befragt haben. Ich habe den Namen vergessen. Er sagte, er sei im Moment nicht diensttauglich … was ist mit dem eigentlich los?«

»Du meinst Hans-Peter? Menning?«

»Ja, genau. Er tauchte plötzlich bei Dr. Mehrfeld auf und wollte helfen, obwohl er offenbar noch dienstuntauglich geschrieben ist.«

Die beiden warfen sich einen vielsagenden Blick zu, und selbst Kneppers Miene wurde ernst.

»Ach, das ist so eine Sache mit Hans-Peter«, begann Seebald schließlich. »Er ist ein guter Kerl, aber er hat schon viel Pech in seinem Leben gehabt. Seine Ehe ist vor ungefähr acht Jahren in die Brüche gegangen. Sie hat einen anderen kennengelernt – einen Touristen aus Hannover –, mit dem ist sie rüber aufs Festland. Sie hat Hans-Peter erklärt, das Inselleben sei nichts für sie. Sie war ja auch nicht von hier. Das hat ihn damals ziemlich aus der Bahn geworfen. Er hat sich von allem zurückgezogen. Hier und da tauchte er zwar mal mit einer Frau auf, aber das war nie irgendwas Ernstes. Dann kam diese Krebsdiagnose vor einem Jahr, Chemo, Bestrahlung, das volle Programm. Er hat wohl Glück gehabt, wenn man bei so was überhaupt von Glück reden kann. Aber an den Nachwirkungen der Behandlung leidet er immer noch. Der Arzt meinte, es dauert mindestens noch zwei oder drei Monate, bis er wieder arbeiten darf. Und auch dann nur im Innendienst.«

»Aber der liebe Hans-Peter hat sich in den Kopf gesetzt, sofort wieder auf Verbrecherjagd zu gehen«, übernahm Knepper. »Er nervt uns schon seit Wochen. Taucht fast jeden Tag hier auf und beschwatzt uns, er könne doch einfach so ein bisschen helfen. Obwohl er offiziell noch dienstuntauglich ist.«

»Ach komm, Dieter, rede nicht so über ihn. Er fühlt sich wahrscheinlich ziemlich nutzlos und möchte einfach was Sinnvolles tun. Außerdem bin ich auch froh, wenn er wieder dabei ist. Man traut es ihm auf den ersten Blick vielleicht nicht zu, aber Hans-Peter ist ein guter Polizist.

Er ist sehr gewissenhaft und vorausschauend. Wenn es in der Saison mal Schlägereien gibt, dann regelt der Hans-Peter das. Und auch sonst … er weiß genau, wie er die Leute anpacken muss.«

»Verstehe«, sagte Jochen. Menning tat ihm leid. »Welche Art Krebs hatte er?«

»Leukämie.«

»Ich kenne mich mit Krebs nicht so gut aus, aber ich erinnere mich, dass das besonders heikel ist, oder?«

Keppler nickte. »Wie Fiete schon sagte, er hat Glück im Unglück gehabt.«

Seebald atmete tief durch. »Aber das ändert nichts daran, dass er sich nicht in diesen Fall einmischen darf. Ich werde noch mal mit ihm reden. Allein schon, um unnötigen Ärger mit Harmsen zu vermeiden. Ich befürchte, der wird uns auch so genug auf Trab halten.«

Knepper lachte. »Ja, da bin ich mir auch sicher.«

»Ich vermute, die Tote ist schon auf dem Weg nach Kiel in die Rechtsmedizin?«, fragte Jochen und wandte sich an Seebald.

»Ja, wir haben sie ausgegraben, nachdem eure Kollegen von der Spurensicherung eingetroffen waren. Die konnten am Tatort sowieso nichts ausrichten. Außerdem kam das Wasser schon wieder zurück.«

»Und außer der Brieftasche habt ihr am Strand nichts mehr gefunden?«

»Nichts, was interessant wäre. Ein kaputtes Schwimmtier und sonstigen Abfall in einem Mülleimer, einen löchrigen Kinderschuh … Darf ich dich mal was fragen?«

Jochen zuckte mit den Schultern. »Klar, worum geht's?«

»Wie ist das, wenn man ständig mit Opfern von Gewaltverbrechen zu tun hat? Leichen, die sicher manchmal ziemlich übel zugerichtet sind. Stumpft man dabei ab? Ich meine, für uns war das heute Vormittag schon recht starker Tobak. Ich habe das Bild der armen Frau immer noch vor Augen. Meiner Anni darf ich nichts darüber erzählen, sonst schläft sie in den nächsten Wochen nicht mehr.«

Das war eine der Fragen, die man Jochen – und sicher auch allen Kollegen der Mordkommission – häufig stellte. Und die verdammt schwer zu beantworten war.

»Man versucht, nicht den Menschen zu sehen, der das Opfer einmal gewesen ist, sondern nur eine Leiche, an der es vielleicht irgendetwas zu entdecken gibt, das einem dabei hilft, den Täter zu finden. Aber … das gelingt nicht immer.«

»Dem Harmsen ist das sicher scheißegal.« Knepper. »Der war heute Vormittag doch auch eiskalt.«

Jochen betrachtete Knepper nachdenklich, wobei seine Gedanken sich nicht um den jungen Polizisten drehten, sondern um Harmsen.

»Das glaube ich nicht. Niemandem ist das scheißegal. Auch ihm nicht.« Wirklich sicher war Jochen sich allerdings nicht.

Eine Weile schwiegen sie einander an, bis Knepper irgendwann seinen Stuhl nach hinten kippte und zu wippen begann. Wie ein Teenager.

»Na los, frag ihn schon«, forderte er seinen älteren Kollegen grinsend auf.

Seebald winkte ab. »Was? Ach … Blödsinn.«

»Doch. Sonst tu ich's.«

Jochen verstand kein Wort und sah von Seebald zu Knepper. »Was denn? Was soll er mich fragen?«

»Die von der Spurensicherung haben ein paarmal von einem *Pitbull* geredet. Ich habe gleich gewusst, dass die damit den Harmsen gemeint haben. Fiete wollte das nicht glauben. Also, wie ist das? Nennt man Harmsen den Pitbull?«

Jochen konnte nicht umhin zu schmunzeln. Einerseits war es ihm wichtig, sich seinem Partner gegenüber loyal zu verhalten, auch wenn der sich manchmal saudämlich verhielt. Andererseits tat es ihm ganz gut, ein wenig über ihn zu lästern. Dieser Spitzname war harmlos im Vergleich zu dem, was man sonst noch über Harmsen hätte denken oder sagen können.

»Ganz sicher bin ich nicht, aber den Begriff habe ich auch schon in Zusammenhang mit ihm gehört. Möglich wär's also.«

Kneppers flache Hand knallte auf die Tischplatte. »Ha! Da siehst du's. Ich hab's doch gewusst. Das passt zu dem. Der beißt zu und lässt dann nicht mehr los, genau wie diese Assiköter. Du wusstest schon, warum du nicht wetten wolltest.«

Jochens Handy klingelte. Harmsen. Er wollte abgeholt werden, an der gleichen Stelle, an der sie sich getrennt hatten.

Jochen steckte das Telefon in die Jackentasche und stand auf. »Ich muss los, Harmsen wartet auf mich.«

Jochen sah, wie Kneppers Gesicht sich verzog, und ahnte schon, was kommen würde, bevor der junge Polizist die Zähne fletschte und laut »Wuff« machte.

13

»Wir sind da.«

Damerow blieb stehen und zeigte an der langen Reihe Holzpfähle entlang, die im rechten Winkel zum Strandverlauf ins Meer ragten. Etwa drei Viertel von ihnen wurden vom Wasser umspült, die hinteren lugten sogar nur noch wenige Zentimeter daraus hervor.

»Dort, an einem der äußeren Pfähle, war der Mann festgebunden gewesen. Sitzend, ihm konnte die Flut nicht gefährlich werden, er wurde nicht mal bis zum Kragen nass. Seine Verlobte steckte gleich daneben bis zum Kopf im Sand. Im Moment ist das Wasser dort etwa einen Meter hoch.« Er musste laut reden, damit Julia ihn trotz des wieder stärker gewordenen Windes verstand.

Sie konnte nicht anders, als auf die Stelle zu starren, auf die Damerow gedeutet hatte. Obwohl es nichts Außergewöhnliches zu sehen gab, übte sie eine fremdartige Faszination auf Julia aus, die ihr einen Schauer über den Rücken trieb. »Woher wissen Sie das alles so genau?«

»Ich habe nicht zu vielen Leuten hier Kontakt, aber einer davon ist Polizist.«

»Verstehe.« Noch immer schaffte es Julia nicht, den Blick von dieser Stelle im Meer abzuwenden. »Wenn man sich überlegt, dass das erst ein paar Stunden her ist …«

Auch Damerow sah zu den Holzpfählen hinüber.

»Ein seltsames Gefühl, nicht wahr? Das Bewusstsein,

dass dort drüben ein Mensch einem anderen Menschen das Leben genommen hat.

Wir sehen Dinge, auf die auch die Augen des Mörders gerichtet waren. Es gibt eine Gemeinsamkeit zwischen ihm und uns. Dadurch haben wir auch einen Bezug zu dem Mord. Und der Täter hat auf eine gewisse Weise Zugang zu uns. Ich glaube, das ist es, was die Situation so außergewöhnlich macht. Der Mörder berührt uns auch über die Zeitspanne von ein paar Stunden hinweg.«

Julia löste ihren Blick von den Pfählen und sah Damerow an. »Das macht mir gerade ein wenig Angst.«

»Ich denke, es schadet nicht, wenn man Angst hat angesichts dessen, was hier geschehen ist. Zumindest so lange, bis der Mörder gefasst ist.«

Julia überlegte, dass es ihr mit Damerow ähnlich ging wie gerade beim Betrachten des Tatortes. Auch von ihm fühlte sie sich auf eine ihr bisher unbekannte Art angezogen. Fasziniert. Nicht, dass sie ihm erotische Gefühle entgegengebracht hätte. Nein, es war etwas anderes. Etwas, das sie sich selbst nicht erklären konnte.

»Frieren Sie?«

»Ein wenig.« Das war untertrieben. Sie hatte schon vor einer ganzen Weile gespürt, wie die Kälte unter ihre Jacke kroch und sich langsam um ihren gesamten Körper legte.

»Ich wohne hier ganz in der Nähe. Darf ich Sie zu einem heißen Tee einladen? Ich habe ein paar ganz hervorragende Ceylon-Tees.«

»Das ist sehr nett, aber es wird bald dunkel. Sie sagten es gerade selbst: Man sollte Angst haben, solange der

Kerl nicht gefasst ist. Da möchte ich lieber bei Tageslicht zurückgehen.«

»Wo denken Sie hin? Ich werde Sie natürlich anschließend begleiten. Und wir nehmen den Weg durchs Dorf.«

Julia wiegte den Kopf hin und her. Sie sollte mit einem wildfremden Mann nach Hause gehen? Und sich anschließend von ihm in der Dunkelheit begleiten lassen? Damerow machte zwar nicht den Eindruck, als wäre er ein psychopathischer Frauenmörder, aber … woran erkannte man die?

»Ach, noch eine kleine, aber wichtige Information über mich: Ich bringe keine Menschen um.«

Damerows Lächeln war entwaffnend. Julia dachte an das, was sie erwartete, wenn sie jetzt schon zurückging. Michael würde wahrscheinlich noch schlafen. Blieben Andreas, der sie sofort wieder belagern würde, und wahrscheinlich auch Martina, die sicher einen dämlichen Spruch auf Lager hatte, sobald Julia das Haus betrat.

»Also gut, ich komme mit.«

Damerows Haus war tatsächlich nur knappe fünf Minuten entfernt. Als sie es erreichten, stieß Julia ein staunendes »Wow« aus. Ähnlich wie ihre Ferienunterkunft stand es am Rand der Dünen. Allerdings zogen sich die Sandhügel hier sogar mit einigem Abstand um die Mauern herum, so dass sie wie ein Schutzwall wirkten. Das große, verklinkerte Gebäude bestand aus zwei Flügeln, die im rechten Winkel zueinander standen und reetgedeckt waren. Zu beiden Seiten der weißen Eingangstür luden Holzbänke zum Sitzen ein. Der gepflasterte Platz davor war groß genug, um dort bequem vier Autos zu parken. Eine Garage gab es nicht, und Julia fragte sich, ob Damerow überhaupt ein Auto besaß. »Und hier wohnen Sie allein?«

Damerow musste die Bewunderung in ihrer Stimme gehört haben.

»Ach, so groß, wie es von außen wirkt, ist es in Wahrheit gar nicht. Es stand als einziges Haus zum Verkauf, als ich hier etwas gesucht habe, um mich zur Ruhe zu setzen. Kommen Sie, lassen Sie uns reingehen.«

Dass das Haus im Inneren kleiner wirkte, war eine glatte Lüge. Ein bogenförmiger Durchgang führte von der Diele in einen großen Raum, der als Wohn- und Esszimmer diente.

Julia kannte sich mit Einrichtungsstilen nicht übermäßig gut aus, aber die Möbel schienen alle aus Antiquitätenläden zu stammen und wirkten teuer. Sie glaubte, dass es sich um alte englische Stücke handelte. Große, schwere Schränke und Sideboards mit eingearbeiteten Ornamenten. Auf dem Boden riesige Orientteppiche. Die Couchgarnitur, ein geschwungener Dreisitzer und zwei riesige Sessel aus braunem, genopptem Leder mit hohen Rückenlehnen, rahmte einen glänzenden Holztisch ein, auf dem ein Schachspiel stand. Dem Stand der Figuren nach zu urteilen, war gerade eine Partie im Gange.

»Sie spielen Schach?«, fragte Julia überflüssigerweise.

»Leidenschaftlich. Meist allerdings gegen mich selbst. Spielen Sie?«

»Nein, leider nicht. Aber wie kann man gegen sich selbst spielen? Da weiß man doch, was der *andere* plant.«

Sie lachten beide. »Ich spiele berühmte Partien nach, um mir die Züge zu merken. Aber bitte, setzen Sie sich doch. Ich hatte Ihnen Tee versprochen. Mögen Sie eine Tasse?«

Julia setzte sich vorsichtig in einen der Sessel. Sie hatte das Gefühl, aufpassen zu müssen, dass sie die teuren Möbel nicht beschädigte. Damerow bemerkte es und lächelte. »Sie dürfen es sich ruhig bequem machen, die Möbel halten einiges aus.«

Julia ließ sich zurücksinken. Sie fand Damerows Beobachtungsgabe bemerkenswert.

»Darf ich fragen, was Sie beruflich machen?«

»Sagte ich das nicht schon? Nichts.«

»Nichts? Aber womit verdienen Sie Ihren Lebensunterhalt?« Sie deutete in den Raum. »Nach Bananenkisten sieht es hier ja nicht gerade aus.«

Als Damerow zögerte, sagte sie: »Bitte entschuldigen Sie, wenn ich Ihnen zu nahe getreten bin. Das geht mich ja auch nichts an.«

»Lehnen Sie Strategiespiele eigentlich grundsätzlich ab?«

»Wie meinen Sie das?«

»Ich wollte wissen, ob Sie das grundsätzlich nicht mögen. Schach. Ein Strategiespiel.«

Julia verstand noch immer nicht völlig, worauf er hinauswollte. Das mochte daran liegen, dass sie seinen schnellen Gedankensprüngen nicht recht folgen konnte. »Nein. Also … ich mag Spiele schon, bei denen man denken muss.«

»Das beruhigt mich. Ich habe schon befürchtet, ich hätte Sie falsch eingeschätzt. Und nun ist Teatime. Ich bin gleich wieder da.«

Damit wandte er sich ab und ließ Julia verwirrt zurück.

Ein wirklich außergewöhnlicher Mann, dieser Adam Damerow. Er war vermutlich Ende fünfzig, strahlte aber die Energie eines Mittdreißigers aus. Und er sagte seltsame Dinge. Okay, nein, seltsam im engeren Sinn waren seine Worte nicht, aber auf jeden Fall ungewöhnlich.

Aus dem Nebenraum waren Geräusche zu hören. Dort musste die Küche sein.

Julia sah sich um. Trotz der dunklen, alten Möbel wirkte das Wohnzimmer nicht langweilig, was an den zahlreichen bunten Accessoires und modernen Bildern lag, die für Frische und Abwechslung sorgten.

Der Raum war sauber und aufgeräumt, ohne dabei die Sterilität einer Schaufensterwohnung zu vermitteln. Sicher hatte Damerow eine Putzfrau. Auf jeden Fall sah es in seiner Wohnung nicht so aus, wie sie sich die Junggesellenwohnung eines Endfünfzigers vorgestellt hätte. Julia überlegte, ob er verheiratet gewesen war. Vielleicht war seine Frau gestorben, und er wollte nicht darüber reden? Oder er war geschieden und hatte die Trennung noch nicht verkraftet.

Damerow kam zurück und stellte ein längliches Tablett mit Tassen und einer Teekanne darauf neben dem Schachspiel ab.

»Darf ich vorstellen: El Puente Morawakkorale. Import aus Sri Lanka. Ich habe mich für die Geschmacksrichtung Zimt entschieden. Lange dauert es ja nicht mehr, bis die Vorweihnachtszeit beginnt.«

Der Tee duftete tatsächlich sehr angenehm und weckte sofort Erinnerungen an Weihnachtsmarktbesuche. Der Geschmack war nicht unbedingt Julias Sache, doch das ließ sie sich nicht anmerken.

»Psychotherapeut.«

»Was?« Julia fühlte sich wieder einmal dabei ertappt, einem von Damerows Gedankensprüngen nicht folgen zu können.

»Das war mein Beruf bis vor zwei Jahren. Wenn man es ganz genau nehmen möchte, lautet die Berufsbezeichnung *Psychologischer Psychotherapeut.* Damit habe ich mein Geld verdient. Ich hatte eine gutgehende Praxis und zusätzlich das große Glück, häufig als Gutachter herangezogen zu werden. Deshalb kann ich es mir erlauben, nicht mehr zu arbeiten.«

Das erklärte so einiges.

»Das muss ein sehr interessanter Beruf sein.«

»Ja, manchmal. Manchmal auch schmerzhaft. Und manchmal ein Fluch.«

»Warum haben Sie so früh aufgehört?«

»Wie ich schon sagte: Manchmal kann es ein Fluch sein. Aber wie ist es mit Ihnen? Was machen Sie beruflich?«

»Ach, das ist bei weitem nicht so interessant. Ich bin Bankkauffrau.«

»Ah, sie gehören also dem organisierten Verbrechen an.«

Sie lachte. »So kann man es auch sehen. Aber es ist okay. Ich habe ein gutes Team und einen tollen Chef. Das macht vieles wett.«

»Und Ihr Freund?« Er deutete auf ihre Hand. »Ich gehe davon aus, Sie sind nicht verheiratet, da Sie keinen Ring tragen.«

»Stimmt. Michael arbeitet in der Forschung. Aber sein großer Traum ist das auch nicht. Manchmal denke ich, er wäre lieber Handwerker.«

»Was denken Sie: Warum gräbt man eine junge Frau im Sand ein und lässt ihren Verlobten dabei zusehen, wie sie ertrinkt?«

Mittlerweile war Julia auf Damerows plötzliche Themenwechsel gefasst und schaltete recht schnell um.

»Rache. Ich denke, so etwas macht man nur aus Rache.«

»Warum glauben Sie das?«

»Wenn man jemanden wegen des Geldes oder sonst etwas umbringen möchte, wird man ihn vielleicht erschießen oder erstechen. Oder man wird versuchen, es wie einen Unfall aussehen zu lassen. Aber eingraben und … Allein um auf den Gedanken zu kommen, einen Menschen auf diese Art zu töten, muss man ihn schon abgrundtief hassen. Und den Partner dabei zusehen zu lassen … das ist abartig.«

»Hm …« Damerow nahm vorsichtig einen Schluck und nickte. »Gut. Aber warum tötet er diesen Partner anschließend nicht ebenfalls?«

»Das verstehe ich auch nicht. Ich meine, Gott sei Dank hat er ihn nicht getötet, aber warum … keine Ahnung.«

»Vielleicht sagten Sie es bereits. Wenn der Grund für die Tat wirklich Rache war, dann denke ich, galt sie nicht der Frau, sondern ihm. Er musste zusehen, wie seine Geliebte auf schreckliche Weise gestorben ist, und muss nun damit weiterleben. Mit diesen Bildern, die er nie wieder loswird. Die wahre Qual ist nicht der Tod, sondern die Beschäftigung damit. Es wird keinen Tag mehr in seinem Leben geben, an dem dieser Mann nicht daran denkt. Keine Nacht, in der er nicht davon träumt. Er wird diese Bilder immer wieder sehen. Das ist die Qual.«

Julia verstand, was Damerow meinte, und sie fand den Gedanken erschreckend, dass sich jemand so etwas ausdachte und auch in die Tat umsetzte.

»Der Tod ist für denjenigen, der gestorben ist, nicht relevant. Der merkt nichts mehr davon. Schlimm ist es nur für die anderen.«

Nach einer kurzen Pause fügte er hinzu: »Mit der Dummheit ist es das Gleiche.«

Julia brauchte zwei, drei Sekunden, bis sie verstand, dann musste sie lachen.

Er war wirklich unterhaltsam, trotzdem fühlte sie, dass sie langsam unruhig wurde – vielleicht war Michael jetzt schon wach. Es war Zeit, aufzubrechen. Damerow bot ihr an, sie zu begleiten, aber die Dämmerung hatte gerade erst begonnen, und sie entschloss sich, allein zu gehen. Allerdings musste sie ihm versprechen, den Weg durchs Dorf zu nehmen.

Als Julia sich an der Haustür von ihm verabschiedete, reichte er ihr die Hand. »Vielen Dank für Ihre Gesellschaft. Es hat mich sehr gefreut, Sie kennenzulernen, und ich hoffe, wir werden uns zu einem Plauderstündchen und einer Tasse Tee wiedersehen.«

Sie legte ihre Hand in seine. »Da bin ich mir ziemlich sicher. Auf Wiedersehen.«

Sie hatte sich schon einige Meter von der Tür entfernt, als sie hörte, wie er ihren Namen rief. Sie blieb stehen und wandte sich um. Damerow hob eine Hand und nickte ihr zu. »Passen Sie auf sich auf.«

14

Er findet es bemerkenswert, dass Menschen es immer wieder schaffen, ihn trotz seiner ohnehin schon extrem geringen Erwartungshaltung zu enttäuschen. So wie diese Polizisten.

Er hat sich von Anfang an darauf eingestellt, dass die Ermittlungen nur langsam in Gang kommen werden, aber diese beiden Kommissare unterbieten selbst Minimalerwartungen.

Sie agieren wie Laiendarsteller eines Dorftheaters, die ungeschickte Ermittler spielen sollen.

Harmsen. Ein ungebildeter Möchtegern-Sheriff, der pöbelnd umherstapft wie Dirty Harry und konsequent jeden gegen sich aufbringt, mit dem er zu tun hat. Und sein Anhängsel ist fast noch schlimmer, dieser Diedrichsen, der bedröppelt daneben steht wie ein eingenässter Pennäler.

Sie haben seinen ersten Köder gierig geschluckt, ohne eine Sekunde darüber nachzudenken, dass er manipuliert sein könnte. Sicher, ihre Naivität kommt ihm entgegen. Einerseits. Andererseits hat er aber doch die vage Hoffnung gehabt, die Ermittler würden wenigstens ein bisschen differenzierter an den Fall herangehen und sich nicht derart leicht in jedwede Richtung lenken lassen. Sie machen es ihm so einfach, dass er darauf achten muss, nicht die Lust zu verlieren.

Er hofft inständig, dass Harmsen und Diedrichsen sich

zusammenraufen und dann etwas mehr zu bieten haben als das, was sie bisher gezeigt haben.

Wie soll man eindrucksvoll seine Überlegenheit zeigen, wenn man es mit Dummköpfen zu tun hat?

Allein wie lang es dauert, bis eine Sonderkommission auf der Insel angekommen ist und sich eingerichtet hat …

Und dann die Presse. Wo waren die angeblich so sensationslüsternen Schmierfinken der Boulevardblätter? Es müsste auf Amrum längst nur so wimmeln von Reportern und Journalisten, Fotografen und Kameraleuten. Haben die etwa noch nicht mitbekommen, was sich auf der kleinen, beschaulichen Insel neben dem mondänen Sylt abspielt? Die Meldung, die durch die Medien geht, ist lächerlich kurz und unspektakulär. *Tote Frau am Strand von Amrum gefunden, die Polizei geht von Fremdverschulden aus.*

Ist das nicht amüsant? Geht von Fremdverschulden aus.

Der Ton der Presse wird sich noch ändern, natürlich, aber das dauert ihm alles viel zu lang.

Lediglich die Statisten wurden den Rollen, die er ihnen zugedacht hatte, halbwegs gerecht. Aber auch von ihnen hat er sich ein bisschen mehr erwartet.

Ein Zitat von Oscar Wilde kommt ihm in den Sinn, in dem dieser behauptet:

Jeder ist heutzutage geistreich. Du kannst nirgendwohin gehen, ohne geistreiche Leute zu treffen. Das ist förmlich zu einer öffentlichen Plage geworden. Ich wünschte zum Himmel, wir hätten noch ein paar Dummköpfe übrig behalten.

Welch eine eklatante Fehleinschätzung. Wobei – vielleicht ist es zu Oscar Wildes Zeit tatsächlich so gewesen, und die Menschen sind in den letzten hundertfünfzig Jahren degeneriert. Es ist zum Verzweifeln.

Er wird sich etwas einfallen lassen müssen, um Leben in den Fall zu bringen und die beiden Kriminalistenimitatoren endgültig auf die Fährte zu bringen, auf der er sie haben will.

Und er hat auch schon eine Idee.

15

Auf dem Weg durch Norddorf ertappte Julia sich ein paarmal dabei, dass sie sich bei harmlosen Geräuschen, die sie normalerweise nicht weiter alarmiert hätten, erschrocken umsah. Sie überlegte, ob ihre ungewohnte Schreckhaftigkeit mit Damerows Worten zusammenhing.

Damerow. Ein interessanter, gebildeter Mann. Julia mochte seine Sicht auf die Dinge und die geistreichen Kommentare dazu. Und sie freute sich darauf, ihn wiederzusehen. Sie würde Michael von ihm erzählen. Er würde Damerow auch mögen.

Es wurde jetzt immer schneller dunkel, und sie beschleunigte ihre Schritte. Als sie auf Höhe des Nachbarhauses angekommen war, sprang plötzlich das Gartentor auf, und Feldmann kam regelrecht aus der Tür geschossen. »Hallo, warten Sie bitte.«

Julia hatte ihn nicht gesehen und erschrak dermaßen, dass sie einen leisen Aufschrei nicht unterdrücken konnte. Feldmann hob beschwichtigend eine Hand, während er auf sie zukam. »Tut mir leid, wenn ich Sie erschreckt habe. Hätten Sie eine Minute Zeit für mich?«

»Sie haben ja vielleicht Humor, mir hier in der Dämmerung aufzulauern.«

»Nein, ich habe Ihnen nicht aufgelauert. Es war purer Zufall, dass ich gerade aus dem Fenster geschaut und Sie kommen sehen habe.«

Feldmann machte einen weiteren Schritt auf sie zu und

durchbrach damit die Grenze, die für Julia den Mindestabstand zu anderen markierte. Sie wich zurück.

»Ach ja? Und was wollen Sie von mir? Waren wir wieder zu laut?«

Die Art, wie Feldmann sie musterte, bereitete ihr körperliches Unbehagen. Sein Blick war noch aufdringlicher und distanzloser als der von Andreas. Noch unangenehmer.

Feldmann hatte ein ungewöhnlich kleines, wie plattgedrücktes Gesicht. Die weit auseinanderstehenden Augen waren schwarze Knöpfe, der Abstand zwischen Nase und Mund unverhältnismäßig gering. Das dunkle Haar war stoppelig kurzgeschnitten. Julia stellte fest, dass er eine gewisse Ähnlichkeit mit einem Frettchen hatte.

»Nein, nein. Es geht um die Polizisten, die bei Ihnen waren. Darf ich fragen, was sie wollten?«

»Ja, dürfen Sie, aber ich werde Ihnen keine Antwort darauf geben.«

Einen Moment lang kam ihr in den Sinn, ob es schlau war, ihn zu provozieren, doch dann beruhigte sie sich selbst. Sie standen neben Feldmanns Haus und nicht weit von ihrer eigenen Unterkunft entfernt. Es war durchaus möglich, dass Andreas oder Michael sie gerade beobachteten. Das wusste auch Feldmann.

»Es hatte doch sicher mit dem Mord an der Frau zu tun, nicht wahr?«

»Würden Sie mich jetzt bitte vorbeilassen? Ich möchte weitergehen.«

Feldmann schüttelte den Kopf. »Einen kleinen Moment noch, bitte. Lassen Sie mich erklären, warum ich frage. Wir haben Angst, meine Frau und ich. Einen Mord hat es hier noch nie gegeben, und jetzt fragen wir uns natürlich, ob der Mörder bald gefasst wird. Deshalb wüsste ich gerne, was die Polizisten von Ihnen wollten. Und wie weit sie mit ihren Ermittlungen schon sind. Gibt es vielleicht sogar schon einen Verdächtigen?«

Angst, von wegen. Julia war sicher, der einzige Grund für Feldmanns Fragen war seine Neugierde. Aber sie sah ein, dass sie am schnellsten von dem Kerl wegkam, wenn sie ihm eine Antwort gab.

»Sie wollten wissen, ob wir etwas gesehen oder gehört hatten. Und ob uns irgendetwas aufgefallen ist.«

»Und das war alles?« Die Enttäuschung stand Feldmann ins Gesicht geschrieben.

»Aber warum kommen die damit zu Ihnen? Der Tatort ist doch ein gutes Stück entfernt. Und wenn das stimmt, was Sie sagen – warum hat dann niemand mit uns gesprochen?«

»Das sollten Sie die Polizisten selbst fragen. Wer weiß, vielleicht kommen sie ja noch.«

Julia wollte ihren Weg an ihm vorbei fortsetzen, doch Feldmann hinderte sie mit einem Ausfallschritt erneut daran. Die plötzliche Angst, er könnte sie gleich anfassen, ließ Julia noch einmal zurückweichen. »Was soll das? Warum hindern Sie mich am Weitergehen? Das ist Nötigung.«

»Nein, Sie verstehen das völlig falsch. Ich möchte Ihnen doch nur noch eine Frage stellen.«

Sie verschränkte die Arme vor der Brust. »Was denn?«

»Hat Ihr Lebensgefährte seine Brieftasche wiederbekommen?«

Eine Faust bohrte sich in Julias Magen.

»Woher wissen Sie, dass er sie verloren hat?«

Feldmanns Gesicht verzog sich zu etwas Ähnlichem wie einem Grinsen, wodurch die Ähnlichkeit mit einem Frettchen frappierend wurde.

»Norddorf ist ein überschaubares Dorf. Und im *Kleinen Strandhotel* wird viel geredet.«

»Ja, sie ist gefunden worden«, sagte Julia knapp und huschte mit ein paar Schritten an Feldmann vorbei. Sie nahm sich vor, zu schreien, falls er sich ihr wieder in den Weg stellen würde. Doch das tat er nicht. Er rief ihr lediglich nach: »Ich wünsche Ihnen einen angenehmen Abend.«

Julia antwortete nicht, sondern ging einfach weiter. Sie wollte so schnell wie möglich von diesem Kerl weg. Und sie war wütend. Darüber, dass ein Typ wie Feldmann es geschafft hatte, sie am Weitergehen zu hindern. Dass er sich das einfach herausgenommen hatte, um seine Sensationsgeilheit zu befriedigen. Und ihr dabei sogar ein wenig Angst eingejagt hatte.

Sie ging ums Haus herum und sah von der Terrasse aus Michael, der in der Küche hantierte. Gott sei Dank. Eine weitere Charmeattacke von Andreas hätte sie in diesem Moment ganz sicher nicht ertragen.

Sie klopfte an die Tür zur Küche. Als Michael sie erkannte, war er mit ein paar Schritten an der Tür und öffnete sie.

»Da bist du ja. Ich wollte schon einen Suchtrupp nach dir losschicken.« Sein Lächeln erzeugte wie so oft diese wohltuende Wärme in ihr. Einer der Gründe, warum sie mit ihm zusammen war. Sie hauchte ihm einen Kuss auf die Wange und ging an ihm vorbei zum Tisch, auf dem ein benutztes Schneidebrett mit Messer lag. Auf dem Herd stand ein Topf, aus dem Dampf aufstieg, ein Sieb daneben war gefüllt mir losen Salatblättern. Die Reste des Salatkopfes waren auf der Arbeitsplatte verteilt. Auf einem weiteren Brett neben dem Herd lagen mehrere Fischstücke, daneben standen oder lagen alle möglichen Utensilien und Gewürze. Die Küche insgesamt wirkte recht chaotisch.

Michael kochte. Das tat er ab und zu auch zu Hause. Es machte ihm Spaß, auch wenn es ihn immer wieder überforderte, es so zu organisieren, dass alles gleichzeitig fertig wurde, und das Saubermachen anschließend mehr Zeit in Anspruch nahm als das Kochen selbst. Julia grinste still in sich hinein. Der Anblick versöhnte sie ein wenig mit diesem schauderhaften Tag.

Sie hängte ihre Jacke über die Stuhllehne und setzte sich. »Ich war spazieren und habe am Strand einen Einheimischen kennengelernt. Adam Damerow. Ein interessanter Typ, er wird dir gefallen.«

Michael wiegte den Kopf hin und her. »Ich möchte dir keine Vorschriften machen, aber … ich halte es für keine gute Idee, dass du allein am Strand entlangläufst und neue Bekanntschaften schließt, vor allem mit Männern. Es ist noch keinen Tag her, dass dort eine Frau ermordet wurde.«

Damit hatte sie rechnen müssen, und aus seiner Sicht hatte Michael auch recht. Wie sollte sie ihm erklären, dass sie gewusst hatte, dass Damerow harmlos war? Sie hielt nichts davon, dem Partner etwas zu verheimlichen, aber wenn sie Michael erzählen würde, dass sie bei Damerow zu Hause gewesen war, würde er mit ziemlicher

Sicherheit an ihrem Verstand zweifeln. Zu Recht? Nach dem Ärger über Feldmann hatte sie keine Lust auf Diskussionen darüber, ob ihr Verhalten vernünftig gewesen war oder nicht. Sie würde Michael auf jeden Fall von ihrem Besuch bei Damerow erzählen, das aber auf später verschieben. Oder auf den nächsten Tag.

Michael platzierte die Fischfilets in der Pfanne und wischte sich die Hände an seinem Shirt ab.

»Ich wollte sowieso noch mal mit dir darüber sprechen. Die Sache geht mir einfach nicht aus dem Kopf.«

Nein, sie wollte jetzt nicht über den Mord reden und auch nicht darüber, dass sie sich am Strand unvernünftig verhalten hatte. Sie musste ein anderes Thema finden … natürlich. Feldmann.

»Unser Nachbar hat mich gerade aufgehalten, als ich nach Haus gekommen bin«, sagte sie schnell.

Michael sah erstaunt zu ihr hinüber. »Er hat dich aufgehalten? Was meinst du damit?«

»Na, Herr Chefkoch, was macht das Essen?« Julia drehte sich überrascht zu Martina um. Sie hatte nicht bemerkt, dass sie in die Küche gekommen war. »Ich möchte ja nicht meckern, aber ich habe Hunger.« Es war Michael anzusehen, dass er gerade etwas überfordert war. »Ja, ich … also, es dauert nicht mehr lang. Das Fleisch ist in ein paar Minuten fertig. Und der Rest …«

»Na wunderbar. Warum sind Männer eigentlich so schrecklich unorganisiert?«

Fing sie schon wieder an mit ihrer unausstehlichen Art? Das hatte Julia gerade noch gefehlt. Sie wollte schon zu einer Antwort ansetzen, doch Michael kam ihr zuvor. »Das sieht nur so aus. In Wahrheit lieben wir das Chaos.«

»Okay. Also noch mal: Lohnt es sich, auf das Essen zu warten, oder ist es vielleicht sinnvoller, in ein Restaurant zu gehen?«

Julia schnellte auf ihrem Stuhl herum. »Du solltest wirklich in ein Restaurant gehen. Allein. Dein Gemotze geht mir ehrlich gesagt ziemlich auf die Nerven.«

Martina sah Julia an, als registriere sie zum ersten Mal, dass sie auch anwesend war.

»Oh, da springt aber jemand für den Meisterkoch gleich mit zwei Füßen in die Bresche. Schon gut, schon gut. Tut mir leid, dass ich gefragt habe.«

Sie drehte sich um und lief direkt ihrem Mann in die Arme. Andreas sah verwirrt von einem zum anderen.

»Was ist denn hier los?«

»Gruppenkuscheln«, lautete Martinas knappe Antwort. Andreas richtete seinen Blick an ihr vorbei auf Julia.

»Was wollte Feldmann von dir?«

Andreas hatte also gesehen, dass sie von Feldmann aufgehalten worden war. Sie fragte sich, ob er etwas unternommen hätte, wenn der Nachbar ihr weiterhin nicht aus dem Weg gegangen wäre.

»Stimmt«, sagte Michael, »du wolltest gerade etwas von ihm erzählen, als … Martina zum Kuscheln in die Küche kam.«

»Er kam aus dem Haus gelaufen, als ich vorbeiging, und hat sich mir in den Weg gestellt.«

»Warum?«

»Er fragte, was die Polizei bei uns wollte. Als ich es ihm nicht sagte, jammerte er herum, sie hätten Angst seit dem Mord und er wolle nur wissen, ob die Polizei schon jemanden verdächtigt.«

»Was sie ja tut«, warf Martina trocken ein und sah demonstrativ zu Michael hinüber. Der schüttelte den Kopf. »Quatsch. Du hast doch gehört, was der Kommissar gesagt hat. Dass sie mich fragen, wann und wo ich meine Brieftasche verloren habe, nachdem sie in der Nähe des Tatorts gefunden wurde, ist doch vollkommen logisch.«

Es kostete Julia einige Mühe, nicht auf Martina zu reagieren. Sie bewunderte Michael zwar meist für seine Ruhe, wünschte sich in diesem Moment aber, er würde Martina mal in die Schranken weisen.

»Das sehe ich genauso«, pflichtete Andreas Michael bei und setzte sich Julia gegenüber an den Tisch.

»Alles andere hätte mich auch gewundert.« Wieder Martina, die sich mittlerweile neben der Tür an die Wand gelehnt und die Arme vor der Brust verschränkt hatte.

»Was soll das denn heißen?« Diesmal fuhr Andreas sie an, sehr zu Julias Verwunderung. Bisher hatte er alle ihre Bemerkungen stoisch ignoriert.

»Das heißt, dass du grundsätzlich die Dinge anders siehst als ich.«

»Weißt du eigentlich, wie unmöglich du dich schon die ganze Zeit über benimmst? Solange deine verbalen Entgleisungen sich ausschließlich gegen mich richten, ist es mir ja noch egal. Aber wenn du jetzt anfängst, unsere Freunde anzugiften, reicht es allmählich.«

Martinas Stirn legte sich in Falten. »Freunde? Du nennst Menschen, die du quasi erst seit ein paar Tagen kennst, Freunde?«

»Bitte, das führt doch zu nichts«, schaltete Michael

sich ein und kam zu ihnen herüber. »Ich denke, diese ganze Situation belastet uns mehr, als wir es zugeben. Das ist ja auch kein Wunder. Ich möchte noch mal auf meinen Vorschlag zurückkommen, die Insel zu verlassen. Wie wäre es denn, wenn Julia und Martina abreisen, und ich bleibe mit Andreas hier und arbeite weiter am Haus?«

Martina ließ die Arme sinken und stieß sich von der Wand ab. »Tolle Idee. Bin dabei.«

Michael sah Julia an, doch bevor sie sich äußern konnte, sagte Andreas: »Also ich bin dagegen, das ist doch völlig übertrieben.«

Michaels Blick war weiterhin auf Julia gerichtet. »Und du? Kannst du verstehen, dass ich mir Sorgen mache?«

»Ja. Aber ich möchte trotzdem nicht wegfahren. Wir sind zusammen hierhergekommen, also werden wir die Insel auch zusammen wieder verlassen. Du kannst im Moment nicht weg, zumindest so lange, bis du dein Portemonnaie zurückbekommen hast. Also bleibe ich auch hier. Und darüber müssen wir wirklich nicht mehr diskutieren.«

Es dauerte eine Weile, bis Michael zögerlich nickte.

»Also gut. Glücklich bin ich nicht damit, aber ich kann und möchte dich natürlich zu nichts überreden, was dir widerstrebt.«

»Ach herrje«, seufzte Martina, »das junge Glück. Also gut. Dann gehe ich jetzt mal ins Restaurant. Während ihr euch gegenseitig mit Liebesbezeugungen übertroffen habt, ist nämlich der scheiß Fisch angebrannt.«

16

Harmsen wartete bereits an der verabredeten Stelle auf Jochen. Als die Scheinwerfer des Streifenwagens seine Gestalt in kaltes, weißes Licht tauchten, warf er einen demonstrativen Blick auf seine Armbanduhr. Erst dann trat er aus dem Lichtkegel heraus, öffnete die Beifahrertür und ließ sich auf den Sitz fallen.

»Hatten Sie eine Panne?«

»Nein, ich habe mich vor Aufregung verfahren, weil ich wusste, dass ich gleich wieder Ihre freundliche Stimme hören darf.«

Jochen hatte keine Lust mehr, sich kommentarlos von Harmsen wie einen Fußabtreter behandeln zu lassen. Vielleicht hatte das Gespräch mit Knepper und Seebald ihm wieder bewusstgemacht, wie man normalerweise unter Kollegen miteinander umging.

»Ah, da versucht jemand, komisch zu sein.«

»Das ist keine Komik. Das nennt man Ironie.«

»Was gibt es in Sachen Räumlichkeiten? Morgen früh kommt hier der ganze Trupp für die *SoKo Flut* an. Wo werden die Leute untergebracht? Und wo können wir unsere Zentrale einrichten?«

»Seebald kümmert sich darum. Er besorgt uns ein großes Ferienhaus mit mehreren Wohnungen. Dort können alle übernachten, und eines der Appartements funktionieren wir zur Zentrale um.«

»Aha. Und heute Nacht werden wir …«

»Im *Kleinen Strandhotel* übernachten.«

»Also gut, fahren wir.«

»Wohin?«

»Nach Nebel, zur Dienststelle. Was anderes haben wir ja noch nicht. Es gibt einiges zu berichten, und ich habe keine Lust, alles zehnmal zu erzählen.«

Jochen fragte sich, wozu er in Nebel gewesen war, wenn sie nun ohnehin gemeinsam dorthin fuhren. Fast hätte man denken können, Harmsen wollte ihn während seiner Telefonate einfach nur los sein.

Seebald legte gerade den Hörer auf, als sie die Dienststelle betraten. Kneppers Gesichtsausdruck bei Harmsens Anblick sprach Bände.

»Sie kommen gerade zum richtigen Zeitpunkt. Ich habe zwar kein Haus gefunden, das groß genug für alle wäre, aber zwei kleinere direkt nebeneinander. Jeweils drei Wohnungen, in jeder ist Platz für vier Personen. Das sollte passen. Ab morgen früh zehn Uhr stehen sie Ihnen zur Verfügung. Für die Kollegen der Spurensicherung, die jetzt schon hier sind, habe ich, ebenso wie für Sie, für heute Nacht Hotelzimmer organisiert.«

»Gut. Die SpuSi wird morgen Vormittag wieder verschwinden. Im Ferienhaus des Paares wimmelt es wahrscheinlich nur so von verschiedenem DNA-Material. Dabei das des Täters herauszufinden dürfte unmöglich sein. Das hat der Kerl clever angestellt. Ein Tatort, der sich selbst reinigt, und eine Wohnung, in der alle zwei Wochen andere Leute wohnen und ihre Spuren hinterlassen.«

Harmsen streifte seine Jacke ab und zog einen Block aus der Innentasche, bevor er sie über eine Stuhllehne warf und sich setzte.

Er blätterte einige Seiten durch und nickte. »Ich habe einen ersten Bericht aus der Rechtsmedizin. Die Frau ist tatsächlich ertrunken, sonst keine Gewalteinwirkung. In ihrem Gesicht haben sie Reste eines Klebers gefunden, vermutlich von einem Tape, mit dem Augen und Mund verschlossen waren. Sie hat Einstichstellen am Oberarm. Betäubungsspritzen. Der Täter scheint sich gut auszukennen. Er muss die Dosis genau berechnet haben, damit die beiden zum gewünschten Zeitpunkt aufwachen. Ach, und …« Er sah vom Block auf und zu Seebald hinüber. »Haben Sie oder die von der SpuSi einen Ohrring am Tatort gefunden? In Form eines Leuchtturms? Sie trug nur noch einen.«

»Nachdem die Stelle stundenlang einen Meter unter Wasser gestanden hat? Soll das ein Witz sein?« Knepper stieß ein Geräusch aus, das einem kurzen Lachen ähnlich war.

»Ich mache keine Witze, wenn es darum geht, den Mord an einer jungen Frau aufzuklären. Daran ist nichts witzig.«

Die Antwort hast du dir verdient, dachte Jochen. So konnte man nicht mit Harmsen reden. Schon gar nicht, wenn man ein junger Inselpolizist war.

»Der Staatsanwalt erwartet natürlich schnelle Ergebnisse«, fuhr Harmsen fort. »Wie immer. Die Presse wird offenbar allmählich auf die Sache aufmerksam. Irgendwie haben die Wind von den näheren Umständen bekommen. Bei der Staatsanwaltschaft laufen die Telefone heiß. Sie wissen nicht zufällig, woher die Pressefritzen diese Infos haben?«

Knepper und Seebald tauschten einen Blick aus, doch

bevor jemand antworten konnte, wurde gegen die Tür geklopft, und Menning kam herein.

»Entschuldigung, ich möchte nicht stören. Ich bin zufällig vorbeigekommen und dachte, ich sage mal kurz hallo.«

Harmsen drehte sich zu ihm um. »Sie schon wieder? Also entweder hat Sie jemand innerhalb der letzten Stunden diensttauglich geschrieben, oder Sie sind resistent gegen Ratschläge und Anweisungen. Was wollen Sie hier?«

»Wie schon gesagt, ich war zufällig in der …«

»Zufällig? Wollen Sie mich auf den Arm nehmen? Ich sage es Ihnen jetzt zum letzten Mal: Machen Sie, dass Sie nach Hause kommen, und lassen Sie sich erst dann wieder hier blicken, wenn Sie eine entsprechende Bescheinigung vom Arzt haben. Das war jetzt die letzte Warnung. Beim nächsten Mal haben Sie ein Disziplinarverfahren am Hals.«

Menning sah hilfesuchend von einem zum anderen. Jochen wünschte, etwas für ihn tun zu können, aber leider hatte Harmsen recht.

»Verstehen Sie nicht, dass ich einfach nur helfen möchte? Mir geht es wieder gut, ich bin gesund. Ich kann doch nicht zu Hause herumsitzen und Däumchen drehen, während hier in einer Mordsache ermittelt wird.«

»Hans-Peter, wir verstehen dich alle«, sagte Seebald sanft. »Aber Hauptkommissar Harmsen hat recht, und das weißt du auch. Geh nach Hause und sei froh, dass du nichts mit dieser scheußlichen Sache zu tun hast.«

Alle starrten Menning an, außer Harmsen, der in seinen Notizen blätterte.

»Ja, ich verstehe. Dann gehe ich mal wieder. Viel Erfolg.«

Wie ein Häufchen Elend verließ Menning den Raum und die Dienststelle.

Knepper ließ sich schwungvoll gegen die Rückenlehne seines Stuhls fallen, der knarzend gegen die Misshandlung protestierte. »Mann, der kann einem wirklich leidtun.«

Harmsen stützte die Hände auf die Oberschenkel und stand auf. »Fahren wir ins Hotel. Ich möchte in mein Zimmer und mich bei der Gelegenheit mit dem Inhaber und seiner Frau unterhalten. Vielleicht haben sie die Opfer gekannt? Das Hotel ist nicht weit von dem Ferienhaus entfernt, das sie bewohnt haben. Außerdem muss ich was essen.«

Die Fahrt zum Hotel legten sie größtenteils schweigend zurück. Jochen stellte ein paar Fragen zu Harmsens Telefonaten, bekam aber nur einsilbige Antworten und gab es schließlich auf. Als sie angekommen waren, sagte Harmsen: »Rufen Sie zu Hause an und lassen Sie eine Tasche mit dem Nötigsten für ein paar Tage packen. Ein Kollege wird morgen früh bei Ihnen zu Hause vorbeifahren und sie abholen.«

Jochen fragte sich, ob Harmsen von Daniela wusste oder ob er geraten hatte. Aber eigentlich war es ihm egal. Er wollte sie sowieso anrufen, sobald er für ein paar Minuten allein war.

Ihre Zimmer lagen nebeneinander in der ersten Etage. Sie verabredeten, sich nach einer halben Stunde im Restaurant zum Essen zu treffen. Dort wollte Harmsen dann auch Benno und Katja Brieske zu dem jungen Paar befragen.

Das Zimmer war behaglich eingerichtet. Jochen warf einen Blick ins Badezimmer und ließ sich dann rückwärts aufs Bett fallen. Er dachte an Daniela und freute sich darauf, gleich ihre Stimme zu hören.

Daniela. Kaum zu glauben, dass es erst zwei Jahre her war, dass er sie auf der Hochzeit eines Freundes kennengelernt hatte. Sie wohnte in Flensburg in einem Haus ihrer Eltern und wollte nicht von dort wegziehen. Also war er zu ihr gezogen und hatte die tägliche Anfahrt nach Kiel anfangs in Kauf genommen. Irgendwann war es ihm aber doch zu viel geworden, und er hatte um seine Versetzung nach Flensburg gebeten. Zumal sie in letzter Zeit öfter übers Heiraten gesprochen hatten.

Und in Flensburg war er dann der neue Partner von Harmsen geworden. Ausgerechnet.

Aber jetzt wollte er sich nicht mit dem schlechtgelaunten Kerl im Nebenzimmer, sondern mit Daniela befassen. Allein der Gedanke an sie weckte ein angenehm warmes Gefühl in ihm. Er fischte das Telefon aus seiner Hosentasche und wählte ihre Nummer.

Eine halbe Stunde später betrat er das Restaurant, wo Harmsen schon an einem Vierertisch saß und ein Glas Bier vor sich stehen hatte.

»Na, alles erledigt?«, begrüßte er Jochen.

»Ja, alles klar. Bei Ihnen auch?«

»Bei mir gibt es nichts zu erledigen.«

»Aber Sie brauchen doch auch frische Sachen.«

»Ich habe immer eine gepackte Tasche im Büro stehen.«

»Ah«, machte Jochen und verkniff es sich, weitere Fragen zu stellen. Wenn Harmsen etwas über sich erzählen wollte, würde er das tun. Jochen hatte jedenfalls keine Lust, sich wegen einer Frage über dessen Privatleben wieder eine Abfuhr einzuhandeln.

Als Katja Brieske mit einem Tablett voller benutzter Gläser vorbeikam, winkte Harmsen sie heran.

»Sagen Sie, dieses Paar … die haben doch hier in der Nähe gewohnt. Kannten Sie sie? Waren die beiden mal hier?«

Katja stellte das Tablett ab und wischte sich die Hände an der bunten Schürze ab.

»Ja, sie waren zwei- oder sogar dreimal hier zum Essen.«

»Allein? Oder hatten sie mal jemanden dabei?«

»Nein, sie waren immer allein. Die hätten auch gar nicht bemerkt, wenn jemand anderes dabei gewesen wäre.« Ein Lächeln huschte über ihr Gesicht. »Die haben nur geschmust. Und sich jede Minute geküsst. So schön … sie sind kaum zum Essen gekommen.«

Benno hatte den Nachbartisch abgeräumt und gesellte sich zu ihnen.

»Zumindest dich hat er sehr wohl bemerkt, der verliebte Gockel.«

»Ach, Benno …« Man sah ihr an, dass es ihr peinlich war.

»Was meinen Sie damit?«, hakte Harmsen nach, doch Benno winkte ab. »Nichts, schon gut. Ich meinte, er musste Katja ja bemerkt haben, sonst hätte er nichts bei ihr bestellen können.«

Jochen war sicher, dass das eine Lüge war.

»Aha. Aber sonst ist Ihnen nichts an den beiden aufgefallen? Und Sie haben auch nicht gesehen, dass sie sich mal mit jemandem unterhalten haben?«

»Nein, nichts dergleichen«, sagte Benno und ging zur Theke. Katja nahm ihr Tablett auf. »Haben Sie noch Fragen, oder kann ich weitermachen?«

»Nein, keine Fragen im Moment. Bringen Sie uns die Speisekarten.«

»Haben Sie eigentlich schon mal das Wort ›bitte‹ benutzt?«, platzte es aus Jochen heraus, kaum dass Katja außer Hörweite war.

»Was geht Sie das an?«

»Es geht mich dann etwas an, wenn wir zusammen zum Essen gehen. Weil es mir unangenehm ist, mit jemandem am Tisch zu sitzen, dem selbst die banalsten Höflichkeiten im Umgang miteinander fremd zu sein scheinen. Oder aber – und das glaube ich in Ihrem Fall sogar noch eher – sie sind Ihnen gar nicht fremd, und es ist Ihnen einfach nur scheißegal, wie Sie andere Menschen behandeln.«

Harmsen beugte sich nach vorn. Er hatte die Augen so sehr zusammengekniffen, dass sein Gesicht nur noch aus Falten zu bestehen schien.

»Vor allem ist es mir scheißegal, was Sie über mich denken, solange es dabei um ›bitte‹ und ›danke‹ und sonstigen unwichtigen Tinnef geht. Das Einzige, was mich während meiner Arbeit interessiert, ist meine Arbeit. Und ganz genau so erwarte ich das auch von Ihnen. Sie sollen mich weder lieben noch mögen, noch mich für meine guten Umgangsformen bewundern. Sie sollen Ihren Job machen und mich meinen machen lassen. Ob nun mit oder ohne ›danke‹ und ›bitte‹. Oder, um es auf den Punkt zu bringen: Machen Sie Ihren Job und kümmern Sie sich ansonsten um Ihren eigenen Scheiß.«

17

Julia lag, in die kuschelige Decke eingewickelt, im Bett. Sie hatte sich so auf die Seite gedreht, dass sie auf das Fenster schauen konnte, hinter dem es nichts zu sehen gab außer einer schwarzen Wand. Ihr Zimmer lag in der ersten Etage nach hinten zu den Dünen hinaus. Dort gab es um diese Zeit nicht einmal die Ahnung eines Lichtscheins.

Sie überlegte, ob Feldmann sie beobachten konnte, wenn er sich ein Stück von seinem Haus entfernte und auf eine der Dünen stellte. Der Gedanke machte sie so nervös, dass sie die Lampe auf ihrem Nachttisch ausschaltete. Sofort legte sich samtene Dunkelheit über das Zimmer. Nur durch den schmalen Spalt der Badezimmertür drückte sich ein heller Lichtstreifen und ließ die Konturen der Möbel erahnen. So fühlte sie sich bedeutend ruhiger. Sicherer, weil sie nun vor Blicken von außen geschützt war.

Manchmal konnte Dunkelheit auch ein Segen sein.

Sie schloss die Augen und ließ diesen ereignisreichen Tag noch einmal Revue passieren.

Die entsetzten Gesichter der Menschen am frühen Morgen, die Fremdartigkeit der Situation. Ein Mord, ganz in ihrer Nähe. Grausam, bösartig. Sicher nicht im Affekt begangen, sondern eiskalt geplant.

Die Polizei. Harmsen. Sein Auftauchen bei ihnen, die unfreundliche Art, in der er mit Michael gesprochen hatte. Dadurch waren sie auf eine Weise mit einem Mord in

Berührung gekommen, wie Julia es nie für möglich gehalten hätte. Und Michael offenkundig auch nicht. Selten hatte sie ihn so irritiert gesehen.

Dann Feldmann, der ihr immer unheimlicher wurde. Nach außen hin der typische Spießer, aber wie sah es wirklich in ihm aus?

Adam Damerow. Der Gedanke an ihn weckte ein angenehmes Gefühl in ihr. Vielleicht, weil er das Kontrastprogramm zu Harmsen und Feldmann bildete. Vielleicht aber auch, weil er ihr einfach sympathisch war. Gleiche Wellenlänge. Chemie.

Als Michael aus dem Badezimmer kam, öffnete Julia die Augen, schloss sie aber im nächsten Moment geblendet wieder.

»Hast du etwa schon geschlafen?« Sie hörte ihn mit nackten Füßen über das Laminat tapsen, dann das Klicken, mit dem er seine Lampe einschaltete.

»Nein, ich habe nur das Licht gelöscht, weil ich daran dachte, dass man uns vielleicht von draußen beobachten kann.«

Michael grinste. »Du meinst unseren Nachbarn, nicht wahr?«

»Ja. Der Kerl ist seltsam.«

Michael schaltete die Badezimmerbeleuchtung aus und schlüpfte neben ihr unter die Decke. »Du hast recht, und ich muss gestehen, mein Bedarf an seltsamen Menschen ist gedeckt.«

Sie drehte sich ihm zu, so dass sie sich ansehen konnten.

»Dieser Harmsen heute, sein Benehmen dir gegenüber … das hat dir ziemlich zugesetzt, oder?«

Michael schien nach den richtigen Worten zu suchen, bevor er ihr antwortete.

»Es ist schon ein seltsames Gefühl, von einem Kriminalpolizisten so angegangen zu werden ... noch dazu in Zusammenhang mit einem Mordfall. Andererseits müssen die natürlich nachfragen, wenn sie mein Portemonnaie am Tatort finden.«

»In der Nähe des Tatortes«, verbesserte Julia ihn.

»Aber er hätte trotzdem etwas freundlicher sein können.«

Michael rückte näher an Julia heran und küsste sie auf die Nase. »Ja, das stimmt. Das habe ich auch gedacht. Trotzdem hatte ich keine Lust, mich mit ihm anzulegen. Ich glaube, wenn der sauer auf jemanden ist, kann er ihm das Leben ganz schön zur Hölle machen.«

»Ja, das hat er eindrucksvoll bewiesen.«

»Ich bin ja immer noch der Meinung, ihr solltet die Insel verlassen. Nur, weil ich wegen des blöden Portemonnaies noch hierbleiben muss, heißt das nicht ...«

Julia brachte ihn zum Schweigen, indem sie ihm einen Kuss auf den Mund drückte. »Ich bleibe. Keine Diskussion.«

»Aber trotzdem denke ich ...«, begann er, verstummte dann aber und spitzte die Lippen. Sie lachten, küssten sich erneut und ließen sich in die Kissen fallen.

»Ich bin ja dafür, dass wir Martina mit Harmsen verkuppeln«, schlug Julia vor. »Der würde viel besser zu ihr passen als Andreas.«

»Ich finde, Andreas ist ein feiner Kerl. Jedenfalls komme ich gut mit ihm klar. Aber du hast recht, Martina passt nicht zu ihm.«

»Ich habe mir schon öfter die Frage gestellt, was bei den beiden wohl Auslöser und was Resultat ist.«

Michael zog eine Braue hoch. »Was meinst du damit?«

»Ob Andreas so viel Zeit in der Firma verbringt, weil er Martinas Sprüche nicht mehr hören kann, oder ob sie so ätzend geworden ist, weil ihr Mann mehr mit seiner Arbeit verheiratet ist als mit ihr.«

»Hm … keine Ahnung. Ich weiß nur, dass Andreas ein genialer Wissenschaftler ist. Dabei ist er absolut bescheiden und tut so, als sei das, was er leistet, überhaupt nichts Besonderes.«

»Mir ist er zu anhänglich. Manchmal geht er mir ganz schön auf die Nerven mit seinen immer neuen Ideen, was er mit mir zusammen alles unternehmen könnte.«

»Ach, er meint es doch nur gut und möchte uns was bieten. Wahrscheinlich glaubt er, das müsse er, weil wir hier im Haus seiner Eltern sind. Er sieht sich in der Gastgeberrolle.«

»Aha. Und du denkst, dazu gehört, mich mit Blicken auszuziehen? Das musst du doch bemerkt haben.«

»Ach, ausziehen wird er dich schon nicht gleich. Ja, natürlich habe ich bemerkt, dass er dich öfter anschmachtet. Er hat eben erkannt, dass du eine tolle Frau bist. Ich kann es ihm nicht verdenken.«

Julia rückte ein Stück von ihm ab.

»Sag mal, ist das dein Ernst? Du kannst es ihm nicht verdenken, dass er mir regelrecht durch die Bluse schaut?«

»Ich finde, du interpretierst da einfach zu viel hinein. Er ist eben auch nur ein Mann. Und wenn ich das richtig sehe, läuft mit Martina nicht viel.«

»Was?« Julia war fassungslos. Ja, sie wusste, dass Michael nicht eifersüchtig war, was sie auch grundsätzlich gut fand. Aber diese Solidaritätsbekundung mit dem Kerl, dem förmlich die Zunge aus dem Mund hing, wenn er Julia nur sah, fand sie doch seltsam.

»Und du bist also der Meinung, dass er mich getrost ansabbern darf, weil seine Martina sich nicht mehr zu ihm ins Bett legt? Ist das dein Ernst?«

Ihre Stimme war lauter geworden, was Michael offensichtlich irritierte. »Aber … nein, so habe ich das doch nicht gemeint. Ich …«

»Ich finde«, fiel sie ihm ins Wort, »du könntest ruhig mal ein bisschen mehr Kante zeigen. Andreas gegenüber und auch bei diesem Harmsen, wenn er dich das nächste Mal wieder behandelt, als seist du ein Schwerverbrecher.«

Energisch schlug Julia die Decke zurück, schwang die Beine aus dem Bett und stand auf. Und es war ihr egal, ob Feldmann da draußen auf einem Sandhaufen hockte und sie betrachtete. Sie war wütend.

Michael setzte sich aufrecht hin. »Findest du, dass du dich gerade fair benimmst?«

Fair? Vielleicht nicht, na und? Im nächsten Moment fragte sie sich, was mit ihr los war und wie ihr das egal sein konnte, gerade Michael gegenüber. Sie wusste es nicht, und das machte sie noch wütender.

»Ach verdammt. Ich erwarte von dir, dass du Dinge ernst nimmst, die mich bedrücken. Seit Tagen stört mich diese plumpe Anbaggerei von Andreas. Ich habe die ganze Zeit über genau aus dem Grund nichts dazu gesagt, weil ich eben nicht übertrieben auf eine vielleicht harmlose Sache reagieren wollte. Mittlerweile halte ich es nicht mehr für so harmlos, weil es mich mit jedem Mal mehr stört. Es belastet mich, verstehst du? Und jetzt erzähle ich es dir, und du tust so, als sei es unter Kumpeln völlig in Ordnung, die Frau des anderen anzubaggern. Das ist es aber nicht. Nicht in diesem Ausmaß. Nicht für mich.«

»Nein, ich finde das ganz und gar nicht in Ordnung.« Auch Michael war jetzt lauter geworden. »Aber was genau erwartest du von mir? Dass ich zu Andreas gehe und ihm sage, er soll gefälligst damit aufhören, dich anzustarren und anzuflirten? Wie, denkst du, wird er wohl darauf reagieren? Glaubst du, er sagt so etwas wie: Oje, du hast recht. Ich habe Julia die ganze Zeit angeglotzt, aber wenn es euch stört, lasse ich es natürlich? Das wird er sicherlich nicht. Er wird es abstreiten, und dann? Wir werden noch einige Tage hier zusammen verbringen. Martina ist sowieso schwer zu ertragen, und diese Sache mit dem Mord macht es nicht gerade leichter. Da brauchen wir doch nicht noch zusätzliche Probleme.«

Eine Weile sahen sie sich schweigend an, dann stand Michael auf, kam zu ihr herüber und nahm ihre Hände.

»Nein, es ist mir ganz bestimmt nicht egal. Ich werde Andreas im Auge behalten. Aber noch möchte ich ihn nicht darauf ansprechen. Versteh das doch bitte. Du wirst es mir sagen, wenn du das Gefühl hast, es wird schlimmer. Dann werde ich mit ihm reden. Wenn dann die Stimmung kippt, ist es eben nicht zu ändern. Okay?«

Das war genau das, was sie wollte. Hätte er das nicht gleich so formulieren können, statt Verständnis für Andreas vorzugeben? Es war Zeit, das Thema zu beenden, denn in einem Punkt hatte Michael auf jeden Fall recht.

Sie brauchten nicht noch zusätzliche Probleme. Und Andreas war ihr ja auch noch nicht wirklich zu nahe getreten.

»Ja, ist gut. Tut mir leid, ich habe mich gerade ziemlich unverstanden gefühlt.«

Michael ließ sie los, nahm ihr Gesicht zwischen seine Hände und küsste sie. »Ich weiß. Das Gespräch ist dumm gelaufen. Aber jetzt ist es wieder gut, ja?«

»Ja. Wieder gut.«

»Würdest du dann eventuell mit mir ins Bett gehen?«

Julia riss in gespieltem Entsetzen die Augen auf. »Was? Du bist aber sehr direkt.«

Michael schüttelte lächelnd den Kopf. »So seid ihr Frauen. Versucht man, etwas diplomatisch zu formulieren, möchtet ihr klare Worte. Spricht man sie aber aus, ist man zu direkt.«

Als sie später mit geschlossenen Augen Michaels gleichmäßigen Atemzügen lauschte, dachte sie wieder an Feldmann, Harmsen und Andreas. Sie wusste nicht, wer von den dreien ihr am lästigsten war, und schob den Gedanken beiseite. Sie wollte sich beim Einschlafen lieber mit angenehmeren Dingen beschäftigen.

Wie von selbst tauchte plötzlich das Bild von Adam Damerow vor ihr auf.

18

Jochen hatte noch lange wach gelegen und über den vergangenen Tag nachgedacht. Kein Mord war wie der andere, doch die Art, wie der Täter in diesem Fall vorgegangen war, die gefühllose Grausamkeit, mit der er den jungen Mann gezwungen hatte, dem qualvollen Sterben seiner Verlobten zuzusehen, übertraf alles, was Jochen bisher erlebt hatte. Er hoffte inständig, es würde ihnen schnell gelingen, diesen Psychopathen zu finden. Nicht auszudenken, wenn er auf die Idee kam, das Szenario zu wiederholen.

Es fiel Jochen allerdings schwer, sich vorzustellen, dass Harmsen mit seiner Hau-drauf-Methode einen raschen Erfolg erzielen würde. Bei jeder Ermittlung war man auf die Mitarbeit aller Beteiligten angewiesen. Wenn man allerdings gleich bei der ersten Begegnung dafür sorgte, dass man von jedem verabscheut wurde, durfte man sich nicht wundern, wenn die Ermittlungen nicht vorankamen.

Irgendwann war Jochen schließlich doch noch in einen tiefen, traumlosen Schlaf gefallen und am Morgen gegen sieben Uhr überraschend gut ausgeruht aufgewacht. Minuten bevor die Weckfunktion seines Smartphones mit *We Will Rock You* von *Queen* losgelegt hätte.

Als er den Frühstücksraum betrat und Harmsen an keinem der Tische entdeckte, war er erleichtert. Er brauchte morgens eine Anlaufphase, in der er am liebsten seine Ruhe hatte. Der Gedanke, Harmsens schlechte Laune schon bei der ersten Tasse Kaffee ertragen zu müssen, war alles andere als verlockend.

Eine viertel Stunde später tauchte Harmsen dann auf. Er trug bereits seine Jacke und machte keine Anstalten, sich zu Jochen zu setzen.

»Sind Sie fertig?«

»Ihnen auch einen guten Morgen.«

»Ja, ja. Wir müssen zur Anlegestelle, die Kollegen kommen gleich an. Seebald wird auch dort sein. Er hat einen kleinen Bus organisiert.«

Jochen trank den letzten Schluck Kaffee und schob die leere Tasse von sich weg. »Guter Mann, dieser Seebald, finden Sie nicht?«

»Weil er einen Bus organisiert hat?«

»Nein, weil er mitdenkt und Dinge schon erledigt hat, bevor uns auffällt, dass sie erledigt werden müssen.«

»Ich denke, Ihre Schwäche für die Kollegen aus der Provinz verklärt Ihren Blick ein wenig. Seebald macht seinen Job. Nicht mehr und nicht weniger.«

Der Tag fing ja vielversprechend an.

»Frühstücken Sie nicht?«

»Das habe ich schon vor einer Stunde getan. Also los, fahren wir.«

Man hatte ihnen drei Frauen und neun Männer geschickt, die die *SoKo Flut* bildeten. Harmsen übernahm die Leitung, Jochen wurde von ihm zu seinem Stellvertreter ernannt, was ihn sehr überraschte. Immerhin war er neu in der Truppe. Eine mögliche Erklärung lieferte ihm allerdings Peter Arweiler, ein etwas älterer Kollege. Nachdem Harmsen alle auf den aktuellen Stand gebracht hatte und sie ihren neuen Meetingraum verließen, stellte er breit grinsend fest: »Du bist wahrscheinlich der Einzige in der gesamten Mannschaft, den Harmsen als Stellvertreter einsetzen konnte.«

»Warum denn das?«

»Jeder andere hätte es mit ziemlicher Sicherheit abgelehnt, so eng mit ihm zusammenzuarbeiten.«

Jochen stellte fest, dass ihn das nicht weiter verwunderte.

Harmsen hatte jedem eine Aufgabe zugeteilt. Für Jochen und sich selbst hatte er als Erstes einen Besuch bei einem gewissen Udo Feldmann vorgesehen. Sein Haus lag direkt neben dem der Familie Wagener, in dem auch Michael Altmeier wohnte.

Es dauerte eine Weile, bis der Mann auf ihr Klingeln hin öffnete. Dann allerdings verzog sich sein unsymmetrisches Gesicht auf eine für Jochen nicht beschreibbare Art zur Karikatur eines Lächelns. »Ah, die Herren von der Kriminalpolizei. Sie haben bestimmt einige Fragen an mich. Bitte, kommen Sie doch herein.«

Harmsen tauschte einen schnellen Blick mit Jochen, bevor sie dem Mann folgten.

Die Einrichtung des Hauses war ebenso altbacken wie das Kleid, das Feldmanns Frau trug. Im völlig überhitzten Wohnzimmer durften sie auf einem braunen Sofa mit Cordbezug zwischen plüschigen Kissen Platz nehmen. Sie zogen ihre Jacken aus und legten sie neben sich ab. Als sie den angebotenen Kaffee dankend ablehnten, verließ Feldmanns Frau den Raum.

Ihr Mann lief indes aufgeregt hin und her, bis Harmsen das auf seine Art beendete.

»Nun setzen Sie sich mal hin, Herr Feldmann. Wie Sie schon richtig bemerkten, sind wir hier, um Ihnen ein paar Fragen zu stellen.«

Selten hatte Jochen in derart kurzer Zeit eine solche Veränderung im Gesicht eines Menschen gesehen, wie es in diesem Moment bei Feldmann geschah.

»Sie müssen nicht gleich so grob werden. Gut, stellen Sie Ihre Fragen. Mal sehen, ob ich eine von ihnen beantworten kann. Aber ich befürchte fast, ich werde Ihnen nicht weiterhelfen können.«

Feldmann schlug die Beine übereinander und verschränkte demonstrativ die Arme vor der Brust.

Der Harmsen-Effekt.

Feldmann war sicher nicht der Typ, mit dem man eine enge Freundschaft schließen wollte, aber dass Harmsen auch diese Tür wieder zuschlug, noch bevor sie wissen konnten, ob sich vielleicht etwas Brauchbares dahinter verbarg, machte Jochen so wütend, dass es ihm schwerfiel, ruhig zu bleiben.

»Waren Sie in der Mordnacht zu Hause?«

»Ja.«

»Das kann Ihre Frau sicher bezeugen.«

»Natürlich.«

»Haben Sie in dieser Nacht irgendetwas gesehen, das Ihnen merkwürdig vorgekommen ist?«

»Nein.«

»Auch nicht bei Ihren Nachbarn?«

Feldmann zögerte, bevor er den Kopf schüttelte. »Nein.«

»Sicher?«

Erneutes Zögern. »Ja.«

Harmsen nickte. »Sie hatten recht. Eine große Hilfe sind Sie wirklich nicht.«

»Das sagte ich ja schon.« Feldmann klang wie ein beleidigtes Kind.

»Fällt Ihnen sonst irgendetwas ein, das uns vielleicht weiterhelfen könnte?«

»Nein.«

»Ich habe gehört, Sie waren Lehrer und sind vorzeitig pensioniert worden. Was war der Grund dafür?«

»Steht das in irgendeinem Zusammenhang mit Ihren Ermittlungen?«

»Wie wäre es, wenn Sie einfach meine Frage beantworten?«

Feldmann sah Jochen an. »Muss ich das beantworten?«

»Nein, aber es würde vieles erleichtern, wenn Sie es tun.«

»Das gehört zu meiner Privatsphäre. Ich werde diese Frage nicht beantworten.«

Mit einem klatschenden Geräusch landeten Harmsens Handflächen auf seinen Oberschenkeln. »Dann brechen wir mal wieder auf und nutzen unsere Zeit, um uns mit Leuten zu unterhalten, die uns vielleicht weiterhelfen können. Oder wollen.«

Man konnte den Kampf förmlich an seinem Gesichtsausdruck ablesen, der in Feldmanns Innerem tobte. Schließlich nickte er resignierend.

»Also gut. Sie wollten wissen, ob ich in der Nacht etwas gesehen habe. Ich war nachts noch mal draußen. Ich schlafe nicht so gut. Ich glaube, da habe ich jemanden am Nachbarhaus gesehen.«

Harmsen zog eine Braue hoch. »Sie glauben es?«

»Ja, es war stockdunkel. Es war eine Bewegung, die ich wahrgenommen habe, aber ich bin ziemlich sicher, da war jemand.«

»Wann war das?«

Zum Zeichen, dass er nachdachte, blickte Feldmann an die Decke. »Das muss so gegen zwei gewesen sein.«

»Konnten Sie erkennen, wer es war?«

»Nein, ich sagte doch schon, es war stockdunkel. Ich habe eine Bewegung bemerkt und dann etwas, das wie eine Gestalt ausgesehen hat, die ums Haus gegangen ist.«

»Groß? Klein? Dick? Dünn? Irgendwas muss Ihnen doch aufgefallen sein.«

»Nein, ist es nicht. Ich konnte so wenig erkennen, dass es genauso gut ein Bär gewesen sein könnte, wenn es hier welche gäbe.«

Harmsen erhob sich. »Na gut. Immerhin haben Sie ja doch etwas bemerkt, das uns vielleicht weiterhelfen könnte.«

»Wir danken Ihnen für Ihre Hilfe«, fügte Jochen hinzu.

Nachdem sie sich vor der Tür von Feldmann verabschiedet hatten, schlug Harmsen den direkten Weg zum Nachbarhaus ein.

»Dann wollen wir doch mal hören, wer von den Herrschaften nachts da draußen herumgelaufen ist.«

»Wer sagt Ihnen denn, dass es einer von denen war? Falls überhaupt jemand dort war.«

»Mein Gefühl.«

Den Begriff *Gefühl* von Harmsen zu hören, das klang seltsam. Falsch.

Sie mussten einen kleinen Bogen machen, um zum

Eingang zu gelangen. Als sie auf die Tür zugingen, stieß Harmsen Jochen an und deutete auf die freie Fläche zwischen dem Haus und einer kleinen Scheune. Dort hing eine dunkle Jacke an einem zwischen den Gebäuden gespannten Seil und baumelte im Wind. Deutlich konnte man die große Kapuze erkennen.

»Hatte der Freund des Opfers nicht ausgesagt, dass der Täter eine dunkle Jacke mit Kapuze getragen hat? So eine wie die dort drüben?«

Jochen nickte. »Ja, und so eine, wie wahrscheinlich die Hälfte aller Männer auf dieser Insel sie tragen. Sie auch, zum Beispiel.«

Harmsen warf ihm einen Blick zu, den man fast schon als feindselig bezeichnen konnte, und stapfte kommentarlos zur Tür.

Auch hier mussten sie relativ lang warten, bis geöffnet wurde. Im Gegensatz zu ihrem Nachbarn war Martina Wagener allerdings wenig erfreut, sie zu sehen.

»Sie?«, sagte sie und zog die Tür hinter sich ein Stück zu, so dass Jochen und Harmsen nicht an ihr vorbei ins Innere sehen konnten. »So früh am Morgen? Bringen Sie endlich Michaels Brieftasche zurück?«

»Nein, so schnell geht das nicht. Wir haben noch ein paar Fragen.«

»Welche Fragen denn?«

Harmsen schnaufte. »Solche, die wir nicht vor der Haustür stellen.«

»Dürfen wir bitte reinkommen?«, fragte Jochen, als die Frau keine Anstalten machte, auf Harmsens Anspielung zu reagieren. »Es dauert auch nicht lang.«

Mit sichtlichem Widerwillen trat Martina Wagener zur

Seite und öffnete die Tür. »Bitte schön. Sind alle in der Küche. Wir sind noch nicht lang mit dem Frühstück fertig. Eigentlich haben wir nämlich Urlaub, wissen Sie.«

Die Gesichter der restlichen Bewohner spiegelten in etwa das Gleiche wieder, was Jochen schon bei Martina Wagener gesehen hatte.

»Guten Morgen«, sagte Harmsen und setzte damit einen neuen persönlichen Höhepunkt in Sachen Benehmen. »Ich mache es kurz. Wir kommen gerade von Ihrem Nachbarn, Herrn Feldmann. Der erzählte uns, dass er in der Tatnacht gegen zwei Uhr jemanden hier vor Ihrem Haus gesehen hat. War jemand von Ihnen um diese Zeit draußen?«

Die vier sahen sich fragend an. Martina Wagener zuckte mit den Schultern. »Also ich ganz bestimmt nicht. Ich habe in der Nacht geschlafen wie ein Stein.«

Auch die anderen erklärten, an diesem Abend recht früh im Bett und danach nicht mehr draußen gewesen zu sein.

»Ja.« Harmsen nickte grimmig. »Und jeder von Ihnen kann sicher bezeugen, dass sein Partner die ganze Nacht über neben ihm im Bett gelegen hat, nicht wahr?«

»Wenn mich nicht alles täuscht, haben wir das gestern schon getan«, sagte Andreas und ließ keinen Zweifel daran, dass ihm Harmsen gehörig auf die Nerven ging.

»Ja, aber ich habe die Erfahrung gemacht, dass manchen Leuten beim zweiten Nachfragen doch noch etwas einfällt, woran sie beim ersten Mal nicht gedacht haben.«

»Wie sie hören, ist das bei uns nicht der Fall«, bemerkte Julia Schönborn, die sich bis zu diesem Moment ebenso wie ihr Lebensgefährte zurückgehalten hatte.

»Also gut. Dann muss ein Fremder in der Tatnacht um Ihr Haus geschlichen sein. Vielleicht sogar der Mörder. Ich an Ihrer Stelle würde zusehen, dass nachts alles gut abgeschlossen ist. Ach, und noch eine Frage: Wem von Ihnen gehört die Jacke, die draußen an der Leine baumelt?«

»Die gehört mir, warum?«

Harmsen sah Michael Altmeier an, als wolle er ihn mit seinem Blick durchbohren. »Ja, das habe ich mir gedacht.«

19

»Was soll das heißen, Sie haben es sich gedacht?«, fragte Julia, da offenbar niemand sonst auf die Idee kam, diese Frage zu stellen. Nicht einmal Michael.

Harmsens Gesicht glich einer Maske. »Das heißt, dass laut Aussage des jungen Mannes der Täter in der besagten Nacht eine solche Jacke getragen hat. Wieder ein Zufall, der Herrn Altmeier mit der Tat in Verbindung bringt. Die Zufälle häufen sich, was Ihren Lebensgefährten betrifft.«

Eine heiße Welle Adrenalin fuhr durch Julias Körper und erzeugte ein unangenehm prickelndes Gefühl. »Wollen Sie damit etwa andeuten, Sie glauben nicht, dass das Zufälle sind?«

»Julia«, versuchte Michael, sie zu beschwichtigen, doch sie konnte nicht anders, als diesen Harmsen weiter wutentbrannt anzustarren.

»Ich neige nicht zu Andeutungen«, sagte Harmsen und wandte sich seinem Kollegen zu. »Gehen wir.«

Andreas begleitete die beiden Polizisten nach draußen und konnte nicht viel Zeit mit dem Verabschieden verbracht haben, denn wenige Augenblicke nachdem sie die Küche zusammen verlassen hatten, war er schon wieder zurück. Von seinem Gesicht war deutlich der Ärger abzulesen.

»Ich bewundere dich ehrlich für deine Ruhe«, sagte er, direkt an Michael gewandt. »Das war jetzt schon das zweite Mal, dass dieser Kerl so tat, als hättest du etwas mit dem Mord zu tun.«

Michael zuckte mit den Schultern. »Na ja, er hat gesagt, es wundert ihn nicht, dass die Jacke mir gehört und dass die Zufälle sich häufen. Womit er ja, objektiv betrachtet, nicht ganz unrecht hat. Ich finde diese Zufälle langsam auch etwas seltsam.«

»Trotzdem … dass du dem Kerl gegenüber so ruhig bleiben kannst, finde ich beachtlich.«

»Was sollte ich denn tun? Ihm versichern, dass ich es nicht war, der die Frau umgebracht hat? Das wäre vollkommen lächerlich. Er kann doch nicht wirklich denken, dass ich ein Mörder bin. Nein, ich glaube, der Mann kann gar nicht anders. Für ihn ist wahrscheinlich jeder verdächtig, und wenn er dann auf so was stößt wie die Sache mit meiner Brieftasche und dann auch noch meine Jacke, läuft irgendein Automatismus bei ihm an.«

»Ich kann den Kerl nicht ausstehen«, stieß Julia aus. Sie hatte sich noch immer nicht beruhigt, und anders als Andreas bewunderte sie Michael nicht mehr für seine Ruhe. Im Gegenteil, es ärgerte sie, dass er Harmsens Andeutungen so gar nichts entgegensetzte. Sie wollte etwas dazu sagen, als es schon wieder an der Tür klingelte.

Bevor jemand anderes reagierte, machte sie sich auf den Weg. Wer immer gerade da draußen stand, sollte besser einen guten Grund dafür haben.

Es waren wieder die beiden Polizisten. Ohne ein Wort der Erklärung drückte sich Harmsen an Julia vorbei und ging geradewegs zur Küche. Julia stieß ein »Hey« aus und folgte ihm, wild entschlossen, ihm unverblümt zu sagen, was sie von ihm und seiner unerträglichen Art hielt, und ihn dann rauszuwerfen.

Diedrichsen betrat hinter ihr die Küche. Harmsen hatte sich vor Michael aufgebaut, die ausgestreckte Hand zur Faust geballt. Es sah aus, als wolle er ihm etwas zeigen.

»Was fällt Ihnen ein …«, setzte Julia an, doch Harmsen fuhr zu ihr herum und zischte: »Seien Sie sofort still, oder ich nehme sie alle mit.«

Julia war von dieser Reaktion so überrascht, dass sie tatsächlich keinen Ton mehr herausbrachte. Ohne sich weiter um sie zu kümmern, wandte Harmsen sich wieder Michael zu.

»Das Opfer trug in der Tatnacht einen Ohrring. Recht auffällig. Einen Leuchtturm. Aber eben nur einen. Sie hatte also entweder an dem Abend keine Lust, zwei Ohrringe zu tragen, oder der zweite ist ihr auf irgendeine Art abhandengekommen. Wir haben uns gerade draußen Ihre Jacke ein wenig näher angesehen. Und was denken Sie wohl, haben wir dort gefunden?«

Erneut streckte Harmsen Michael die noch immer geballte Faust entgegen. Dieses Mal aber öffnete er sie. Auch Julia konnte sehen, was auf Harmsens Handfläche lag. Eine durchsichtige Tüte mit einem kleinen, rot-weißen Leuchtturm darin.

»Er hatte sich auf der Rückseite des rechten Jackenärmels verhakt.« Während Michael auf das Plastikschmuckstück starrte, als sehe er ein Exponat von einem fremden Planeten, schwankte Julia zwischen einem hysterischen Lachanfall und ungläubiger Fassungslosigkeit.

»Können Sie sich erklären, wie der fehlende Ohrring

des Opfers an Ihre Jacke kommt, Herr Altmeier?« Harmsens Stimme war ungewohnt ruhig, klang dabei aber nicht sanfter. Ganz im Gegenteil.

»Ich könnte es nicht erklären, wenn es der Ohrring des Opfers wäre«, entgegnete Michael ebenso ruhig. »Aber das ist er nicht. Ich denke, dieser Ohrring gehört Julia.«

»Was?« Harmsen starrte Julia an. Zum ersten Mal glaubte sie, so etwas wie Unsicherheit in seinem Gesicht zu erkennen. »Dieser Ohrring soll Ihnen gehören?«

Julia nickte und empfand eine wohltuende Schadenfreude. »Das stimmt. Ich habe ihn schon vermisst und dachte, ich hätte ihn verloren. Dieser Ohrring gehört definitiv mir.« Den letzten Satz sagte sie feierlich langsam. Und sie genoss jedes Wort.

»Moment … Sie wollen mir ernsthaft weismachen, Sie hatten genau solche Ohrringe, haben Sie verloren, und nun ist einer davon wieder aufgetaucht?«

»Nein, das möchte ich nicht.« Es war so herrlich, diesen selbstgefälligen Kerl auflaufen zu lassen, dass sie wünschte, ihn noch länger raten lassen zu können.

»Was meinen Sie denn sonst?« Die Überlegenheit fiel rasend schnell von Harmsen ab.

»Ich meine, dass diese Ohrringe ein Geschenk von Michael waren und dass ich leider einen davon verloren habe.« Sie zeigte auf Harmsens Hand. »Diesen.«

Die Augen des Polizisten verengten sich zu Schlitzen. »Dann müssten Sie den zweiten ja noch haben, stimmt's?«

»Ja, natürlich.«

»Gut. Zeigen Sie ihn mir.«

»Das tue ich ausgesprochen gerne«, versicherte sie ihm und meinte es auch genau so.

Sie verließ die Küche, lief die Treppe zur ersten Etage hinauf und ging in ihr Zimmer. Sie war sich nicht sicher, wo sie den Ohrring hingelegt hatte, und versuchte es zuerst im Badezimmer. Dort war er nicht. Dann vielleicht in der Kommodenschublade, in der sie ihre BHs verstaute. Dort lagen in einem kleinen Kästchen die wenigen echten Schmuckstücke, die sie hierher mitgenommen hatte.

Aber auch da konnte sie ihn nicht finden, was die Freude über ihren Triumph über Harmsen schon beträchtlich eintrübte. Wenn sie das Teil nicht fand, wenn sie es vielleicht sogar ebenfalls verloren hatte, würde es Harmsen sein, der triumphierte. Und sich in seinem Verdacht Michael gegenüber bestätigt sehen. Aber wo konnte sie … ihre Handtasche. Manchmal steckte sie ein Schmuckstück auch in ein kleines, mit Reißverschluss versehenes Innenfach ihrer Tasche, wenn sie es abnahm. Die Tasche stand neben ihrem Nachttischchen auf dem Boden. Julia setzte sich auf die Bettkante, hob die Handtasche auf ihren Schoß und tastete in dem Fach nach dem Ohrring. Als ihre Finger die Spitze des kleinen Leuchtturms berührten, stieß sie erleichtert einen Seufzer aus.

Wieder in der Küche angekommen, blieb sie vor Harmsen stehen und hielt das Schmuckstück am Ohrstecker zwischen Daumen und Zeigefinger in die Höhe, so dass es vor seinem Gesicht hin und her baumelte. »Bitte schön.«

»Seit wann haben Sie diese Ohrringe?«

»Seit ein paar Tagen. Michael hat sie mir geschenkt.«

»Ach, das ist natürlich wieder so ein Zufall.«

»Nein, ist es nicht.« Martina stand auf, verließ die Küche und war gleich darauf wieder da. Mit einer lässigen Geste ließ sie ein Paar der rot-weißen Ohrringe auf den Tisch fallen. »Diese Dinger gibt es hier in jedem Souvenirladen für ein paar Euro.«

»Ach, und dieses Paar hat Ihnen auch Herr Altmeier geschenkt? Oder Ihr Mann?«

Martinas Mundwinkel zogen sich verächtlich nach unten. »Michael wird mir mit Sicherheit keine Ohrringe schenken, und mein Mann weiß wahrscheinlich nicht einmal, ob ich Ohrlöcher habe. Nein, ich habe sie mir selbst gekauft, nachdem ich sie an Julia gesehen habe.«

Harmsens Blick wanderte von einem zum anderen, saugte sich dabei für Sekunden an jedem fest, gerade so, als scanne er nacheinander ihre Gedanken.

»Ich bin mir noch nicht ganz im Klaren darüber, was hier läuft, aber eines weiß ich genau: Was auch immer es ist, es stinkt. Und ich kann Ihnen versichern, ich werde so lange dranbleiben, bis ich die faule Stelle bei Ihnen gefunden habe.« Nun richteten seine Augen sich wieder auf Michael. »Auch wenn ich schon recht konkrete Vorstellungen habe.«

»Warum schauen Sie mich dabei an?«, fragte Michael, und zum ersten Mal hatte Julia das deutliche Gefühl, dass er sich gegen Harmsen wehren würde.

»Wenn etwas aussieht wie ein Fisch, sich anfühlt wie ein Fisch und stinkt wie ein Fisch, dann ist die Wahrscheinlichkeit recht hoch, dass es sich um einen Fisch handelt, meinen Sie nicht?«

»Ist Ihnen eigentlich schon mal der Gedanke gekommen, dass jemand diese ganzen Zufälle inszeniert haben könnte? So dass ein brillanter Polizist wie Sie die Spuren nur noch aufzunehmen braucht, die er gelegt hat?«

Harmsen nickte. »Ja, aber ich habe diesen Gedanken aus einem ganz einfachen Grund wieder verworfen: weil jeder Verdächtige, der mit solch deutlichen Indizien konfrontiert wird, genau dieses Argument anführt.«

»Das heißt, Sie verdächtigen mich tatsächlich, diesen Mord begangen zu haben?«, fragte Michael fassungslos.

»Nein«, warf Jochen ein, »das bedeutet erst einmal, dass wir herausfinden müssen, wie all diese Dinge zustande gekommen sind, die Sie in Verbindung mit der Tat bringen.«

Julia konnte sehen, wie Harmsen die Zähne zusammenbiss. Offenbar war er nicht mit der Auslegung seines Kollegen einverstanden.

Allerdings verkniff er es sich, vor ihnen etwas dazu zu sagen, sondern konzentrierte sich wieder auf Michael.

»Es bleibt dabei, dass Sie die Insel nicht verlassen dürfen. Sollten Sie es trotzdem versuchen, lasse ich Sie festnehmen.«

»Und was ist mit uns?«, wollte Martina wissen, bevor Michael die Chance hatte, sich dazu zu äußern.

»Das betrifft in erster Linie Herrn Altmeier.«

»Ich kann das alles nicht glauben.« Michael fuhr sich mit den gespreizten Fingern durch die Haare und schüttelte immer wieder den Kopf. »Sie können doch nicht ernsthaft denken, ich hätte einen Menschen getötet.«

Harmsen musterte ihn lang, bevor er antwortete. »Der Glaube hat in Ermittlungen keinen allzu hohen Stellenwert. Wichtiger sind Indizien, die eine klare Sprache sprechen. Und alle Indizien, die es bisher in diesem Fall gibt, deuten in eine Richtung, Herr Altmeier. Ich werde diesen Fall aufklären und den Täter finden. Komme, was wolle.«

Julia verschränkte die Arme vor der Brust. »Auch wenn es dazu notwendig ist, einen Unschuldigen zu verdächtigen?«

»Egal, was dazu nötig ist, ich werde den Kerl finden, der das getan hat.« Damit wandte Harmsen sich ab und verließ die Küche. Diedrichsen folgte ihm, ohne einen weiteren Blick in die Runde zu werfen.

20

Er verlässt die Straße und stapft querfeldein durch den Sand der Düne zum Strand.

Er ist zufrieden, denn er hat seine nächsten Probanden gefunden. Die Bedingungen sind ähnlich wie die bei den ersten Versuchspersonen, allerdings sind die Neuen um einiges älter. Er schätzt sie auf Anfang fünfzig. Aber das kommt ihm sehr entgegen, schließlich haben seine erste Jane und sein erster John nicht wirklich viel geleistet. Das mochte daran liegen, dass sie noch nicht lang genug zusammen waren, um ihm im entscheidenden Moment den Hinweis zu geben, nach dem er sucht. Es hat wohl an Substanz gefehlt. Ein mehr als ärgerlicher Fehler, wenn es nicht um eines der ganz wenigen Dinge gegangen wäre, die er noch nicht für sich erschlossen hat.

Diese beiden sind bestimmt schon zwanzig oder fünfundzwanzig Jahre miteinander verheiratet. Haben wahrscheinlich ein Haus zusammen gebaut. Vielleicht schon erwachsene Kinder, die nicht mehr mit ihnen gemeinsam in Urlaub fahren wollen. Schon gar nicht nach Amrum. Um diese Zeit.

Es gibt sicher Tausende Dinge, die sie gemeinsam erlebt haben, die sie zusammenschweißen. Optimale Voraussetzungen für ihn. Er wagt die Prognose, dass es dieses Mal besser für ihn laufen wird. Was diesen Part der Sache betraf.

Die andere Geschichte … Fast ist er versucht, laut zu

lachen. Er weiß, er ist den meisten Menschen intellektuell haushoch überlegen. Vielleicht sogar allen. Zumindest hat er noch niemanden getroffen, der ihm auch nur ansatzweise das Wasser reichen konnte. Aber diese Polizisten … sie langweilen ihn. Egal, wohin auch immer er sie schickt, wie auch immer er sie steuert, sie folgen auf dem Fuße. Vor allem dieser Harmsen. Er spürt, dass der Mann nicht dumm ist. Aber da ist etwas, das ihn vollkommen unüberlegt jedem Knochen hinterherlaufen lässt, den er ihm anbietet. Etwas, das ihn treibt. Ja, sicher, das ist es, was er will, aber … ein bisschen mehr Widerstand hat er sich schon erwartet. Überlegungen in verschiedenen Richtungen. Das hätte seinen Sportsgeist geweckt, ihn zumindest ein kleines bisschen herausgefordert. Aber was tut Harmsen? Schießt sich plump auf das für ihn Naheliegende ein, ohne auch nur ansatzweise andere Möglichkeiten in Betracht zu ziehen. Er macht es ihm schlicht zu einfach.

Ja, er hätte sich gewünscht, auf einen Polizisten zu treffen, der die Spielregeln, die er aufgestellt hat, zumindest ein klein wenig versteht. Der trotz aller gelieferten Spuren über den Tellerrand hinausschauen und andere Möglichkeiten zumindest in Betracht ziehen würde. Welch ein hervorragendes Duell hätte er sich mit einem solchen Mann liefern können.

Aber gut, er steht ja erst am Anfang. Vielleicht wird die Truppe um Harmsen herum ja doch noch auftauen und ungeahnte Fähigkeiten entwickeln.

Jetzt jedenfalls konzentriert er sich auf seine neue Jane und seinen neuen John. Er wird nicht mehr so lange warten müssen wie beim ersten Mal. Die Gezeiten spielen mit, und die Erfahrung wird die Planung vereinfachen. Er weiß nun genau, wie lange er für jeden einzelnen Schritt braucht.

An einer Stelle, die ihm gefällt, setzt er sich in den Sand und zieht die Jacke am Kragen enger zusammen.

Er denkt an eine dunkle Jacke mit Kapuze. Von der Art, wie sie so viele hier tragen. Warm und wasserdicht, aus einem rauen Gewebe, an dem sich schon mal das eine oder andere verfangen kann.

Nun muss er tatsächlich lachen, und er nimmt sich vor, sich diesen Moment gut zu merken. Es passiert nicht oft, dass er für sich ganz allein lacht und nicht, um seiner Rolle gerecht zu werden.

21

Eine ganze Weile saß Michael wie versteinert da und starrte auf die Tischplatte. Julia wäre am liebsten aufgesprungen und um den Tisch herum zu ihm gegangen. Um ihn zu umarmen, ihn zu trösten. Aber wie konnte man jemanden trösten, der verdächtigt wurde, einen Menschen auf bestialische Weise ermordet zu haben?

Andreas schien es ähnlich zu gehen. Er spielte an seinen Fingernägeln herum und sah alle paar Sekunden zu Michael hinüber, offensichtlich ratlos, wie er sich verhalten sollte.

»Es fühlt sich fremd an«, sagte Michael plötzlich. Alle Augen richteten sich auf ihn.

»Unwirklich. Gerade so, als passiere das gar nicht mir, sondern einer Figur in einem Theaterstück. Als wäre es eine Rolle, die ich spiele. Und irrsinnigerweise habe ich die Hoffnung, es wird gleich noch einmal klingeln und dieser Harmsen kommt lachend herein und erklärt mir, dass er sich nur einen dummen Polizistenscherz mit mir erlaubt hat.«

Nun erst sah er auf, bedachte jeden von ihnen mit einem Blick, wie ihn Julia noch nie an Michael gesehen hatte. Hilflos. Hilfesuchend.

»Ich glaube zwar nicht, dass er dabei lachen wird, aber ich bin fest davon überzeugt, es wird nicht lang dauern, bis Harmsen zugeben muss, dass er sich geirrt hat.« Sie beugte sich über den Tisch und streichelte Michaels Hand.

»Sehen wir es doch mal pragmatisch«, sagte Andreas. »Harmsen ist ahnungslos. Er bekommt Druck von allen Seiten, also muss er irgendwas vorweisen, selbst wenn es nur ein Verdächtiger aufgrund geradezu lächerlicher Indizien ist. Und da die Indizien in diesem Fall offenbar dünn gesät sind, greift er nach dem einzigen Strohhalm, den er hat – dich. Aber seien wir doch mal ehrlich: Was will man von solchen Leuten schon erwarten? Mittelmäßiger Bildungsabschluss, mittelmäßige Intelligenz. Die Ausbildung mit durchschnittlichem Erfolg hinter sich gebracht, und schon geht es auf Mörderjagd. Warum wohl werden so viele Kapitalverbrechen nie aufgeklärt? Weil die Verbrecher cleverer sind als die Polizisten. Aber ich stimme Julia zu. Es wird nicht lange dauern, bis Harmsen vor dir zu Kreuze kriechen und sich für seinen dummen Verdacht entschuldigen muss.«

Martina schürzte die Lippen. »Da habe ich einen ganz hervorragenden Vorschlag. Warum nimmst du Genie die Sache nicht selbst in die Hand und zeigst dem Dummkopf Harmsen, wie sein Job gemacht wird? Du mit deinen Fähigkeiten hast den Fall doch sicher in einem Tag gelöst.«

»Ich danke euch«, sagte Michael, was nach Martinas Kommentar recht unpassend klang. »Und ich muss gestehen, es wäre mir eine Genugtuung, wenn er sich entschuldigen würde. Bei uns allen. Für sein Benehmen. Ich mochte den Kerl vom ersten Moment an nicht. Aber ich dachte mir, es ist unfair, jemanden aufgrund einer ersten, unglücklich verlaufenen Begegnung zu verurteilen. Vor allem, weil derjenige ja vielleicht nur so handelt, weil er beruflich dazu gezwungen ist. Mittlerweile glaube ich allerdings, es macht ihm Spaß, Leute zu drangsalieren und seine Macht auszuspielen. Und dieser andere Typ, Diedrichsen, der wagt es nicht, den Mund aufzumachen. Ich habe nicht den Eindruck, dass er damit einverstanden ist, wie sein Partner sich aufführt. Aber er traut sich nicht, das offen zu sagen. Weil er keinen Arsch in der Hose hat.«

Julia starrte Michael an. So hatte sie ihn noch nie reden hören. Natürlich war es schon vorgekommen, dass er sich über etwas ärgerte, aber solche Kraftausdrücke gehörten normalerweise nicht zu seinem Vokabular.

»Da bin ich absolut deiner Meinung«, pflichtete Andreas ihm bei, starrte dabei aber Julia an. Dass er das ausgerechnet in dieser Situation wagte, erschien Julia abstoßender als alles, was er ihr gegenüber bisher gesagt oder getan hatte.

»Der geborene Opportunist«, giftete Martina, woraufhin Andreas sich ihr zuwandte. »Kannst du dir nicht einfach mal für ein paar Minuten deine Kommentare verkneifen?«

»Ich habe jahrelang den Mund gehalten, da hat sich eine Menge angestaut.«

Andreas tat so, als hätte er Martinas Antwort nicht gehört, und wandte sich an Michael. »Im Grunde ist die Idee, der Sache selbst mal ein wenig nachzugehen, gar nicht schlecht. Immerhin geht es darum, dich zu entlasten. Das können wir am besten, wenn wir etwas herausfinden, das Harmsen auf die Spur des wahren Täters bringt. Dann muss er nicht nur zugeben, dass er einen kapitalen Fehler begangen hat, sondern sich zudem noch bei uns bedanken.«

Martina verdrehte die Augen und schüttelte den Kopf. »Nicht zu fassen. Keine Idee kann bescheuert genug sein, dass nicht doch noch ein wahres Genie daherkommt und sie tatsächlich aufgreift.«

Andreas reagierte nicht auf diesen Kommentar. »Was denkst du darüber, Michael?«

»Ich weiß nicht … ich habe mit dieser ganzen Sache doch nichts zu tun. Wenn ich jetzt anfange herumzuschnüffeln, wird Harmsen es mir am Ende so auslegen, als versuchte ich krampfhaft, etwas zu vertuschen.«

»Sag mal …«, sagte Martina, an Michael gewandt, machte dann aber eine Pause, in der sie noch einmal darüber nachzudenken schien, was sie sagen wollte. Julia hoffte, dass ihnen weitere zynische Vorschläge zumindest im Moment erspart bleiben würden. Leider vergebens.

»Habe ich das richtig verstanden, dass nur du die Insel nicht verlassen darfst? Weil Harmsen nur dich verdächtigt, die Frau getötet zu haben? Wir haben also nichts damit zu tun?«

Julia konnte sehen, wie sehr es Michael verstörte, das noch einmal ausgesprochen zu hören. Er durfte die Insel nicht verlassen. Weil er verdächtigt wurde. »Ja«, antwortete er heiser.

»Dann wirst du sicher Verständnis dafür haben, wenn ich so bald wie möglich die Fähre aufs Festland nehme. Nichts für ungut, aber wir kennen uns ja kaum. Was weiß ich, wie du drauf bist, wenn wir nicht dabei sind? Nicht, dass ich ernsthaft glauben würde, dass du das getan hast. Aber mal ehrlich: Wirklich wissen kann ich es nicht, stimmt's?«

Michaels Gesicht glich mittlerweile einer Maske, doch Martina war noch nicht fertig.

»Wer weiß, was noch geschieht, wenn wir hierbleiben. Ich möchte einfach nicht wegen jemandem, den ich kaum kenne, in so eine Sache hineingezogen werden. Das verstehst du doch sicher, oder?«

Julia beobachtete Michael genau, und obwohl sie so eine Situation noch nie erlebt hatte, ahnte sie, was gleich folgen würde. Und sie täuschte sich nicht.

Mit einem lauten Knall schlug Michael mit der Hand auf die Tischplatte. Martina zuckte zusammen, Julia ebenso.

»Jetzt reicht's mir aber. Was denkst du eigentlich, wie du mit Menschen umspringen kannst? Hast du auch nur eine Ahnung davon, wie es sich anfühlt, wenn ein Polizist dir hochoffiziell mitteilt, dass er dich für einen Mörder hält?«

»Nein, wie auch. Er verdächtigt ja dich.«

»Ja genau, er verdächtigt mich. Weil er ein Polizist ist und einen Verdächtigen braucht. Für ihn bin ich ein Fremder. Er kann also nicht wissen, was für ein Mensch ich bin. Und es kann ihm egal sein, wie es mir dabei geht. Aber du, du bist viel schlimmer als Harmsen. Nicht nur, dass du mit sichtlicher Freude dein Gift von früh bis spät versprühst, wo immer sich eine Möglichkeit dazu bietet, nein, du hältst es auch für möglich, dass ich etwas mit der Sache zu tun habe. Und das, obwohl du hier mit mir unter einem Dach wohnst.«

Martina zog grinsend die Schultern hoch. »Siehst du, und genau das möchte ich ändern, und zwar so schnell wie möglich.«

Julia verspürte das dringende Bedürfnis, Michael zur Seite zu stehen, doch sie hielt sich zurück. Sie hoffte, Michael würde Martina selbst ein paar Wahrheiten sagen.

Und das tat er. »Ich beginne zu verstehen, warum Andreas so viel Zeit in der Firma verbringt. Jede noch so dröge Arbeit muss, verglichen mit dem Zusammensein mit dir, einem Ausflug in den Vergnügungspark gleichen.«

Er stand auf, trat zu Julia und küsste sie flüchtig auf die Stirn. »Entschuldige, ich muss mal raus. Ein wenig allein sein und nachdenken. Ich finde es hier gerade unerträglich.«

»Soll ich nicht …«, setzte Julia an, doch Michael wiegelte ab. »Nein, bitte nicht. Ich bin bald zurück.«

Julia sah ihm nach, bis sich die Tür zur Terrasse hinter ihm geschlossen hatte, dann wandte sie sich abrupt Martina zu.

»Ich hoffe, du bist zufrieden. Was hast du eigentlich für ein Problem, außer, dass es wahrscheinlich kaum einen Menschen gibt, der dich mag? Michael hat vollkommen recht. Seit wir hier angekommen sind, verdirbst du uns jeden Tag mit deinen giftigen Bemerkungen. Es hat noch kein einziges Gespräch gegeben, an dem du dich beteiligt hättest wie ein normaler Mensch. Geschweige denn, dass du etwas beizutragen gehabt hättest, das von irgendeinem Nutzen gewesen wäre. Aber damit konnte ich bisher noch leben. Wir hatten ja die Möglichkeit, einfach zu gehen, wenn deine Kommentare mal wieder unerträglich wurden. Was du jetzt allerdings abziehst, ist unter aller Sau.«

»Na ja, immerhin …«, setzte Martina mit dem missglückten Versuch eines Grinsens an, doch Julia fiel ihr ins Wort. »Nein, nichts immerhin und auch sonst nichts von dir. Jetzt hörst du dir erst an, was ich dir zu sagen habe. Es gibt einige Verhaltensweisen bei Menschen, die mies sind. Aber auf jemandem herumzuhacken, der durch einen dummen Zufall in eine wirklich schlimme Situation gekommen ist, das ist nur noch erbärmlich. Ich dachte schon ein paarmal, du hast mit deinen Kommentaren den Tiefpunkt erreicht. Aber gerade hast du dich selbst mal wieder über- beziehungsweise untertroffen. Du bist so ziemlich die unerträglichste Person, die ich je kennenlernen musste.«

»Julia, ich denke, jetzt übertreibst du ein wenig.« Andreas stand seiner Frau halbherzig bei.

»Nein, ich übertreibe nicht. Und was dich betrifft, habe ich eine Bitte: Ich muss zugeben, ich kann mittlerweile durchaus verstehen, dass dir der Sinn nach anderen Frauen steht. Aber tu mir doch freundlicherweise den Gefallen und orientiere dich diesbezüglich in eine andere Richtung, denn ehrlich gesagt gehen mir deine Blicke, Vorschläge und Aufmerksamkeiten ziemlich auf die Nerven.«

Sie stand auf und ging zur Terrassentür. Dort drehte sie sich noch einmal um. »Ich wünsche euch beiden einen angenehmen Nachmittag.« Als die Tür sich hinter Julia schloss, musste sie erst einmal tief durchatmen, bevor sie sich auf den Weg über den Holzsteg zum Strand machte.

22

Julia war so wütend, dass sie weder die Dünen noch das Meer wahrnahm, während sie am Strand entlanglief. Der Wind zerrte an ihren Haaren, zudem hatte es leicht zu nieseln begonnen. Sie fror trotz der dicken Jacke, doch das ignorierte sie grimmig.

Am liebsten hätte sie sofort ihre Sachen gepackt und die Insel gemeinsam mit Michael verlassen. Und möglichst viele Kilometer zwischen sich und Harmsen, Martina und Andreas gebracht.

Sie hätten eine schöne Zeit zusammen verbringen können, wenn sie zu Hause geblieben wären. Diese furchtbare Sache mit dem Mord war natürlich die absolute Katastrophe, aber selbst wenn das nicht passiert wäre – sie hätte sich nicht wirklich wohl gefühlt. Wenn sie ehrlich war, musste sie sich eingestehen, dass es ihr vom ersten Tag an nicht gefallen hatte, mit Andreas und Martina unter einem Dach zu wohnen und einen gemeinsamen Haushalt zu führen.

Sie überlegte, wo sich Michael wohl gerade aufhielt, und stellte erschrocken fest, dass es durchaus sein konnte, dass sie schon an ihm vorbeigelaufen war, ohne es zu bemerken.

Der nächste Schreck durchfuhr sie, als sie nur wenige Meter entfernt Damerows Haus entdeckte. Hatte sie unbewusst den Weg zu ihm eingeschlagen, oder konnte es tatsächlich reiner Zufall sein, dass sie hier gelandet war?

Und was sollte sie nun tun? Umkehren? Und dann? Zurück zum Haus wollte sie auf gar keinen Fall. Michael zu suchen war wohl ein sinnloses Unterfangen, er konnte überall sein.

Ihr kam der Gedanke, sich mit dem geistreichen und vor allem wohltuend freundlichen Damerow zu unterhalten. Das erschien ihr eine reizvolle Alternative. Warum auch nicht? Ein kleiner Plausch mit ihm würde ihr guttun. Sie setzte sich wieder in Bewegung.

Als Damerow die Tür öffnete und sie vor ihm stand, war er sichtlich überrascht. »Guten Tag, Julia. Mit Ihnen hätte ich jetzt am allerwenigsten gerechnet. Aber ich freue mich, Sie zu sehen.«

Julia bemühte sich um ein Lächeln. »Ich habe doch gesagt, wir sehen uns wieder.«

»Ja, das haben Sie.« Damerow sah sie an, als habe sie ihm etwas offenbart, was er schon lange wusste. »Und ich habe mir gedacht, dass Sie ein Mensch sind, der meint, was er sagt. Bitte, kommen Sie herein. Sie sind ja ganz nass.«

In der Diele zog sie die Jacke aus und setzte sich dann im Wohnzimmer auf den gleichen Platz, auf dem sie bereits bei ihrem ersten Besuch gesessen hatte.

Damerow blieb stehen. »Tee?«

»Nein danke, ich glaube, ich brauche etwas Stärkeres.«

»Oh. Ist es Ärger, der da in Ihrer Stimme mitschwingt?«

»Nennen Sie es ruhig Wut.«

Damerow nickte. »Also einen Wut-Cocktail. Darf ich Ihnen etwas mixen?«

»Ja, bitte.«

Damerow öffnete eine Tür seines großen Wohnzimmerschrankes, nahm zwei Flaschen heraus und verschwand damit in der Küche. Die Zeit bis zu seiner Rückkehr verbrachte Julia mit dem Versuch, ihre Gedanken von dem ungeheuren Verdacht abzulenken, den Harmsen gegen Michael ausgesprochen hatte.

»So, das wird nicht nur Ihren Ärger vertreiben, sondern Sie zudem von innen aufwärmen. Sie werden sehen.«

Damerow reichte ihr ein gutgefülltes Cocktailglas mit einer rotbraunen Flüssigkeit darin und setzte sich neben sie. Er hatte das gleiche Getränk auch für sich selbst gemixt.

Julia roch daran und stellte eine verblüffende Ähnlichkeit mit dem Geruch von Desinfektionsmittel fest.

»Was ist das?«

»Das ist der berühmte Damerow'sche Anti-Wut-Cocktail. Ein Schuss guter Laune, ein Schuss Optimismus und das Ganze aufgefüllt mit Orangensaft. Ach ja, ein wenig Alkohol ist auch noch drin. Also …« Er hob sein Glas. »Auf bessere Laune. Übrigens … mein Name ist Adam, und ich würde mich sehr freuen, wenn ich dich Julia nennen dürfte.«

Julia nickte. Sie legte sowieso keinen großen Wert auf die förmliche Anrede. »Gerne. Das macht Gespräche einfacher.«

Das Getränk schmeckte in etwa so, wie es sein Geruch schon angedroht hatte, aber Adam hatte recht. Bereits der erste Schluck hinterließ eine warme Spur auf seinem Weg in Richtung Magen.

Julia stellte das Glas auf den Tisch und starrte auf den Inhalt. »Danke.«

»Für den tollen Drink?«

»Dafür, dass Sie nicht … dass *du* nicht sofort wissen wolltest, was los ist.«

Damerow zuckte mit den Schultern. »Warum sollte ich das tun? Du bist wütend. Und du bist zu mir gekommen. Also wirst du es mir entweder von ganz allein erzählen, oder aber du bist der Meinung, es geht mich nichts an. In diesem Fall würde auch Nachfragen nichts nutzen. Außerdem glaube ich, du weißt, dass ich dir selbstverständlich gerne zuhöre, wenn dir nach reden zumute ist.«

»Es ist wegen des Mordes.« Sie machte eine Pause, doch Damerow sagte nichts, sondern lehnte sich zurück und schaute sie an.

»Dieser Polizist, Harmsen … er denkt, Michael hätte etwas damit zu tun.«

»Hat er?«

Julia war überrascht. »Nein, natürlich nicht. Wie kommst du denn darauf?«

»Die logische Frage lautet: Wie kommt der Polizist darauf?«

Julia überlegte, wie viel sie erzählen wollte. Wo sie anfangen sollte. Ob es Michael wohl recht wäre, wenn sie diesem Mann, den sie erst seit kurzem kannte, überhaupt etwas erzählte. Andererseits … es ging dabei nicht nur um Michael. Diese ganze Sache, dieser ganze verdammte Urlaub, belastete schließlich auch sie.

Sie griff nach ihrem Glas und nahm beherzt einen großen Schluck und gleich noch einen. Dann erzählte sie Adam Damerow alles, was sie bedrückte und wütend machte.

Die Gespräche mit Harmsen und wie er sich aufgeführt hatte, vor allem Michael gegenüber. Andreas' Blicke und Angebote, seine stetigen Versuche, Situationen zu arrangieren, in denen er mit ihr allein war. Martina.

Und mit jedem Aspekt, den sie schilderte, fielen ihr weitere Dinge ein, die sie ärgerten. Sie redete sich mehr und mehr in Rage, während Damerow nur dasaß und ihr mit unbewegter Miene geduldig zuhörte. Er unterbrach sie kein einziges Mal. Erst als sie ihre Schilderungen mit den Worten schloss: »So, jetzt weißt du alles«, kam wieder Bewegung in ihn.

»Lass mich damit beginnen, was ich für mich aus dem, was du erzählt hast, herausziehe. Ich freue mich auf meine nächste Begegnung mit Herrn Harmsen, verzichte aber dankend auf jeglichen Kontakt mit Martina.«

Julia gelang ein kleines Lächeln.

Damerow nahm sein Glas und trank es leer. »Natürlich werde ich mich hüten, dir Vorschläge zu machen, wie du dich den anderen gegenüber verhalten sollst, aber ich denke, das hast du auch nicht von mir erwartet.«

Julia dachte darüber nach und stellte fest, dass Damerow recht hatte. Sie hatte von ihm die Möglichkeit bekommen, sich alles von der Seele zu reden, und er hatte ihr wohlwollend zugehört. Alles andere wäre ihr zu viel gewesen.

»Ich danke dir, dass du mir die Gelegenheit gegeben hast, das alles loszuwerden. Es hat gutgetan, darüber zu reden.« Sie dachte an Michael. Daran, dass er vielleicht schon wieder zurück war. Bei Martina und Andreas. Dass sie hier saß und sich bei Damerow ausheulte, während er dringend jemanden brauchte, der ihn unterstützte. »Ich denke, ich mache mich jetzt mal auf den Rückweg.«

Damerow versuchte erst gar nicht, sie zum Bleiben zu überreden. »Das verstehe ich. Ich habe mich gefreut, dass du zu mir gekommen bist.«

Er begleitete Julia zur Tür, wo sie ihm die Hand reichte.

»Danke. Fürs Zuhören.«

»Sehr gerne. Ach, einen Denkanstoß möchte ich dir aber doch noch geben: Denke einfach mal darüber nach, ob es nicht tatsächlich eine gute Idee wäre, die Insel zu verlassen.«

Julia verstand nicht, wie er ihr diesen Vorschlag machen konnte. »Aber das geht nicht. Ich sagte dir doch, Harmsen hat Michael damit gedroht, ihn verhaften zu lassen, wenn er die Insel verlässt.«

»Ich meinte auch nicht Michael, sondern dich. Ich denke, es wäre besser für dich. Sicherer.«

»Sicherer?« Julia verstand nicht genau, was er damit meinte.

»Ja, sicherer. Denk einfach noch mal darüber nach. Ich fände es schlimm, wenn dir etwas geschieht.«

Sein Gesichtsausdruck sagte ihr, dass sie nicht weiter nachfragen musste, wie er das meinte. Also wandte sie sich ab und ging.

Damerows *Denkanstoß*, wie er es genannt hatte, hatte ein seltsames Gefühl in ihr hinterlassen. Wie konnte er ihr vorschlagen, die Insel zu verlassen, nachdem sie ihm erzählt hatte, dass Michael ohne sie vollkommen allein dastand? Aber vielleicht interpretierte sie auch zu viel in diesen Ratschlag hinein? Vielleicht hatte Damerow ihr einfach nur mitteilen wollen, dass er sich um sie sorgte? Ein Mann trat ihr auf dem Zugang zum Strand in den Weg. Er tauchte so unvermittelt auf, dass Julia zusammenzuckte.

»Entschuldigen Sie, sind Sie Julia Schönborn?«

Julia war zu überrascht, um darüber nachzudenken, ob es klug war, einem wildfremden Mann zu antworten.

»Ja, warum?«

»Es tut mir leid, dass ich Sie hier so überfalle. Mein Name ist Menning. Polizeihauptmeister Hans-Peter Menning.«

»Sie sind Polizist?« Alles in Julia war mit einem Mal auf Abwehr eingestellt. Ein Mann von der Polizei, der keine Uniform trug.

»Gehören Sie zu diesem Harmsen?« Sie bemerkte selbst, wie feindselig ihre Stimme plötzlich klang. Es war ihr egal.

Menning zögerte einen Moment, bevor er antwortete: »Nein, ich gehöre zur Dienststelle hier auf Amrum.«

Julia musterte ihn genauer. Er war sehr schlank und blass. Seine Beine unter der Outdoor-Jacke steckten in Jeans.

»Warum tragen Sie keine Uniform?«

Er lachte. »Wir laufen nicht ausschließlich in Uniform herum.«

»Aha. Und was möchten Sie von mir?«

»Ich hätte einige Fragen an Sie. Würden Sie sich ein paar Minuten Zeit für mich nehmen?«

»Welche Fragen denn noch? Und wozu? Hat Harmsen Sie geschickt, um vielleicht noch etwas zu finden, das er sich so zurechtbiegen kann, dass es gegen Michael spricht?«

»Gegen Michael? Nein. Und Harmsen hat mich nicht geschickt.«

Julia wusste nicht recht, wie sie sich verhalten sollte.

Der Mann wirkte ruhig und bedächtig, vollkommen anders als Harmsen. Vielleicht konnte man mit ihm ja vernünftig reden. Vielleicht eine Möglichkeit, etwas für Michael zu tun.

»Also gut. Fragen Sie.«

Menning sah sich nach allen Seiten um und verzog das Gesicht. »Finden Sie nicht auch, dass es hier zu nass und zu kalt ist? Lassen Sie uns einen Kaffee trinken. Ich lade Sie ein. Es wird nicht lang dauern, versprochen.«

»Okay. Aber ich habe wirklich nicht viel Zeit.«

Sie gingen zum *Kleinen Strandhotel*, das gleich um die Ecke lag.

Das Gespräch verlief zuerst völlig anders, als Julia es erwartet hatte. Menning stellte vollkommen dämliche Fragen über Michael. Ob er ihr gegenüber schon mal grob gewesen war. Ob er in der Mordnacht noch mal das Haus verlassen hatte. Meist Fragen, die auch Harmsen schon gestellt hatte.

»Sagen Sie, was soll das eigentlich? Wir haben das alles bereits ihrem Kollegen erzählt. Reden Sie nicht miteinander?«

Menning schien zu überlegen, ob er darauf antworten sollte oder nicht.

»Der Kollege Harmsen ist uns gegenüber nicht sehr kooperativ«, erklärte er schließlich. »Ich denke, er hält uns für Provinzpolizisten, die keine Ahnung haben. Also sind wir gezwungen, uns unsere Informationen selbst zu besorgen. Wissen Sie, die Kollegen aus Flensburg sind vielleicht auf diese Dinge spezialisiert, aber wir haben ihnen gegenüber einen großen Vorteil. Wir kennen die Menschen hier, denn Amrum ist unsere Heimat. Allein schon deshalb ist uns daran gelegen, den wahren Täter zu finden, nicht irgendeinen, der es gewesen sein könnte, damit wir einen weiteren Fall zu den Akten legen können.«

Was Menning über Harmsen gesagt hatte, glaubte Julia sofort, und alles andere konnte sie gut verstehen.

Also beantwortete sie alle seine Fragen.

23

Sie hatten die Fahrt schweigend zurückgelegt. Harmsen selbst war gefahren, Jochen hatte danebengesessen und vor sich auf die Straße gestarrt.

Als sie vor ihrer neuen Einsatzzentrale angekommen waren und Harmsen den Motor ausgeschaltet hatte, wandte er sich Jochen zu.

»Ich möchte Ihnen einen Rat geben, was unsere weitere Zusammenarbeit angeht, Herr Diedrichsen: Lassen Sie es sich nicht noch einmal einfallen, mir in irgendeiner Weise in der Gegenwart von Verdächtigen vorzugreifen oder gar mir zu widersprechen. Und vor allem: Geben Sie nie wieder Antworten auf Fragen, die an mich gestellt worden sind. Haben wir uns verstanden?«

Jochen kämpfte den Zorn nieder, der in ihm aufbrandete. Er wusste, Harmsen gegenüber konnte er nur mit wohlüberlegten und vor allem ruhig vorgebrachten Argumenten punkten. Wenn er sich dazu hinreißen ließ, ebenso unbeherrscht zu reagieren wie er, konnte er nur verlieren. Das war Harmsens Terrain.

»Akustisch habe ich Sie auf jeden Fall verstanden, ihre Lautstärke war ja entsprechend«, begann Jochen so ruhig, wie es ihm möglich war. »Ich habe auch Ihren Rat verstanden. Ob ich allerdings von nun an wie ein folgsamer Hund dastehen und alles kommentarlos hinnehmen werde, was Ihnen bei Befragungen so einfällt, kann ich Ihnen nicht versprechen.«

»Sie haben mich falsch verstanden. Ich habe Ihnen gegenüber keine Bitte ausgesprochen, sondern einen Befehl. Wenn Sie ein Problem mit der Anerkennung von Autorität haben, kostet es mich nur einen Anruf, und Sie werden von dem Fall abgezogen. Diesbezüglich kann *ich* Ihnen ein Versprechen geben: Ich werde keine Sekunde zögern, das zu tun. Nun also noch einmal meine Frage, und dieses Mal sollten Sie sich Ihre Antwort sehr gut überlegen: Haben Sie das verstanden?«

»Ja«, presste Jochen hervor, und er hatte dabei das Gefühl, an seiner Wut zu ersticken. Er öffnete die Tür, wandte sich aber noch mal zu Harmsen um. »Brauchen Sie mich im Moment? Ich möchte ein paar Meter spazieren gehen.«

»Tun Sie das und nutzen Sie die Zeit, um über Ihr Verhalten nachzudenken.«

Ich soll über mein Verhalten nachdenken?, hätte er Harmsen am liebsten entgegengebrüllt. *Das ist ja wohl der Witz des Jahrhunderts.* Doch er schaffte es, sich zu beherrschen, und stieg ohne ein weiteres Wort aus.

Sobald er außer Sichtweite war, zog er sein Smartphone aus der Tasche, suchte im Adressbuch seinen Kollegen Peter Marten heraus und rief ihn an.

Hauptkommissar Marten hatte schon mit Harmsen gearbeitet und Jochen im Vorfeld vor dessen Unbeherrschtheit gewarnt.

Nach zweimaligem Klingeln meldete er sich.

»Hallo, Peter, Jochen hier. Ich rufe von Amrum aus an.«

»Jochen. Wie läuft's bei euch?«

»Schleppend. Aus meiner Sicht. Mein Partner sieht

das wahrscheinlich anders. Er hat sich schon auf jemanden eingeschossen. Einen Touristen. Und mir hat er offen gedroht, weil ich es wage, meine Meinung zu sagen.«

Marten stieß ein kurzes Lachen aus. »Ja, das hat er nicht so gerne. Es sei denn, deine Meinung deckt sich mit seiner.«

»Sag mal, was genau ist mit Harmsen eigentlich los? War der schon immer so?«

»Das weiß ich nicht. Ich habe ihn vor etwa drei Jahren kennengelernt, als er zu uns versetzt wurde, und da war er schon so. Du weißt von der Geschichte zwischen ihm und mir?«

»Ich weiß nur das, was du mir erzählt hast. Dass er ein Choleriker ist, der bisher noch jeden Partner vergrault hat.«

»Ich war damals sein erster Partner in Flensburg. Er wurde zu uns versetzt, weil auf seiner alten Dienststelle niemand mehr mit ihm arbeiten wollte. Wir haben in einem Entführungsfall ermittelt. Die Frau eines Unternehmers. Als Harmsen glaubte, eine heiße Spur zu haben, begann er damit, Zeugen anzubrüllen und sogar zu bedrohen, wenn sie ihm nicht die Antworten gaben, die er hören wollte. Ich habe versucht, mit ihm darüber zu reden, dabei allerdings eine ähnliche Erfahrung gemacht wie du offensichtlich auch. Als er einen jungen Mann so massiv einschüchterte, dass dieser nachweislich eine falsche Aussage machte, um von Harmsen in Ruhe gelassen zu werden, habe ich eine Dienstaufsichtsbeschwerde gegen ihn eingeleitet.«

»Was ist dabei rausbekommen?«

»Harmsen hat eine Abmahnung bekommen und ich

einen neuen Partner. Seitdem sind wir keine Freunde mehr.«

»Das kann ich mir vorstellen. Was ich aber nicht verstehe: Warum überträgt man ihm immer noch neue Fälle? Wie diesen jetzt, zum Beispiel.«

»Weil er lange Zeit recht erfolgreich war. Seine Aufklärungsquote war sehr hoch. Den Entführungsfall damals hat er zum Beispiel auch aufgeklärt. Die Frau konnte gerettet werden.«

»Was heißt, er war lang erfolgreich? Das hört sich an, als sei das vorbei?«

»Hast du ein paar Minuten?«

»Ja.«

»Okay. In letzter Zeit lief es nicht so gut für Harmsen. Sein letzter Fall war ein Desaster. Sexualmord an einer Dreizehnjährigen. Furchtbare Geschichte. Harmsen hatte sich in einen Verdächtigen regelrecht verbissen. Der Mann wohnte in der gleichen Straße wie das Mädchen und war bei uns wegen sexueller Belästigung aktenkundig. Er behauptete, zur Tatzeit auf der Autobahn gewesen zu sein, was er aber nicht beweisen konnte. Er hatte unterwegs zwar getankt, aber angeblich bar bezahlt, und die Angestellten der Tankstelle konnten sich nicht an ihn erinnern. Es gab noch einen anderen Verdächtigen, den Harmsen allerdings trotz massiver Bedenken der Kollegen ignorierte. Er verhaftete *seinen* Mann. Es kam zur Anklage, doch während der Verhandlung stellte sich heraus, dass eine Autofahrerin sich an den Verdächtigen erinnerte. Er war ihr an der Tankstelle aufgefallen, weil er ihr an der Kasse auf die Brust gestarrt und sich dabei in den Schritt gefasst hatte. Als sie sein Foto in der Zeitung sah, erkannte sie ihn wieder und meldete sich. Fast zur gleichen Zeit wurde ein weiteres Mädchen misshandelt und ermordet. Dieses Mal wurde der Täter allerdings gesehen. Es handelte sich um den anderen Verdächtigen, den Harmsen ignoriert hatte. Beim Verhör gab er dann schließlich auch den ersten Mord zu.«

»Scheiße«, entfuhr es Jochen. Aber das, was er gerade gehört hatte, passte zu einhundert Prozent zu Harmsen. Mehr noch, Jochen sah durchaus Parallelen.

»Ist oder war Harmsen eigentlich verheiratet?«

»Er war es. Seine Frau hat es irgendwann wohl auch nicht mehr ausgehalten. Es wird gemunkelt, sie hat ihn wegen eines Kollegen verlassen, aber das weiß ich nicht sicher.«

»Wundern würde es mich nicht. Er tut auch wirklich alles dazu, dass man ihn nicht mag.«

»Als wir über die Sache auf Amrum informiert wurden, hat Harmsen sich regelrecht darum gerissen, den Fall zu bekommen.«

»Tja, und wie es aussieht, begeht er schon wieder den gleichen Fehler.« Jochen überlegte, ob er Marten gegenüber offen aussprechen konnte, was er dachte, und entschied sich dafür.

»Ich befürchte, es läuft hier genau so wie bei seinem letzten Fall. Er hat sich schon wieder auf einen Verdächtigen eingeschossen, und ich habe den Eindruck, er sieht überhaupt keine Notwendigkeit, auch in andere Richtungen zu ermitteln. Obwohl ich noch keinen konkreten Verdacht vorweisen kann, fallen mir auf Anhieb ein paar Personen ein, die ich mir zumindest näher ansehen möchte. Aber Harmsen hat die Leitung. Ich kann nicht über seinen Kopf hinweg ermitteln.«

»Soll ich mal versuchen, ob ich beim Staatsanwalt etwas erreichen kann? Ich kenne ihn recht gut.«

»Nein. Zumindest jetzt noch nicht. Ich bin der Neue und möchte nicht dadurch auffallen, dass ich meinen Partner anschwärze.«

»Bei Harmsen würde das niemanden verwundern.«

»Ich melde mich noch mal bei dir, okay? Und danke für die Infos.«

»Kein Problem, gerne. Ich drücke dir die Daumen und hoffe, dass es nicht zu spät sein wird, falls du dich doch dazu entschließt, etwas zu unternehmen.«

»Nochmals danke. Bis bald.«

Jochen steckte das Telefon ein und setzte sich auf ein Mäuerchen, das den Vorgarten eines Hauses zur Straße hin begrenzte. Fast tat Harmsen ihm leid. Seine Frau hatte ihn verlassen, niemand wollte mit ihm arbeiten und dann auch noch das Desaster bei seiner letzten Ermittlung. Betrachtete man das alles, wäre es eine logische Erklärung für Harmsens Verhalten in dem aktuellen Fall. Dumm nur, dass er offensichtlich schon früher unerträglich gewesen war, die Probleme also durch sein Verhalten entstanden waren und nicht umgekehrt.

Es würde Jochen nichts anderes übrigbleiben, als diskret damit zu beginnen, in alle Richtungen zu ermitteln. Nötigenfalls an Harmsen vorbei. Auch, wenn er damit riskierte, dass Harmsen ausrastete, wenn er es mitbekam.

Er dachte an Michael Altmeier.

An die Indizien, die Harmsen dazu veranlasst hatten, ihn zu verdächtigen: die Brieftasche, der Ohrring. Es war viel zu einfach, und Jochen konnte nicht verstehen, dass Harmsen dies nicht ebenfalls auffiel. Das roch doch regelrecht nach Manipulation. Ein Geruch, den Harmsens Nase offenbar nicht erkennen konnte. Oder nicht erkennen wollte. Der Gedanke drängte sich Jochen auf, obwohl er sich dagegen wehrte. Wenn ein erfahrener Ermittler wie Harmsen Unstimmigkeiten übersah, die so offensichtlich waren, konnte das nicht mit rechten Dingen zugehen.

Harmsen hatte sich um diesen Fall gerissen.

Jochen erhob sich wieder, blieb aber stehen. Der Weg, den seine Gedanken eingeschlagen hatten, war so ungeheuerlich, dass er ihn selbst fassungslos machte. Und doch …

Was, wenn Harmsen manche Dinge einfach nicht sehen wollte?

Peter Martens Worte fielen Jochen wieder ein: *Ich drücke dir die Daumen und hoffe, dass es nicht schon zu spät sein wird, falls du dich doch dazu entschließt, etwas zu unternehmen.*

24

Als Julia durch die Terrassentür die Küche betrat, war niemand da. Allerdings hörte sie Geräusche von oben, die darauf schließen ließen, dass am Dachboden gearbeitet wurde.

Sie überlegte, ob Andreas wohl allein weitermachte oder ob Michael zurück war und ihm tatsächlich half.

Sie wollte die Küche verlassen, blieb aber am Durchgang zum Wohnzimmer stehen. Martina saß auf einem der Sessel, den Rücken ihr zugewandt. Sie hatte ihr Handy am Ohr und sagte gerade: »… es tut gut, das zu hören. Ich dich auch.« Ihre Stimme hatte dabei einen Klang, den Julia noch nie bei ihr gehört hatte. Weich und liebevoll. »Ich weiß es noch nicht … Ja, du mir auch. Sehr … Ja, tu das, ich freue mich … Tschüs.«

Sie ließ das Handy sinken, richtete sich auf und … entdeckte Julia. Für einen kurzen Moment entglitten ihr die Gesichtszüge, doch dann hatte sie sich sofort wieder unter Kontrolle. »Ach, schon zurück? Seit wann stehst du da und belauschst mich?«

»Ich bin gerade eben zurückgekommen. Und ich belausche dich nicht, wenn ich nach Hause komme, während du ein … wichtiges Telefonat führst. Wenn du vermeiden möchtest, dass jemand zuhört, solltest du es etwas cleverer anstellen.«

»Ich glaube, ich kann in meinem Haus telefonieren, wann und wo ich möchte, denkst du nicht auch?«

»Ich freue mich für dich, dass die Eigentumsverhältnisse dieses Hauses sich so schnell zu deinen Gunsten geändert haben. Beim letzten Mal, als wir über das Haus sprachen, behauptetest du noch, du hättest nichts damit zu tun.«

»Zumindest habe ich mehr damit zu tun als du.«

»Was soll das denn? Du kannst mich wohl überhaupt nicht ausstehen, oder?«

»Wie viel hast du gehört?« Martina ignorierte die Frage. Als Julia nicht reagierte, blaffte sie: »Warum antwortest du mir nicht?«

Julia zuckte mit den Schultern. »Warum antwortest *du mir* nicht? Ist es wegen Andreas?«

»Was? Ob ich dir wegen Andreas nicht antworte? Hast du den Verstand verloren?«

»Nein, ich möchte wissen, ob du mich wegen Andreas nicht ausstehen kannst. Wegen seines Verhaltens mir gegenüber. Das kann ja wohl selbst dir nicht entgangen sein.«

»Pah!« Es sollte vermutlich belustigt klingen, was aber gänzlich misslang. »Wenn du denkst, es kratzt mich auch nur im Geringsten, wem Andreas auf die Bluse starrt, dann irrst du dich gewaltig.«

»Ja, das denke ich mir. Und ich kann mir nach dem, was ich gerade gehört habe, auch lebhaft vorstellen, warum das so ist.« Im gleichen Moment, in dem sie es ausgesprochen hatte, ärgerte Julia sich darüber. Das war nicht ihr Niveau. Sie hatte sich von Martina auf deren Ebene herabziehen lassen. Fast war sie versucht, sich dafür zu entschuldigen, allerdings wurde ihr gleichzeitig bewusst, was Martina daraus gemacht hätte. Also beließ sie es dabei.

Martinas Augen verengten sich. »Was soll das heißen?«

Julia winkte ab. »Ach, vergiss es. Es geht mich nichts an.«

Martina machte einen Schritt auf sie zu. »Da hast du absolut recht. Es geht dich rein gar nichts an, und das solltest du auch nicht vergessen.«

Die Situation wirkte plötzlich bedrohlich, und Julia überlegte, wie sie reagieren sollte, wenn Martina ihr noch näher kam.

»Ich gebe dir einen guten Rat. Denk nicht daran, dieses Telefonat jemals zu erwähnen, schon gar nicht Andreas gegenüber.«

Julia gab sich einen Ruck. Einen letzten Versuch wollte sie noch starten. »Du kennst mich wirklich überhaupt nicht. Ganz egal, was zwischen uns ist, ob wir uns nun mögen oder nicht, ich käme nie auf die Idee, mich in die Beziehung anderer einzumischen. Weder indem ich mit einem verheirateten Mann auch nur flirten würde, noch indem ich irgendwelche Dinge herumerzähle. So bin ich nicht. Du kannst dir deine Drohungen also wirklich sparen. Über dein Telefonat, mit wem auch immer, wird Andreas von mir sicher nichts erfahren.«

»Das ist auch besser so. Andernfalls könnte ich vielleicht auf den Gedanken kommen, Harmsen zu erzählen, dass ich gesehen habe, wie dein lieber Michael in der Tatnacht das Haus verlassen hat.«

Julia blieb fast die Luft weg. »Was? Aber … das kann nicht sein. Michael lag die ganze Nacht neben mir im Bett. Ich hätte es mitbekommen, wenn er aufgestanden wäre. Das ist doch eine glatte Lüge.«

Dieses Mal gelang das Grinsen Martina ganz hervorragend. Es schien tief aus ihrem Inneren zu kommen.

»Na und? Das weiß doch niemand. Und ich gehe jede Wette ein, dass Harmsen mir glauben wird.«

Julia stand fassungslos da und war zu keiner Reaktion fähig. Diese Drohung war so unverschämt, dass sie ihr buchstäblich die Sprache verschlug.

»Ich sehe, wir verstehen uns«, stellte Martina zufrieden fest und verließ den Raum.

Julia machte zwei ungelenke Schritte und ließ sich in den Sessel fallen. In ihrem Kopf herrschte ein heilloses Durcheinander. Doch es war nicht Martinas konkrete Drohung, die es ausgelöst hatte, sondern eine Erkenntnis, die Julia mehr verwirrte und sie gleichzeitig wütender machte, als Martina es je vermocht hätte. Und die ihr große Angst einjagte.

Zum jetzigen Zeitpunkt würde tatsächlich eine bewusste Falschaussage von jedem x-Beliebigen für Harmsen Grund genug sein, Michael verhaften und ins Gefängnis bringen zu lassen.

Michaels Schicksal, ihr gemeinsames Schicksal, war vielleicht von irgendjemandes Laune abhängig.

Feldmann, Benno … jeder konnte mit nur einem Satz dafür sorgen, dass Michael in große und ernsthafte Schwierigkeiten geriet.

Es dauerte eine ganze Weile, bis Julia sich überlegt hatte, wie sie mit dieser Erkenntnis umgehen sollte. Dann stand sie auf und verließ das Wohnzimmer. Sie würde Michael diese Gedanken auf keinen Fall mitteilen.

Sie machte einen kurzen Abstecher auf den Speicher, wo Andreas und Michael tatsächlich gemeinsam arbeiteten. Michael begrüßte sie fast so, als sei nichts geschehen. Ihr konnte er nichts vormachen, aber jemand, der ihn nicht so gut kannte, würde wahrscheinlich nicht bemerken, dass ihn etwas stark bedrückte.

Erst beim Abendessen trafen alle vier wieder zusammen. Andreas hatte einen großen Topf Spaghetti gekocht, und während sie gemeinsam am Tisch saßen, sprachen sie über alle möglichen unwichtigen Dinge. Den Mord und alles, was damit zusammenhing, vermieden sie konsequent.

Selbst Martina hielt sich anfangs mit ihren bissigen Bemerkungen zurück. Sie war insgesamt sehr still und rang sich höchstens hier und da ein gekünsteltes Lächeln ab, wenn Andreas versuchte, die Stimmung mit anspruchsvollen Witzen zu heben.

Julia hatte keinen Appetit. Nachdem sie krampfhaft ein paar Gabeln voll gegessen hatte, gab sie es schließlich auf und schob den Teller zurück. Selbst der Rotwein, den sie sonst gerne trank, schmeckte scheußlich.

»Du scheinst meine Kochkünste nicht sonderlich zu schätzen?«, bemerkte Andreas mit Blick auf Julias fast vollen Teller.

»Sie sind versalzen.« Martina. Fast war Julia erleichtert.

»Was? Das kann doch nicht sein, ich habe nur zwei Löffel Salz ins Wasser gegeben.«

»Wer weiß, wo du mit deinen Gedanken warst. Da vertut man sich schon mal mit dem Salz, das ist ja bekannt.«

Michael erhob sein Glas und prostete allen zu. »Ich bin dafür, wir stoßen miteinander an. Darauf, dass dieser seltsame Tag bald zu Ende ist und morgen ein besserer kommt. Und darauf, dass wir uns darauf besinnen, dass wir eigentlich ein paar Tage entspannten Urlaub machen wollten. Zum Wohl.«

Tatsächlich griffen alle nach ihren Gläsern.

»Zum Wohl. Ich gestehe, ich bewundere dich«, erklärte Andreas feierlich. »Nach dem, was heute alles geschehen ist … Respekt.«

Auch Julia trank einen Schluck und beobachtete Michael dabei genau. Sie war wohl die Einzige, die bemerkte, wie sehr seine Hand zitterte.

25

Dieses Mal wacht John als Erster auf. Nicht geplant, aber eine willkommene Variation im Vergleich zum ersten Versuch. Der Mann zieht sich die Stirnlampe vom Kopf und richtet sie so zwischen Jane und John, dass er beide Gesichter sehen kann. Der Regen zeichnet sich als dünne, diagonale Fäden im Lichtkegel ab.

John blinzelt das Wasser aus den Augen, sieht sich orientierungslos um und beginnt, an seinen Fesseln zu zerren. Sein Mund bewegt sich, aber die Worte sind nicht zu verstehen, obwohl der Mann so steht, dass der Wind sie in seine Richtung trägt. Und von dort weiter aufs offene Meer hinaus. Optimale Verhältnisse wie beim ersten Versuch. Das Glück des Tüchtigen.

Er hat eine andere Stelle gewählt, ein Stück außerhalb, auf der gegenüberliegenden Seite des Dorfes. Ansonsten sind die Modalitäten die gleichen. Bis hierher. Den neuen Aspekt wird er später einbringen. Es ist wichtig, dass Jane dann bei Bewusstsein ist und den ersten Schock über ihre Situation überwunden hat. Sie muss halbwegs bei klarem Verstand sein, wenn er die Modifikation testet. Er empfindet so etwas wie Vorfreude.

»Luisa? Luisa!« Jetzt erst hat John seine Frau entdeckt, deren Kopf nicht weit von seinen Füßen aus dem Sand herausragt und schräg zur Seite hängt. Jetzt erst ist Johns Stimme so laut, dass der Mann sie hören kann. Es wird interessant. Er beobachtet Johns Gesicht genau. Sieht, wie sich das Grauen Zug für Zug darin eingräbt, als würde es hineingeschnitzt.

»Was … ist hier los? Luisa, hörst du mich? Luisa!«

Johns Befreiungsversuche werden hektischer. Er scharrt im Sitzen mit den Fersen im feuchten Sand, gräbt zwei tiefe Furchen, die Sekunden später vom nächsten Ausläufer des auf den Strand strömenden Wassers erst gefüllt und dann überspült werden. Schleudert dabei Matschklumpen in Janes Gesicht. Er bemerkt es erst, als die erste Panikattacke sich gelegt hat. Sitzt daraufhin still. Das Wasser leckt um seine Beine herum über den Sand.

Sein Brustkorb hebt und senkt sich schnell. Der Blick hetzt umher, bis John sich bewusst wird, dass er nicht allein ist mit seiner eingegrabenen Frau. Dass es Licht gibt, wo eigentlich keines sein kann.

John dreht den Kopf, starrt ihn an. Der Mann weiß, er kann ihn nicht sehen. Und selbst wenn …

»Wer sind Sie? Was wollen Sie?« Johns Stimme klingt verhältnismäßig fest, trotz der Panik, die ihn gerade noch im Griff gehabt hatte.

Ein langgezogener Schrei lässt beide herumfahren. Jane ist aufgewacht. Sie hat offenbar schneller als ihr Mann realisiert, in welcher Situation sie sich befindet. Ihr Mund ist weit aufgerissen, das Gesicht eine Fratze. Wie hässlich Menschen werden, wenn die Angst sie beherrscht. Erwachsene. Kinder nicht. Zumindest bei seiner Schwester war es anders gewesen. Über ihr Gesicht hat sich jedes Mal eine faszinierende Art von Schönheit gelegt, wenn sie bei seinen Versuchen begriff, dass sie vielleicht sterben wird. Sie hatte ihn dann in einer Art und Weise angesehen, wie er es danach nie wieder erlebt hat.

Sarah. Seltsam, dass er schon wieder an sie denkt.

Er zwingt seine Aufmerksamkeit zurück zu Jane. Zu ihrer hässlichen Angstfratze. Fast ist er versucht, sich angeekelt abzuwenden. Aber das wäre kontraproduktiv. Unprofessionell. Undenkbar.

»Luisa!«, schreit John herrisch gegen Janes Gebrüll an. Es wirkt. Sie verstummt so abrupt, als hätte man ihr die Kehle durchgeschnitten. Es ist beinahe zum Lachen.

Nun schaut sie John an. Bittend. Flehend.

»Kannst du mir helfen?«

»Nein. Ich bin gefesselt.« John wendet sich wieder ihm zu. »Warum tun Sie uns das an?« Diese Stimme. Sie passt einfach nicht zu der Situation, in der die beiden sich befinden. Sie klingt zu sicher, zu kontrolliert. Das versteht der Mann nicht. Und es beginnt, ihn wütend zu machen.

Als John einsieht, dass er keine Antwort bekommen wird, richtet er seine Aufmerksamkeit wieder auf seine Frau. Das Wasser steigt rasend schnell. Es steht ihr bereits am Kinn.

»Luisa. Du weißt, was gerade geschieht. Das ist unsere Stunde. Der Herr prüft uns.«

Der Herr prüft uns? Was soll das? Fast hätte der Mann die Worte in Johns Gesicht zurückgebrüllt. Als könne er sie damit wieder auslöschen.

»Wir müssen jetzt stark sein.« Johns verdammte Stimme wird immer ruhiger, immer fester.

»Aber ich will nicht sterben. Noch nicht.«

»Das liegt nicht in unserer Hand.«

Der Mann hat die Stirnlampe wieder aufgesetzt, leuchtet abwechselnd ihre Gesichter an, hört angeekelt Johns Gerede zu.

»Ich weiß nicht, ob ich so stark sein kann.«

»Du weißt aber, dass wir nicht allein sind. Gott, unser Herr, ist bei uns.«

Erneut blickt John in seine Richtung. »Im Namen Gottes, wenn meine Frau stirbt, dann töten Sie mich bitte auch. Ich möchte nicht ohne sie weiterleben.«

Das ist ein sehr interessanter Aspekt. Trotzdem muss er grinsen, doch das vergeht ihm, als John seiner Frau zuruft: »Lass uns beten.«

Sie sieht John stumm an. Erwartungsvoll.

John schließt die Augen und beginnt mit seiner verdammt festen, ruhigen Stimme: »Der Herr segne dich und erwarte dich am Ufer des Lebens im Licht – jetzt, da der Tod alles Irdischen an deine Tür klopft und dich herausruft aus dem Land, das dich ernährt, aus dem Kreis der Menschen, mit denen du gelebt hast.«

Der Kerl betet. Wahrhaftig. Es wird Zeit für die Modifikation. Höchste Zeit. Der Mann greift in seine Jackentasche. Seine Finger ertasten das, was er sucht, greifen zu.

»Er mache dir den Abschied leicht, und schicke dir seinen Engel entgegen …« Mit zwei großen Schritten steht er neben dem Holzpfosten, an den er John gefesselt hat. »… der dich begleitet durch das unbekannte Tor des Todes und dich in das verheißene Land führt, wo die Sonne nicht mehr untergeht.«

Er nimmt die Hand mit dem Messer aus der Tasche, greift in Johns Haare und biegt seinen Kopf zurück. Dann setzt er die Klinge an und zieht sie mit einer geschmeidigen Bewegung durch Johns Kehle. Es fühlt sich genau so an, als würde er ein englisch gebratenes Steak durchschneiden. Mühelos schafft er es, die Hand so schnell wegzuziehen, dass kein Tropfen von Johns Blut sie trifft. Voller Genugtuung registriert er Janes Schrei. Offensichtlich steht ihr der Sinn nun nicht mehr nach beten.

Mit einem prüfenden Blick versichert er sich, dass noch ein Rest Leben in John ist, und widmet sich dann Jane.

Sie schreit, wirft den Kopf hin und her und stammelt Worte, die er nicht versteht. Sie hustet, wenn das Wasser ihr in den geöffneten Mund schwappt. Sie droht zu ersticken, jetzt schon. Immer wieder ruft sie Johns Namen. Weint. Und verstummt plötzlich.

Der Mann spürt, wie sich alle Muskeln seines Körpers anspannen, wie die Erregung voll und ganz von ihm Besitz ergreift. Er starrt Jane an, saugt seinen Blick förmlich an jeder kleinsten Falte ihres Gesichtes fest, damit keine Regung ihm entgehen kann. Jetzt. Jetzt wird sie ihm zeigen, was er sehen will. Sie biegt den Kopf weit in den Nacken, starrt in die Schwärze des Himmels, öffnet den Mund. Jetzt.

»Vater unser im Himmel, geheiligt werde dein Name …«

»Nein«, sagt er laut. »NEIN!«, schreit er. Das kann, das darf nicht sein. Er geht vor ihr in die Hocke und schreit ihr aus wenigen Zentimetern Entfernung ins Gesicht: »NEIN, NEIN, NEIN!«

Sie beachtet ihn nicht. Betet einfach weiter.

Er steht auf, schaut noch einmal verächtlich auf sie herab, wendet sich um. John. Das Kinn liegt auf seiner Brust, auf dem Pullover, der sich bis zum Rand mit seinem Blut vollgesogen hat. Tot.

»Versager«, stößt er aus, dann geht er.

Schon nach zwei Schritten hört er nichts mehr von Janes Gebet.

Weitere zehn Schritte später drehen seine Gedanken sich um andere Dinge. Wichtigere Dinge.

Jane und John … tot. Unnütz.

26

Jochen stand im Badezimmer, die Hände auf dem Rand des Waschbeckens abgestützt, und betrachtete sein Gesicht im Spiegel. Es wirkte fahl, grau. Die Schatten unter den Augen ließen ihn um Jahre älter aussehen. Scheißnacht.

Ob es an Harmsens Verhalten lag oder an dem, was er von Marten über ihn erfahren hatte … er wusste es nicht. Vielleicht war es auch einfach nur die nackte Angst, dass sie in diesem Fall Mist bauten und der Irre, der das getan hatte, ungestraft davonkam. Letztendlich war es aber egal, was dafür gesorgt hatte, dass er immer wieder aufgewacht war und sich eine Ewigkeit hin und her gewälzt hatte, bis er wieder einschlafen konnte – um kurze Zeit danach erneut hochzuschrecken.

Er steckte sich gerade die Zahnbürste in den Mund, als *Deep Purple* ihm mit *Smoke on the water* einen Anruf verkündeten. Das Handy lag vor ihm auf der Ablage.

»Harmsen hier. Wir treffen uns in fünf Minuten vor dem Hotel. Zwei Leichen am Strand. Mann und Frau. Gleiches Schema. Auf geht's.« Klick.

Jochens Puls begann zu rasen. Zwei Tote. Gleiches Schema. »Scheiße«, entfuhr es ihm. *Scheiße,* dachte er noch einmal. Das war kein Racheakt der besonderen Art gewesen und keine persönliche Sache zwischen Täter und Opfer. Sie hatten es mit einem Serienkiller zu tun. Einem Psychopathen. Jochens Albtraum, vor dem er sich immer gefürchtet hatte. Er spuckte aus und verließ das Badezimmer.

Er hatte viel über Serienkiller gehört. Während der Ausbildung, von erfahrenen Kollegen. Die Berichte waren unterschiedlich, aber in einem Punkt waren sich alle einig. Entweder wollte der Täter irgendwann geschnappt werden, weil er nach Ruhm gierte, oder er war überzeugt davon, eine höhere Mission zu erfüllen. In beiden Fällen waren die Taten besonders grausam und der Druck der Öffentlichkeit enorm.

Und dann ein Sven Harmsen als Leiter der SoKo. Jochen spürte, wie etwas seinen Magen erbarmungslos zusammenquetschte.

Er stieg in seine Jeans, zog Shirt und Pullover an und schnappte sich im Vorbeigehen die Jacke vom Haken.

Als er unten ankam, hatte Harmsen das Handy am Ohr und bellte knappe Befehle.

Auch während der Fahrt telefonierte er unentwegt weiter. Mit dem Chef in Flensburg, dem Staatsanwalt, der Spurensicherung …

Bis sie am Tatort ankamen, hatten sie noch kein Wort miteinander gewechselt. Die uniformierten Kollegen waren schon vor Ort, ebenso Mitglieder der SoKo.

Eine Kollegin kam auf sie zu, als sie neben dem Kopf der toten Frau stehen blieben, und deutete mit dem Kinn auf das männliche Opfer. »Eine Variation zur ersten Tat. Er lässt uns wissen, dass er steigerungsfähig ist. Er hat ihm die Kehle durchgeschnitten.«

Jochen hatte die Frau vor diesem Fall erst einmal im Präsidium gesehen. Sie hieß Meyer und war Hauptkommissarin. Ihren Vornamen hatte er vergessen. Aber er wusste, dass sie eine psychologische Ausbildung hatte und Täterprofile erstellte.

»Vielleicht hat der Mann sein Gesicht gesehen und wurde deshalb getötet?«, warf Jochen ein, woraufhin sie den Kopf schüttelte. »Bei der Präzision, mit der der Täter alles geplant hat und vorgeht? Eher unwahrscheinlich.« Das stimmte allerdings.

»Irgendetwas gefunden?«, fragte Harmsen und richtete den Blick auf Knepper. Der junge Polizist wandte sich schnell ab und tat so, als hätte er die Frage nicht gehört.

»Nichts Besonderes, nur ein kaputtes Schwimmtier im Mülleimer da vorn«, erklärte ein etwa vierzigjähriger Kollege der SoKo, der neben dem Kopf der toten Frau im Sand kniete. Seine Hände steckten in Plastikhandschuhen. »Wir gehen davon aus, dass …«

»Was?«, fuhr Harmsen ihn an. »Ein kaputtes Schwimmtier im Mülleimer? Und da reden Sie von nichts Besonderem? Haben Sie sich nicht in den Fall eingelesen, oder sind Sie einfach nur unfähig?«

»Aber ich …«, setzte der Mann an, doch Harmsen ließ ihn auch diesmal nicht ausreden. »Beim ersten Mord ist auch ein kaputtes Schwimmtier im Mülleimer gefunden worden, verdammt nochmal. Halten Sie das etwa für einen Zufall?«

Schlagartig herrschte betretenes Schweigen. Nur eine Frau in Gummistiefeln und Regenmantel, die etwas abseits stand und einen kleinen, weißen Hund an der Leine hielt, schluchzte laut. Harmsen deutete zu ihr hinüber. »Wer ist das?«

»Das ist die Frau, die uns verständigt hat«, erklärte

Fiete Seebald. »Ich befürchte, sie steht unter Schock. Ich werde sie gleich zum Arzt bringen lassen.«

Harmsen blickte in die Runde. »Also, hat jemand vielleicht eine Theorie, warum wir zweimal am Tatort ein kaputtes Gummivieh finden?«

Bevor Jochen ihm seine Vermutung mitteilen konnte, sagte der Kollege, der sich gerade den Rüffel von Harmsen eingefangen hatte: »Dann nutze ich die Gelegenheit, meinen angefangenen Satz jetzt zu Ende zu bringen.« Er stand auf und zog die Handschuhe aus. »Die Schwimmtiere sind größer und von besserer Qualität als die, die man üblicherweise im Spielzeugladen findet. Wir gehen davon aus, dass der Täter sie dazu benutzt hat, die gegrabenen Löcher von Sand und Wasser freizuhalten, bis er die weiblichen Opfer herangeschafft und eingegraben hat. Deswegen sind sie auch zerstört. Er hat sie zerschnitten, um sie herausziehen zu können.«

Alle sahen zu Harmsen. Der warf dem Mann einen finsteren Blick zu und stapfte ohne weiteren Kommentar zu der Zeugin mit dem Hund hinüber. Jochen blieb, wo er war.

»Läuft ja wieder zur Hochform auf, der gute Harmsen«, raunte Meyer ihm zu. Jochen nickte. »Ja, so ist er schon drauf, seit wir hier angekommen sind. Hat er auch mal bessere Zeiten?«

Sie sah ihn verwundert an. »Hat er Sie schon beschimpft?«

»Nein. Er hat zwar schon ziemlich getobt, aber beschimpft hat er mich noch nicht.«

»Dann *ist* das eine bessere Zeit.«

»Ja, das habe ich fast befürchtet.«

Harmsen kam zurück und winkte ab. »Das bringt nichts. Sie ist mit ihrem Köter Gassi gegangen und hat die beiden so vorgefunden. Dann hat sie angerufen. Sonst weiß sie nichts.«

Seebald räusperte sich lautstark. »Ist es nicht seltsam, dass er dieses Mal auch den Mann umgebracht hat? Denken Sie, das hat etwas zu bedeuten?«

»Das werden wir herausfinden«, sagte Harmsen grimmig. »Sind die beiden schon identifiziert?«

»Ja, wieder ein Touristenpaar. Sie hatten wie die ersten Opfer ein Ferienhaus im Dorf gemietet. Übrigens: Vielleicht möchten Sie sich mal mit Adam Damerow unterhalten. Ich glaube, sie haben ihn schon bei Dr. Mehrfeld kennengelernt. Er ist ausgebildeter Mediziner und Psychotherapeut und hat lange Zeit forensisch gearbeitet. Er spricht zwar nicht gerne darüber, aber soweit ich weiß, war er sehr gut in seinem Job.«

»Der Täter hat dem Mann die Kehle durchgeschnitten«, mischte Meyer sich ein. »Und dann hat er ihn ausbluten lassen wie ein Schwein, während die Frau ertrunken ist. Man braucht keinen Forensiker, um zu begreifen, dass er sich steigert. Ich mag mir gar nicht vorstellen, was er sich beim nächsten Mal ausdenkt.«

»Beim nächsten Mal?«, fragte Harmsen.

Meyer nickte. »Damit müssen wir rechnen. Ich befürchte, er hat Gefallen an dem gefunden, was er tut.«

»Sie sehen, wir haben unsere eigenen Spezialisten.« Harmsen wandte sich wieder an Seebald, fügte dann aber hinzu: »Mal sehen, vielleicht statten wir diesem Damerow trotzdem einen Besuch ab. Ich erinnere mich an ihn.«

Vom Strand her stapfte ein Mann auf sie zu, den Jochen nicht kannte. Er war klein und untersetzt. Jochen schätzte ihn auf Ende fünfzig. Unbehelligt marschierte er an Knepper vorbei, der ein paar Worte mit ihm wechselte.

»Wer ist das?«, fragte Jochen.

»Das ist Dietmar Hollbach. Er schreibt für den *Inselboten*, unsere kleine Tageszeitung.«

»Was hat der Kerl am Tatort zu suchen? Zudem, bevor die Spurensicherung da ist. Woher weiß er überhaupt hiervon? Halten Sie ihn sofort auf.«

Doch dazu war es fast schon zu spät. Hollbach war keine zwanzig Meter mehr entfernt und legte das letzte Stück fast im Laufschritt zurück.

»Hollbach ist mein Name«, sagte er zu Harmsen. »Vom Inselboten. Leiten Sie die Ermittlungen?« Nach einem Blick auf den Kopf der toten Frau und die Leiche des Mannes meinte er: »Schrecklich, das alles. Können Sie mir ein paar Fragen beantworten?«

»Nein, verlassen Sie den Tatort.«

Hollbach nestelte unbeeindruckt an seiner Jacke herum und zog einen Ausweis hervor, den er Harmsen entgegenstreckte.

»Sie haben mich wahrscheinlich nicht richtig verstanden, Herr Kommissar, ich bin von der Presse.«

»Ich glaube eher, Sie haben mich nicht verstanden. Selbst wenn Sie vom Bundeskanzleramt wären – Sie verschwinden jetzt sofort vom Tatort, sonst lasse ich Sie abführen.«

»Moment, so geht das aber nicht«, maulte Hollbach und verschränkte die Arme vor der Brust. »Die Öffentlichkeit hat ein Recht darauf, zu erfahren, was hier geschehen ist.«

Jochen kannte mittlerweile einige Facetten von Harmsens Mienenspiel. Das, was er nun sah, bedeutete Gewitter.

»Die Öffentlichkeit hat vor allem ein Recht darauf, dass sie vor so kranken Irren beschützt wird wie dem, der das hier angerichtet hat«, fuhr Harmsen Hollbach an. »Und dass die Polizei ihn findet und aus dem Verkehr zieht. Ich vertrete die Polizei, und wenn ich Ihnen sage, Sie sollen vom Tatort verschwinden, dann haben Sie zu gehen, oder ich lasse Sie wegen Behinderung der Ermittlungsarbeit festnehmen. Haben wir uns jetzt verstanden?«

Sie standen sich gegenüber und starrten einander an. Harmsen war mindestens einen halben Kopf größer als der Journalist, doch das schien diesen nicht sonderlich zu beeindrucken. Er kam Jochen vor wie ein Terrier, der knurrend vor einer Dogge stand. Schließlich drehte Harmsen sich zu Seebald um.

»Wenn er in einer Minute nicht verschwunden ist, nehmen Sie ihn fest. Und sollte er auch nur einen Schritt näher kommen, ohne von Ihnen daran gehindert zu werden, haben Sie ein Problem.«

Damit stapfte er los. Jochen folgte ihm und hörte noch, wie Seebald sagte: »Das haben wir sowieso schon.«

Nach einigen Metern hatte Jochen Harmsen eingeholt. »Wohin geht's jetzt?«

Ohne seine Schritte zu verlangsamen, sagte Harmsen: »Blöde Frage. Zu Altmeier natürlich.«

27

Alle waren recht früh aufgestanden und fast gleichzeitig in der Küche angekommen, um sich einen Kaffee zu machen.

Es wurde nicht viel gesprochen, nur Andreas versuchte mit bemüht witzigen Bemerkungen, die Stimmung etwas zu heben, was misslang.

Julia stellte fest, dass das Toastbrot zur Neige ging, und beschloss, zum Supermarkt zu laufen.

Der kalte Nieselregen, der ihr beim Verlassen des Hauses ins Gesicht schlug, ließ sie schaudern. Und doch nahm sie ihn gerne in Kauf, um für ein paar Minuten der seltsamen Atmosphäre im Haus entfliehen zu können.

Michael war still geworden. Selbst ihr gegenüber versuchte er, das Thema …

Julia blieb abrupt stehen und sah Harmsen und seinem Partner entgegen, die in diesem Moment mit einem Streifenwagen vorfuhren. Ging das schon wieder los? Hatte Harmsen noch etwas ausgegraben, das sich so hinbiegen ließ, dass er es gegen Michael verwenden konnte? Oder hatte Martina etwa ihre Drohung wahr gemacht und Harmsen ihr Lügenmärchen erzählt?

Wie auch immer, Julia wappnete sich. Die beiden stiegen aus und kamen auf sie zu.

»Wo ist ihr Lebensgefährte?«

»Mit den simpelsten Gepflogenheiten zwischenmenschlicher Kommunikation halten Sie sich wohl nicht auf. Trotzdem wünsche ich Ihnen einen guten Morgen.«

»Lenken Sie nicht ab.«

»Was wollen Sie denn von ihm? Gestern hat mich Ihr Kollege auch noch mal über Michael ausgefragt. Können Sie ihn nicht in Ruhe lassen?«

»Unser Kollege?«, blaffte Harmsen. »Wer? Wie ist sein Name?«

»Henning oder Menning.«

Julia bemerkte den Blick, den die beiden Männer tauschten, doch Harmsens Aufmerksamkeit war sofort wieder bei ihr. »Also, wo ist Altmeier?«

Julia stemmte die Hände in die Hüften. »Hier gibt es keinen Altmeier. Es gibt einen *Herrn* Altmeier. So viel Respekt kann man auch von einem chronisch schlechtgelaunten Polizisten ohne Umgangsformen verlangen.«

Harmsen schnaubte so heftig, dass Julia nicht sonderlich überrascht gewesen wäre, Rauch aus seinen Nüstern quellen zu sehen. Er war stinksauer, und auf eine perfide Art tat ihr diese Erkenntnis gut.

»Wir müssen dringend Herrn Altmeier sprechen«, schaltete Diedrichsen sich ein. »Es ist wichtig, und Sie sollten uns jetzt zu ihm führen. Sie möchten doch sicher nicht, dass wir hier mit einem Dutzend Kollegen ankommen und ihn mitnehmen, oder?«

Nein, das wollte Julia nicht. Und ihr war auch klar, dass sie nicht verhindern konnte, dass Harmsen erneut auf Michael herumhackte. »Er ist drinnen in der Küche. Kommen Sie.«

Sie wandte sich um und lief vor den beiden Männern zurück ins Haus.

Harmsen ging sofort auf Michael los, der an der Spüle stand und eine Tasse abtrocknete. Er blieb so knapp vor ihm stehen, dass Michael einen Schritt zurückwich.

»Wo waren Sie in der letzten Nacht?«

Michael sah hilfesuchend zu Julia herüber, bevor er antwortete. »Hier, warum?«

»Das wissen Sie doch ganz genau.«

»Nein, ich …« Schwungvoll warf Michel das Geschirrtuch auf die Arbeitsfläche und stellte die Tasse ab. »Es reicht mir langsam, von Ihnen behandelt zu werden wie ein Schwerverbrecher. Ich habe mir nichts zuschulden kommen lassen. Auch nicht in der letzten Nacht, was immer da auch geschehen ist.«

Harmsen nickte seinem Partner zu, ging zur Terrassentür und blieb dort stehen, während Diedrichsen erklärte: »Heute Morgen sind am Strand die Leichen eines weiteren Paares gefunden worden. Die Frau war wie im ersten Fall bis zum Hals im Sand eingegraben, der Mann saß daneben im Sand, mit den Händen an einen der Holzpfosten gefesselt.«

»O Gott«, entfuhr es Michael. Er zog einen Stuhl zurück und ließ sich darauf fallen. Julia tat es ihm gleich und setzte sich schräg neben ihn.

»Die Leichen eines Paares, sagten Sie?«, fragte Andreas.

Diedrichsen nickte. »Ja, dieses Mal ist auch der Mann getötet worden.«

»Aber warum?« Andreas' Gesichtsausdruck wirkte in diesem Moment alles andere als intelligent.

»Fragen Sie Ihren Freund«, bellte Harmsen und drehte sich wieder zu ihnen um.

»Herr Altmeier ist nicht unser Freund.« Martina sagte es so beiläufig, als hätte sie ihnen mitgeteilt, dass Fleisch teurer geworden war. »Bestenfalls ein Bekannter.«

Julia sah das Interesse, mit dem Harmsen Martina plötzlich musterte, und hätte ihr liebend gerne eine schallende Ohrfeige verpasst.

»Gibt es hier im Haus irgendwelche Schwimmtiere? Oder haben Sie welche gesehen, seit Sie hier sind?«

Martina bedachte Harmsen mit einem Blick, als hätte er sie gefragt, ob sie von einem anderen Stern komme.

»Schwimmtiere? Hier? Um diese Jahreszeit?«

»Vielleicht haben Sie ja welche für den Sommer gekauft.«

Martina stieß ein bitteres Lachen aus. »Und was sollen wir Ihrer Meinung nach damit tun? Durch die Wellen reiten und Spaß haben?«

»Also nicht.« Harmsen machte zwei Schritte und stand wieder vor Michael. »Noch einmal: Wo waren Sie in der letzten Nacht?«

»Noch einmal: Ich war hier, die ganze Nacht.«

»Können Sie das bezeugen?«

Julia nickte. »Natürlich kann ich das bezeugen. Ich lag neben ihm.«

»Die ganze Nacht?«

»Ja, die ganze Nacht, und ich hätte es bemerkt, wenn Michael aufgestanden wäre. Ich habe einen sehr leichten Schlaf. Ich habe aber durchgeschlafen.«

»Sie sind sicher mal zur Toilette gegangen.«

»Nein. Warum sollte ich das tun?«

»Das machen doch alle Frauen nachts.« Harmsens Augen richteten sich wieder auf Martina. »Was ist mit Ihnen und Ihrem Mann? Ist Ihnen in der Nacht etwas aufgefallen? Ein Geräusch? Schritte? Irgendwas?«

»Nein«, antwortete Andreas. »Aber wenn ich Ihnen einen kleinen Denkanstoß geben darf: Selbst wenn Michael das Haus tatsächlich verlassen hätte, würde das noch lang nicht automatisch bedeuten, dass er der Täter ist. Denn wäre das so, müsste jeder, der in der letzten Nacht auf der Insel das Haus verlassen hat, der Täter sein. Ein kollektiver Mord quasi.«

»Halten Sie sich für witzig? Oder originell? Oder war das am Ende sogar Ihr Ernst? Falls ja, habe ich einen kleinen Denkanstoß für *Sie*: Was immer Ihr Job ist, sparen Sie sich Ihre Energie dafür auf und lassen mich meinen Job so machen, wie ich es für richtig halte. Und nun noch mal zu Ihnen, Herr Altmeier.«

Michael zuckte regelrecht zusammen, als Harmsen seinen Namen sagte. »Wann sind Sie ins Bett gegangen?«

Julia sah, dass die Situation Michael überforderte. Er kam mit der Rolle des Verdächtigen offensichtlich überhaupt nicht klar.

»Das war gegen halb elf«, antwortete Julia für ihn.

Harmsen machte ein paar Schritte um den Tisch herum, stützte die Hände auf der Kante ab und starrte Michael über die Tischplatte hinweg an. Nagelte ihn mit seinem Blick regelrecht auf dem Stuhl fest.

»Die nächste Antwort möchte ich von Ihnen hören. Wann waren Sie zum letzten Mal am Strand?«

»Das war gestern.«

»Wo?«

»Hier, in der Nähe des Hauses.«

»Waren Sie auch schon mal auf der anderen Seite?«

»Wie meinen Sie das?«

Harmsen hob eine Hand und schlug so krachend auf die Tischplatte, dass alle zusammenzuckten. »Stellen Sie sich nicht dumm. Auf der anderen Seite des Dorfes und damit auf der anderen Seite der Insel.«

»N… nein. Was sollte ich dort?«

»Vorbereitungen treffen, zum Beispiel.«

»Vorbereitungen? Aber … welche Vorbereitungen denn?«

»Die, die für den Mord an dem Ehepaar nötig waren, um sie zu überfallen, zu betäuben und irgendwo zu fesseln. Das können Sie unmöglich alles kurz vor der Tat gemacht haben. Sie müssen doch mindestens zwei- oder sogar dreimal dort gewesen sein, um das allein durchzuziehen.«

Er richtete sich auf und betrachtete einen nach dem anderen. »Oder waren Sie gar nicht allein? Hatten Sie Hilfe von jemandem, der Ihnen praktischerweise gleichzeitig ein Alibi für die Nacht geben kann und umgekehrt?«

Andreas schüttelte den Kopf. »Jetzt wird es aber wirklich langsam ein bisschen lächerlich. Wollen Sie die Morde jetzt uns allen in die Schuhe schieben? Das Gießkannenprinzip? Sie verdächtigen jeden, dann wird der Täter schon darunter sein?«

»Ihre Unverschämtheiten kennen wohl überhaupt keine Grenzen, was?«, platzte es aus Julia heraus. »Erst setzen Sie Michael mit Ihren hanebüchenen Verdächtigungen unter Druck, und jetzt sollen wir alle damit zu tun haben?«

Harmsen nickte auf eine Art, als hätte er gerade die

Bestätigung für etwas bekommen. »Okay, so kommen wir nicht weiter. Herr Altmeier, ich möchte, dass Sie mir nach draußen folgen. Vielleicht gelingt es mir dort, Antworten von Ihnen zu bekommen, ohne dass Ihre *Bekannten* sich einmischen.«

Julia fuhr hoch. »Michael, geh nicht mit ihm. Dazu hat er kein Recht.«

»Halten Sie den Mund«, blaffte Harmsen sie derart ruppig an, dass ihr Tränen in die Augen schossen. Der Gedanke, dass der Kerl das sehen konnte, machte sie unsagbar wütend.

»Sie haben jetzt zwei Möglichkeiten, Herr Altmeier. Entweder Sie folgen mir nach draußen, und wir unterhalten uns dort weiter, oder Sie folgen mir in Handschellen und sitzen auf der nächsten Fähre aufs Festland. Von Dagebüll aus geht es dann ohne Umwege sofort in Untersuchungshaft. Sie können sich darauf verlassen, es kostet mich genau fünf Minuten, das mit dem Staatsanwalt zu klären. Also?«

Michael saß da wie ein kleiner Junge, der nicht wusste, wie ihm geschah. Julia hätte losschreien können. Vor Wut. Vor Verzweiflung. Sie konnte sich lebhaft vorstellen, was Harmsen dort draußen mit ihm anstellen, wie sehr er ihn unter Druck setzen würde. So lange, bis Michael nicht mehr wusste, was er sagen sollte. So lange, bis er so verwirrt war, dass er sich selbst widersprach.

»Also gut«, sagte Michael in diesem Moment und stand auf. »Gehen wir.«

28

Jochen folgte Harmsen und Altmeier widerwillig nach draußen. Er versuchte, seine wild durcheinanderrasenden Gedanken zu ordnen. Wie lange konnte, wie lange durfte er noch dabei zusehen, wenn Harmsen sich wie ein wildgewordener Stier benahm, der offenbar, ohne nachzudenken, alles niedertrampelte, was seinen Weg kreuzte? Falls die vier sich über Harmsens Verhalten beschwerten, würde Jochen an höherer Stelle die Frage beantworten müssen, warum er nichts dagegen unternommen hatte.

Harmsen dirigierte Altmeier zu dem Schuppen neben dem Haus, der einen kleinen Überstand hatte. Dort waren sie halbwegs vor dem ekelhaften Nieselregen geschützt.

»So.« Harmsen baute sich vor Altmeier auf. »Jetzt reden wir mal Klartext. Ich bin mir sicher, dass Sie es waren, der diese Leute umgebracht hat. Und ich …«

»Nein, das … das ist doch Irrsinn. Ich habe nichts damit zu tun.« Die Verzweiflung in Altmeiers Stimme war fast schon greifbar.

»Quatschen Sie mir gefälligst nicht dazwischen.«

»Aber ich war es nicht. Und ich lasse mir das von Ihnen auch nicht unwidersprochen unterstellen. Warum sollte ich denn so etwas Grauenhaftes tun?«

Mit einem Schritt war Harmsen auf wenige Zentimeter an Altmeier herangetreten, der zurückzuweichen versuchte, aber mit dem Rücken gegen die hölzerne Schuppenwand stieß.

»Wenn du mich noch einmal unterbrichst …«, zischte Harmsen. Leise. Kalt. »… dann kann es sein, dass mir die Hand ausrutscht.«

Eine heiße Welle schoss durch Jochens Körper. Das ging eindeutig zu weit. Er musste Harmsen bremsen, bevor er eine Dummheit beging, die nicht wiedergutzumachen war.

»Herr Harmsen, bitte«, versuchte er es, hörte aber selbst, wie unsicher seine Stimme klang. Harmsen reagierte überhaupt nicht darauf. Ein Pitbull, genau. Ein Pitbull, der sich in sein Opfer verbissen hatte.

»Und nun zu deiner Frage, warum du das getan haben solltest. Ich weiß nicht, was in den kranken Gehirnen von euch durchgeknallten Psychopathen vor sich geht, wenn ihr euren abartigen Trieben folgt. Vielleicht macht ihr euch dabei die Hose nass. Aber es ist mir auch scheißegal. Mit diesem Mist können sich die Psycho-Fritzen befassen. Mich interessiert nur eines: dich und deinesgleichen aus dem Verkehr zu ziehen und möglichst lang hinter Gitter zu bekommen.«

Harmsen schien vollkommen von Sinnen zu sein. Altmeier starrte ihn mit weitaufgerissenen Augen an. Er war kreidebleich.

»Das …«, stammelte er. »Das ist doch Wahnsinn. Das muss ich mir nicht gefallen lassen.« Er warf Jochen einen hilfesuchenden Blick zu und machte den Eindruck, als würde er vor Verzweiflung gleich zu heulen beginnen.

»Du wirst dir noch viel mehr gefallen lassen müssen, denn ich kann dir versichern, ich werde den Beweis finden, dass du das Dreckschwein bist, nach dem wir suchen. Jeder von euch Typen macht irgendwann einen Fehler.«

»Nein. Sie können nichts finden. Weil es nichts gibt.«

»Ich werde. Und wenn ich nachhelfen muss.«

Etwas in Jochen schaltete sich ab. Vielleicht der Schutzmechanismus, der einen davor bewahrte, unüberlegte Dinge zu tun. Er sprang regelrecht auf Harmsen zu, packte ihn an der Schulter und zog ihn zurück. »Jetzt reicht's, verdammt nochmal. Haben Sie den Verstand verloren?« Harmsen fuhr zu Jochen herum, funkelte ihn böse an, die Hände zu Fäusten geballt. Jochen war auf alles gefasst, doch nach einer Weile, in der die beiden sich gegenüberstanden wie Boxer vor dem ersten Gong, entspannte Harmsen sich plötzlich.

»Sie haben recht.« Er senkte den Kopf, wandte sich ab und ging auf den Streifenwagen zu.

»Danke«, sagte Altmeier mit zitternder Stimme, als Harmsen außer Hörweite war. »Ich dachte, er schlägt gleich auf mich ein.«

Jochen wandte sich ihm zu. »Bitte entschuldigen Sie das Verhalten meines Kollegen. Das war nicht in Ordnung. Wenn überhaupt, ist es nur durch den Druck zu erklären, unter dem er als leitender Ermittler steht.«

»Das gibt ihm aber trotzdem nicht das Recht, mich derart zu bedrohen. Ihr Kollege hat keine Kontrolle über sich. Irgendwann wird er jemanden niederschlagen, der ihm widerspricht. Ich verstehe nicht, wie man einem solchen Menschen diese Position geben kann.«

Das verstehe ich auch nicht, hätte Jochen gerne geantwortet.

»Darf ich jetzt wieder zu den anderen ins Haus?«

»Ja, natürlich.«

Jochen wollte Harmsen schon zum Wagen folgen, als Altmeier sagte: »Was denken Sie eigentlich?«

»Wie bitte?«

»Glauben Sie auch, dass ich das war mit diesen Morden?«

Jochen dachte darüber nach, denn seltsamerweise hatte er sich selbst diese Frage noch gar nicht gestellt. Vielleicht, weil Harmsen sich von Anfang an so unverhältnismäßig auf Altmeier gestürzt hatte.

»Ich denke, die Indizien, die auf Sie als Täter deuten, könnten ebenso gut manipuliert worden sein.«

Jochen sah die Erleichterung in Altmeiers Gesicht. »Gott sei Dank.«

»Ich sagte, sie *könnten* manipuliert sein. Das heißt nicht, dass ich Sie als möglichen Täter ausschließe.«

»Ja, verstehe. Aber nach dem, was ich mir gerade von Ihrem Kollegen anhören musste, ist das eine echte Wohltat.«

Damit ging er an Jochen vorbei zum Haus. Seine Schritte wirkten ein wenig unsicher, als habe die Angst ihn noch immer im Griff. Jochen konnte ihn verstehen und ermahnte sich im gleichen Moment selbst. Er musste aufpassen, dass er hinsichtlich Altmeier nicht den professionellen Blick verlor, weil er ihn vor Harmsen schützen wollte. Was er dem Mann gerade gesagt hatte, entsprach der Wahrheit. Obwohl er keinesfalls von ihm als Täter überzeugt war, durfte er ihn auch nicht ausschließen. Aber das betraf einige andere Personen ebenso.

Harmsen saß auf dem Beifahrersitz und verlor kein

Wort, als Jochen einstieg. Hatte er etwa ein schlechtes Gewissen wegen des Vorfalls eben? Nein, das passte nicht zu Harmsen. Jochen startete den Motor und fuhr los.

Sie hatten die beiden Ferienhäuser fast erreicht, die ihnen als Einsatzzentrale und Schlafstätte gleichzeitig dienten, als Harmsen sagte: »Das war nicht in Ordnung eben, das weiß ich.«

Jochen hätte vor Überraschung fast eine Vollbremsung hingelegt. Harmsen gab zu, dass er einen Fehler gemacht hatte? Er sah kurz zu ihm hinüber.

»Nein, das war es tatsächlich nicht. Wenn der Mann sich beschwert, weil Sie Ihn bedroht haben, bekommen wir Probleme.«

Jochen parkte den Streifenwagen auf einem freien Platz zwischen den Häusern und zog den Schlüssel ab.

»Solche Typen machen mich einfach stinksauer. Sie stehen vor dir, als könnten sie keiner Fliege was zuleide tun. Sie beteuern ihre Unschuld, sie flehen und weinen. Sie finden tausend Argumente, warum sie es nicht gewesen sein konnten. Und kaum hast du ihnen den Rücken zugedreht, lachen sie sich ins Fäustchen und planen den nächsten Mord, mit dem sie sich selbst an Grausamkeit übertreffen möchten, damit sie die großen Schlagzeilen in den Zeitungen bekommen.«

Jochen war versucht, ihm zu sagen, dass das trotzdem nicht sein Verhalten rechtfertigte, aber sein Gefühl riet ihm, den günstigen Moment zu nutzen, da Harmsen zum ersten Mal ein wenig zugänglich war.

»Ich verstehe, was Sie meinen. Beruht diese Wut auf Erfahrungen, die Sie gemacht haben?«

»Sie beruht auf dem Job, den wir uns ausgesucht haben. Geht es Ihnen nicht so, dass Sie manchmal kotzen könnten, wenn so ein Dreckschwein grinsend den Gerichtssaal verlässt, weil es einen findigen Anwalt hatte und unsere Justiz eher dazu tendiert, die Täter zu schützen und nicht die Opfer?

Über siebzig Prozent der Polizistenehen gehen in die Brüche, weil wir Tag und Nacht schuften, um diese Kerle verhaften zu können, und dann spazieren sie bald an Ihnen vorbei und zeigen Ihnen den Mittelfinger.«

»Ist Ihre Ehe deswegen in die Brüche gegangen?« Jochen wagte einen Vorstoß.

Harmsen legte die Hand auf den Griff und öffnete die Tür. »Das geht Sie nichts an.«

Mist, dachte Jochen. Er hatte sich einen Schritt zu weit vorgewagt.

Seebald und Knepper hatten ein eigenes Büro im gleichen Haus, in dem auch der Meetingraum der SoKo eingerichtet war.

Die Tür stand offen, und als sie daran vorbeigingen, sahen sie Menning bei den beiden sitzen und sich mit ihnen unterhalten. Julia Schönborns Aussage, dass Menning sie am Tag zuvor zu ihrem Lebensgefährten befragt hatte, fiel Jochen wieder ein. Harmsens Gesichtsausdruck deutete darauf hin, dass auch er sich daran erinnerte. Er blieb so abrupt stehen, dass Jochen fast gegen ihn gerannt wäre, und noch während er in das Büro stürmte, schrie er: »Menning!«

Der Mann zuckte zusammen und sah ihnen erschrocken entgegen.

»Was, zum Teufel, haben Sie schon wieder hier zu suchen? Habe ich Ihnen nicht deutlich gesagt, Sie sollen sich nicht mehr blicken lassen? Sind Sie taub oder einfach nur zu dumm, zu begreifen, dass Sie überhaupt nicht mehr zu kommen brauchen, wenn Sie sich weiterhin Befehlen widersetzen?«

Harmsens Gesicht hatte sich puterrot verfärbt.

»Ich wollte nur meine Kollegen besuchen«, erklärte Menning kleinlaut.

»Und gestern? Als Sie die Freundin von Michael Altmeier über ihn befragt und sich als Kollege ausgegeben haben? Was war das? Sind Sie eigentlich vollkommen übergeschnappt? Oder hat Ihre Krankheit Ihnen vielleicht das Hirn zerfressen? Sie sind nicht im Dienst, Sie haben niemanden zu befragen.« Menning erwiderte trotzig: »Ich wollte nur helfen. Und ich bin immer noch Polizist. Auch wenn der Arzt der Meinung ist, ich müsse mich noch ein wenig erholen. Ich fühle mich wieder fit. Können Sie denn nicht verstehen, dass es mich verrückt macht, zu Hause herumzusitzen, während jemand hier Menschen umbringt?«

»Ich möchte von Ihnen jetzt ganz genau wissen, worüber Sie mit Frau Schönborn gesprochen haben. Jede einzelne Frage und jede gottverdammte Antwort, die sie darauf gegeben hat.«

»Aber genau deshalb bin ich ja hier. Das habe ich alles schon mit Fiete und Dietmar besprochen.«

Was bedeutet, dass die beiden nun auch ein Problem haben, dachte Jochen. Prompt schoss Harmsen einen finsteren Blick auf Seebald ab. »Darüber unterhalten wir beide uns später.«

Seebald nickte gelassen. Er schien wenig beeindruckt.

»Und Sie, Menning, erzählen mir jetzt ihr Gespräch mit der Dame. Wort für Wort.«

Menning schien einzusehen, dass es sehr unklug wäre, Harmsens Aufforderung nicht nachzukommen. Er zog einen zusammengefalteten Zettel aus der hinteren Hosentasche, klappte ihn auseinander und begann, seine Notizen vorzulesen. Es ging darum, ob Altmeier zur Tatzeit des ersten Mordes das Haus verlassen hatte, wann sie zu Bett gegangen waren, ob Altmeier zu Gewalt neigte. Keine Neuigkeiten. Nur die Frage, ob sie schon einmal von Altmeier geschlagen worden war, hatte Harmsen Julia Schönborn noch nicht gestellt.

Als Menning seinen Zettel wieder zusammenfaltete und wegsteckte, nickte Harmsen. »In Ordnung. Und jetzt verschwinden Sie.« Seine Stimme war leise. Gefährlich leise. »Und wagen Sie es nicht noch einmal, hier aufzutauchen.«

29

Etwa zehn Minuten nachdem Menning die Einsatzzentrale verlassen hatte, forderte Harmsen Jochen auf, ihm zu folgen. Auf die Frage, wohin es gehen sollte, antwortete er knapp: »Kommen Sie einfach mit.«

Als sie auf den Streifenwagen zugingen, entdeckte Jochen Menning, der schräg gegenüber auf einer Bank saß und vor sich auf den Boden starrte.

Der Mann tat ihm leid. Auch wenn Jochen wusste, dass Harmsen letztendlich recht hatte, wäre es nicht nötig gewesen, ihn derart anzugehen. Vor allem die überflüssige Bemerkung zu Mennings Krankheit hätte er sich schenken können.

Jochen hatte das Bedürfnis, Menning ein paar tröstende Worte zu sagen, und es war ihm egal, was Harmsen davon hielt. Er änderte die Richtung und ging auf ihn zu. Als er ihn fast erreicht hatte, hob Menning den Kopf und sah ihn traurig an. »Sie müssen nicht noch mal von vorn anfangen. Ich habe verstanden, dass ich mich nicht mehr hier blicken lassen soll.«

»Ich wollte nichts dergleichen sagen. Ganz im Gegenteil. Auch wenn es im Großen und Ganzen stimmt, was mein Partner Ihnen eben gesagt hat, hätte das nicht derart grob geschehen müssen. Er ist im Moment sehr angespannt und steht unter großem Druck. Ich bin überzeugt, dass er wahrscheinlich mehr Verständnis für Ihre Lage hat, als er zugeben kann.«

Beim Geräusch eines startenden Motors wandte sich Jochen um. Harmsen saß hinter dem Steuer des Streifenwagens und fuhr in diesem Moment los. Als er an Jochen und Menning vorbeikam, würdigte er sie keines Blickes, sondern starrte mit verkniffenem Gesicht geradeaus.

Menning sah ihm hinterher. »Wollten Sie nicht gemeinsam losfahren?«

Jochen nickte. »Das dachte ich eigentlich auch.«

Als das Fahrzeug nicht mehr zu sehen war, deutete Menning auf den freien Platz neben sich. »Möchten Sie sich setzen?«

Jochen dachte darüber nach, ob er Harmsen anrufen sollte, entschied sich aber dagegen. Wenn er ihn einfach stehenließ, sollte er sich bei ihm melden, wenn er etwas von ihm wollte. Außerdem war es eine gute Gelegenheit, sich mit Menning zu unterhalten und vielleicht noch ein paar Informationen zu bekommen.

»Ja, gerne.«

Eine Weile saßen sie schweigend nebeneinander, bis Menning sagte: »Ich hatte großes Glück.«

Jochen sah ihn an. »Was meinen Sie damit?«

»Den Krebs. In meinem Leben habe ich oft Pech gehabt, aber dieses Mal hat es das Schicksal gut mit mir gemeint. Als die Krankheit bei mir festgestellt wurde, wurde gerade eine Studie zu einem neuen Wirkstoff gestartet, und Probanden wurden gesucht. Mein Arzt sorgte dafür, dass ich an der Versuchsreihe teilnehmen konnte. Ich denke, ich war unter denjenigen, die das neue Medikament bekamen.«

Jochen stutzte. »Welches denn sonst? Ich dachte, das wäre der Sinn der Sache.«

»Ja, schon, aber bei diesen Studien gibt es immer zwei Gruppen: eine Prüfgruppe, die das neue Medikament bekommt, und eine Kontrollgruppe, die die Standardtherapie erhält. Keiner der Teilnehmer weiß, was man ihm gegeben hat. Ich glaube, ich habe den neuen Wirkstoff bekommen. Der Verlauf war bei mir anders, als es normalerweise der Fall ist. Selbst die Ärzte waren überrascht, wie schnell sich die Werte gebessert haben.«

»Und jetzt sind Sie vollkommen geheilt?«

»Ja.«

»Das ist doch phantastisch. Da kann man tatsächlich von Glück reden.«

»Ja, ausnahmsweise. Für den Moment. Es würde mich aber nicht wundern, wenn der Krebs zurückkommt. Normalerweise läuft bei mir immer alles schief, was schieflaufen kann. So wie gerade wieder mit Ihrem Partner.«

Jochen glaubte, so etwas wie Resignation in Mennings Stimme zu hören. »Wobei man da ja nicht davon sprechen kann, dass etwas schiefgelaufen ist. Harmsen hat nicht gerade sensibel reagiert, aber es gibt nun mal Dienstvorschriften, die für uns alle verbindlich sind. Und er ist jemand, der darauf achtet, dass sie auch eingehalten werden.«

Zumindest, solange es um andere geht, fügte Jochen in Gedanken hinzu.

»Ja, mag sein. Trotzdem bin ich immer dabei, wenn irgendwo was schiefläuft. Bei meiner Ehe war es genauso. Da habe ich auch gedacht, ich hätte das große Los gezogen. Als es dann zum ersten Mal ein bisschen schwieriger wurde, war sie weg.« Bisher hatte Menning während der gesamten Unterhaltung den Blick stur zu Boden gerichtet, nun sah er Jochen endlich an. »Sie hat mich schon betrogen, als ich noch der Meinung war, wir bekommen alles in den Griff. Ausgerechnet mit einem Kollegen.«

»Das tut mir leid.«

»Ja, mir auch.«

»Erzählen Sie mir doch mal ein bisschen was über die Leute hier. Sie kennen sicher die meisten von ihnen. Ist Ihnen an einem von denen in letzter Zeit vielleicht etwas aufgefallen?«

Menning zuckte die Schultern. »Nein. Es sind zwar einige komische Käuze dabei, aber die waren schon immer so.«

»Wer denn, zum Beispiel?«

»Wer komisch ist? Ich möchte ja niemandem etwas nachsagen, aber Adam Damerow, zum Beispiel, ist ein recht seltsamer Vogel. Nicht, dass er auf irgendeine Weise bösartig wäre, aber … sonderbar ist er schon. Unfreundlich. Mir kommt es immer so vor, als wäre es ihm am liebsten, wenn niemand ihn anspricht. Und wenn es doch mal jemand tut, bekommt er meist eine mürrische Antwort. Aber mit der einen oder anderen Frau versteht er sich wohl ganz gut.« Er lachte. »Sehr zum Missfallen des einen oder anderen Mannes. Aber sonst … Damerow sollte wahrscheinlich besser auf eine einsame Insel ziehen.«

»Ich habe gehört, er hat früher als Psychologe oder Psychotherapeut gearbeitet. Wissen Sie, warum er damit so früh aufgehört hat?«

»Nein, das weiß niemand. Es gibt nur Spekulationen.

Es wird gemunkelt, er habe als psychologischer Gutachter einen Sexualstraftäter zu früh aus der Sicherungsverwahrung entlassen, der dann gleich am nächsten Tag eine Frau vergewaltigt und getötet hat. Das soll ihm so zu schaffen gemacht haben, dass er alles hingeworfen hat.«

»Was ist Ihr persönlicher Eindruck von Frau Schönborn?«

Wieder lachte Menning kurz auf. »Dafür, dass ich mich raushalten soll, stellen Sie mir aber viele Fragen.«

»Da Sie sich ja sowieso mit ihr unterhalten haben, würde mich Ihre Meinung über sie schon interessieren.«

»Ich glaube ihr das, was sie gesagt hat. Sie macht auf mich den Eindruck einer Frau, deren Leben plötzlich aus den Fugen geraten ist und die nicht versteht, wie es dazu kommen konnte. Wenn ich bedenke, wie Ihr Kollege sich aufführt, ist das ja auch kaum zu verstehen. Ihren Lebensgefährten, diesen Altmeier, habe ich zwar noch nicht kennengelernt, aber wer weiß, vielleicht begegne ich ihm ja noch irgendwo. Beim Spazierengehen zum Beispiel. Das ist ja nicht verboten.«

Zum ersten Mal legte Menning die traurige Schüchternheit ab und wirkte fast ein wenig verschmitzt. Das machte ihn sympathisch.

»Nein, spazieren zu gehen ist sicher nicht verboten. Wo wohnen Sie eigentlich? Auch hier in Norddorf?«

»Nein, ich habe ein Haus in Nebel. Gar nicht weit von der Dienststelle entfernt. Eigentlich ist es viel zu groß für mich allein.« Er senkte wieder den Kopf. »Aber ich habe es ja auch nicht für mich allein gekauft, damals, vor über zehn Jahren. Ich hatte mir vorgestellt, dass dort irgendwann mal Kinder im Garten spielen und dass ich mit meiner Frau auf der Terrasse sitze und ihnen dabei zusehe.«

Er schwieg ein paar Atemzüge lang. Jochen hütete sich, in diesem Moment etwas dazu zu sagen.

»Aber das sollte nicht sein. Weder mit den Kindern noch mit der Frau. Ich kann keine Kinder mehr zeugen, wissen Sie.«

Jochen wunderte sich über den sehr persönlichen Verlauf, den das Gespräch nahm. Er spürte, dass Menning darauf wartete, dass er etwas sagte, wusste aber nicht so recht, wie er auf diese Eröffnung reagieren sollte.

»Das tut mir leid«, sagte er nun schon zum zweiten Mal und stellte im nächsten Moment fest, dass das so ziemlich das Dämlichste war, was ihm hatte einfallen können.

»Sie sagten, Sie könnten keine Kinder mehr zeugen«, fügte er schnell hinzu. »Das klingt so, als sei es mal anders gewesen.«

»Ja, das war es, aber darüber möchte ich jetzt nicht reden. Ein anderes Mal vielleicht.«

Menning erhob sich. »Ich wünsche Ihnen viel Erfolg und hoffe, Sie erwischen den Kerl, bevor er die nächsten Menschen umbringt.«

»Sie denken, er tut es noch mal?«

»Ja. Das sagt mir mein Gefühl.«

Menning steckte die Hände in die Taschen und ging los. Jochen sah ihm nach. Er konnte Mennings Gefühl nachvollziehen. Mehr als das.

Er hatte dieses Gefühl auch.

30

Er lässt den letzten Versuch noch einmal in seinem inneren Kino ablaufen, Szene für Szene. Am Ende muss er sich eingestehen, dass er – zumindest unter dem Gesichtspunkt des Erkenntnisgewinns – ein ebenso großer Reinfall gewesen ist wie der erste Versuch. Aber es war eigentlich gleich zu Beginn abzusehen gewesen, als John sich so seltsam ruhig verhielt. Da war klar, von ihm würde er auf keinen Fall eine Reaktion, eine Handlung oder *irgendetwas* erwarten können, das ihm geholfen hätte, diesen fremdartigen, diesen *verdammten* Zustand zu verstehen.

Liebe. Pah. Am Ende wird sich wahrscheinlich sowieso herausstellen, dass sie nur ein Mythos ist, erfunden von einem teuflischen Intellekt, der genau wusste, wie diese dummen Menschen funktionieren. Der wusste, jeder würde von Liebe reden, als sei sie das Selbstverständlichste der Welt. Nur damit nicht auffällt, dass in Wahrheit niemand weiß, was sie ist. Wie sie sich anfühlt. Wie sie zustande kommt.

Des Kaisers neue Kleider.

Sicher, die Versuche machen Spaß. Vor allem, wenn er daran denkt, wie diese Polizistendarsteller auf seine Modifikation reagieren und seinen Vorgaben wie einem Drehbuch folgen. Das hat Format.

Aber Johns Beten … sogar, wenn er nicht sowieso vorgehabt hätte, John die Kehle durchzuschneiden, hätte er sich spätestens zu dem Zeitpunkt dazu entschlossen, als Jane von ihrem Mann dazu aufgefordert wurde zu *beten*.

Das hat jede Hoffnung auf einen erfolgreichen Versuch zerstört. Die Frage, die er sich nun zu stellen hat, ist, was er ändern muss.

Das erste Paar war wohl zu jung und noch nicht so lange zusammen, als dass sie ihm hätten helfen können. Das sieht er ein. Nein, er hat keinen Fehler begangen. Er begeht keine Fehler. Es ist schlicht der erste Versuch gewesen, und der ist im Sande verlaufen. Im wahrsten Sinn des Wortes.

Das zweite Paar litt leider an religiösem Wahn, wovon er nichts wissen konnte. Gegen diesen irrsinnigen Glauben an ein höheres Geistwesen mit übernatürlichen Kräften ist kein Kraut gewachsen. Das weiß er, seit er sich mit dem Mysterium der Religionen auseinandergesetzt hat. Wie naiv Menschen doch sind.

Religion. Unlogisch, unwissenschaftlich, dumm. Allein die theoretische Beschäftigung mit dem Thema fühlt sich für ihn an, als würde sich eine schleimige Schicht auf seinen Verstand legen, die droht, seine sonst so glasklaren Gedanken zu ersticken. Diese Erkenntnis lässt beinahe Panik in ihm entstehen. Er muss schnell handeln, er muss etwas tun, er braucht etwas Klares, Reines, das wie eine scharfe Reinigungsflüssigkeit die zähe Substanz von seinen Gedanken abwischt. Er braucht … Zahlen.

Ja. Er muss sich sofort mit Zahlen beschäftigen, das wird helfen. Das hilft ihm immer.

Er denkt sich sechsstellige Zahlen aus und zieht die Wurzel daraus. Er multipliziert siebenstellige Zahlen miteinander. Immer schneller, immer hektischer überlegt er sich neue Aufgaben. Komplexere Aufgaben. Er spricht sie leise vor sich hin, zählt parallel zu den komplizierten Rechenvorgängen die Sekunden, die bis zur Lösung der Aufgabe vergehen. Er spürt, wie sich sein Verstand von allem befreit, das ihn in irgendeiner Art gehemmt hat.

Irgendwann fällt alle Schwere, alles Zähe von ihm ab. Sein Denken ist wieder klar und rein.

Erleichtert entspannt er sich. Kehrt wieder zu den Versuchen zurück. Und jetzt, befreit von allem Unrat, hat er die Lösung parat und fragt sich, warum sie ihm nicht schon eher eingefallen ist. Er wird eine weitere Modifikation vornehmen. Sie birgt ein gewisses Risiko, das sich nach seiner Schätzung aber in einem Bereich zwischen zwölf und vierzehn Prozent bewegt. Eine Größenordnung, die er angesichts der Aussicht auf Erfolg akzeptieren kann. Und selbst wenn der schlimmste Fall eintreten sollte – es wäre nicht das erste Mal, dass er spontan auf scheinbar aussichtslose Situationen reagiert und sie zu seinem Vorteil wendet. Am Ende gewinnt immer der überlegene Verstand.

Am Ende gewinnt immer er.

31

»Ich kann ja die allgemeine Trübsal verstehen«, sagte Martina und ließ sich auf die Couch fallen, »aber wir sollten nicht vergessen, ab und zu mal was zu essen. Sonst sind wir verhungert, bevor Harmsen Michael in den Knast stecken kann.«

»Ich finde, du könntest dich wenigstens jetzt ein bisschen zurückhalten«, entgegnete Andreas genervt. Er war wenige Minuten zuvor ins Wohnzimmer gekommen, hatte sich Julia gegenüber hingesetzt und krampfhaft versucht, sie aufzumuntern. Als Martina auftauchte, war Julia tatsächlich für einen kurzen Moment froh gewesen, sie zu sehen.

»Wo ist der Hauptverdächtige überhaupt?« Martina machte unbeirrt mit ihrer Provokation weiter. Julia nahm sich vor, sie einfach zu ignorieren.

»Er hat sich ein wenig hingelegt«, erklärte Andreas. »Das alles nimmt ihn ziemlich mit. Harmsen. Die ständigen unangebrachten Kommentare hier …«

»Trotzdem habe ich Hunger. Da ja offensichtlich niemand gewillt ist, sich um das Essen zu kümmern, schlage ich vor, wir gehen ins Restaurant.«

»Ich bin auch dafür«, sagte Michael vom Durchgang zur Küche her und versuchte ein Lächeln, als sich alle ihm zuwandten. Julia dachte, dass er schrecklich aussah. Sie stand auf, ging zu ihm und gab ihm einen flüchtigen Kuss auf die Wange. »Wie geht es dir?«

»Ganz okay. Ich hatte die Augen ein wenig geschlossen.«

»Sag mal«, wandte Andreas sich an Michael, »denkst du nicht, es wäre langsam an der Zeit, einen Anwalt einzuschalten? Du hast nichts mit dieser Sache zu tun, und es ist ein Unding, wie Harmsen dich behandelt. Ein Anwalt wird wissen, wie man dem Kerl beikommen kann.«

Michael ließ sich mit seiner Antwort Zeit. »Wenn das nicht bald aufhört, wird mir nichts anderes übrigbleiben, aber im Moment … ich weiß nicht. Das sähe doch so aus, als hätte ich etwas zu verbergen. Nein, im Moment möchte ich das noch nicht.«

»Sicher? Ich kenne da einen sehr guten Juristen.«

»Ja, sicher.«

»Dann lasst uns gehen«, schlug Julia vor, um das Gespräch über Harmsen und seinen Verdacht gegen Michael zu beenden.

Zehn Minuten später verließen alle gemeinsam das Haus und machten sich auf den Weg zum *Kleinen Strandhotel.* Der fiese Regen hatte nachgelassen. Julia genoss die kalte, klare Luft und atmete mehrmals tief durch.

Als sie an Feldmanns Haus vorbeikamen, blieb Andreas plötzlich stehen und deutete auf eines der Fenster im Erdgeschoss. »Ich glaub's ja nicht. Schaut euch das an. Der Kerl fotografiert uns.«

Tatsächlich stand Udo Feldmann hinter der Scheibe und ließ schnell die Kamera sinken, als alle zu ihm hinübersahen. »Na und? Lass ihn doch, wenn's ihn aufgeilt.« Martina machte ein paar Schritte auf das Haus zu und stellte sich in Pose wie ein Fotomodell. Dazu grinste sie

Feldmann an, doch das bekam er wahrscheinlich nicht mehr mit, weil er im Haus verschwunden war.

Das Restaurant war gutbesucht, aber sie hatten Glück und fanden noch einen freien Tisch.

Soweit sie es hören konnten, drehten sich die Gespräche der anderen Gäste ausschließlich um die Morde. Neben ihnen saß eine junge Frau bei einem Paar am Tisch und hielt ihnen ein Mikrophon unter die Nase.

»Jetzt geht das los«, kommentierte Andreas die Szene. »Die Journalisten fallen ein. Ich bin gespannt, was die aus der Sache machen.«

»Und welchen Namen sie dem Mörder geben.« Martina grinste. »*Der Bademeister* wäre doch passend.«

Julia sah, wie Michael zusammenzuckte, und hatte schon einen Kommentar auf der Zunge, als sie an einem kleinen Tisch in der Ecke Adam Damerow entdeckte.

»Moment, ich bin gleich wieder da.« Sie stand auf und ging zu ihm hinüber. Als Damerow sie sah, legte sich ein Lächeln über sein Gesicht. »Julia. Wie schön, dich zu sehen. Ich dachte schon, ich sehe heute nur noch betroffene Mienen und höre ernste Gespräche über die Morde.«

»Wir sind zum Essen hier, und ich dachte, ich sage mal kurz hallo.«

»Wie geht es dir?«

»Na ja … es geht so. Michael ist ziemlich am Boden. Er kommt überhaupt nicht damit klar, dass er verdächtigt wird.«

»Ja, das verstehe ich. Lasst euch nicht unterkriegen. Typen wie dieser Harmsen kochen auch nur mit Wasser. Außerdem ist er an das Gesetz gebunden.«

»Ja. Wäre schön, wenn er das auch wüsste. Ich gehe mal wieder zurück.«

Damerow sah ihr in die Augen. »Sei vorsichtig, Julia.«

»Das bin ich.«

Als sie wieder auf ihrem Platz saß, bemerkte sie, dass Andreas sie beobachtete.

»Woher kennst du Adam Damerow?«, fragte er in einem seltsamen Tonfall. Michael hörte ihnen wie ein Unbeteiligter zu.

»Ich bin ihm ganz zufällig begegnet. Am Strand. Ich finde ihn geistreich und sympathisch.«

»Ja, das finden die meisten Frauen«, erklärte Benno abfällig, der eben an ihren Tisch gekommen war und Julias Antwort mitbekommen hatte. »Ich sehe den Kerl lieber vor der Tür als hier drinnen. Männern gegenüber ist er nämlich ein ziemliches Arschloch.«

Andreas sah zu Damerow hinüber und verzog das Gesicht zu einem Grinsen. »Ja, ich verstehe auch, warum du ihn nicht magst.« Und wieder an Julia gewandt, fügte er hinzu: »Sieht ganz so aus, als seist du tatsächlich nicht die Einzige, die ihn *geistreich* findet.«

»Und sympathisch«, fügte Martina hinzu. »Und außerdem ist er attraktiv.«

Als Benno sah, dass Katja sich zu Damerow gesetzt hatte, knirschte er mit den Zähnen. Er äußerte sich aber nicht dazu und nahm schweigend ihre Bestellung auf. Statt jedoch zurück zur Theke, ging er danach geradewegs zu Katja, beugte sich zu ihr hinunter und zischte ihr etwas ins Ohr. Daraufhin stand sie auf und verschwand in der Küche. Dichtgefolgt von ihrem Mann.

»Die Arme hat es auch nicht leicht«, sinnierte Martina, wobei sie das Wort *auch* besonders betonte. »So ein Idiot.«

Wenige Minuten später brachte Benno ihre Getränke. Während er das Tablett abstellte, wanderte sein Blick zu Damerow hinüber.

»Wie es aussieht, kommt deine Frau mit Damerow besser klar als du.« Martina konnte sich diese Bemerkung nicht verkneifen.

»Dieser Arsch. Das ganze Jahr kriegt er das Maul nicht auf, aber kaum sitzt eine junge Frau bei ihm, macht er einen auf Strahlemann. Irgendwann hat er meine Faust im Gesicht.«

Julia fand die Unterhaltung primitiv und peinlich zugleich und legte Michael die Hand auf den Arm. Er versuchte ein Lächeln.

»Ich finde, wir sollten uns mal ein bisschen über das Wetter unterhalten, denkst du nicht auch?«

»Ja. Oder über den Fischfang. Oder über China. Reis.« Nun lachten beide, und es tat Julia gut, ihn so zu sehen.

Sie schafften es tatsächlich, das Essen hinter sich zu bringen, ohne über die Morde zu reden. Selbst Martina hielt sich zurück und warf nur hier und da schmachtende Blicke zu Damerow hinüber, der das allerdings entweder nicht bemerkte oder schlicht ignorierte. Julia vermutete Letzteres.

Nachdem sie gezahlt hatten, machten sie sich auf den Rückweg.

Kurz bevor sie Feldmanns Haus erreichten, kam dieser ihnen aus den Dünen entgegen. Um den Hals hing sein Fotoapparat. Als er sie sah, wurden seine Schritte deutlich langsamer, doch Andreas bedeutete ihnen, stehen zu bleiben und auf ihn zu warten. Je näher er kam, desto deutlicher sah man Feldmann an, dass ihm die Situation mehr als unangenehm war.

»Sagen Sie mal, was fällt Ihnen eigentlich ein, uns ungefragt zu fotografieren?«

»Das war Zufall«, entgegnete Feldmann. »Ich wollte ein paar Fotos vom Fenster aus machen, da kamen Sie plötzlich an. Warum sollte ich Sie fotografieren wollen?«

»Vielleicht, um die Fotos bei der Polizei abzugeben?«, spekulierte Martina. »Als Zusatzmaterial zu dem Bericht über uns. Wann wir das Haus verlassen und wieder zurückkommen.«

»Sie spinnen doch wohl.« Feldmann wollte sich an ihnen vorbeidrücken, doch Andreas stellte sich ihm in den Weg. »Stimmt das denn, Herr Feldmann? Schreiben Sie auf, wann wir kommen und gehen? Das würde ich Ihnen durchaus zutrauen.«

»Wenn Sie nicht sofort den Weg frei machen, werde ich Sie wegen Nötigung anzeigen«, keifte Feldmann mit hysterisch schriller Stimme. »Und wegen Freiheitsberaubung.«

»Das trifft sich gut«, entgegnete Andreas laut. »Dann können wir Sie auch gleich wegen Eingriffs in unsere Privatsphäre anzeigen. Mir geht ihre Vorschriftengeilheit schon lang auf die Nerven. Und was Sie mit ihrem Fotoapparat so alles aufnehmen, wäre sicher auch interessant zu wissen. Wir sind wahrscheinlich nicht die Einzigen, die Sie heimlich fotografieren. Aber vielleicht geht es ja nur um unsere Frauen?«

»Entschuldigen Sie, wenn ich mich einmische«, sagte

eine Stimme hinter ihnen, und noch während Julia sich umdrehte, glaubte sie, sich daran zu erinnern, wem sie gehörte.

32

Vor ihnen stand der Polizist, der Julia am Strand abgefangen hatte und wegen dem sich Harmsen und sein Kollege so seltsam angesehen hatten, als sie ihn erwähnte. Menning.

Er stellte sich den anderen kurz vor und wandte sich dann an Feldmann. »Guten Tag, Herr Feldmann. Ich komme gerade vom Haus Ihrer Nachbarn, denen ich einen Besuch abstatten wollte. Zufällig habe ich mitbekommen, worum es hier geht. Ich denke, wenn Sie sich bereit erklären, diese Fotos, die sie offensichtlich gemacht haben, zu löschen, und versichern, keine neuen zu machen, werden sich alle damit zufriedengeben.«

Er sah zu Julia hinüber. »Stimmt's?«

Julia wollte darauf nicht antworten, weil es Andreas' kleiner Kampf war, der gerade ausgetragen wurde.

»Ja, von mir aus«, stimmte Andreas dann auch mürrisch zu, woraufhin alle zu Feldmann blickten.

»Also gut, ich werde die Fotos löschen.« Feldmann klang alles andere als begeistert, aber Julia war Menning dankbar, dass er eingegriffen hatte. Sie wollte schnell weitergehen und eine möglichst große Distanz zwischen sich und den Nachbarn bringen.

»Kann ich jetzt endlich weitergehen?«

Andreas trat einen Schritt zur Seite und ließ Feldmann vorbei, der gleich darauf wie ein Wiesel in seinem Haus verschwand.

»Wie gesagt« – Menning wandte sich Julia zu –, »ich würde mich gerne mit Ihnen allen ein wenig unterhalten.«

»Hat Harmsen Sie geschickt?«, fragte Michael, deutliche Ablehnung in der Stimme.

»Nein, ganz im Gegenteil. Ich hatte gerade eine äußerst unschöne Begegnung mit ihm.«

»Aha. Das ist ja mächtig interessant«, maulte Martina. »Und was haben wir damit zu tun?«

»Sagen wir es mal so: Es wäre mir ein persönliches Vergnügen, wenn ich dem Herrn Kriminalhauptkommissar beweisen konnte, dass er mit seinem Verdacht gegen Herrn Altmeier falschliegt. Allerdings brauche ich dazu Ihre Unterstützung.«

Das klang in Julias Ohren nach einer guten Sache. Zumindest nach einer Chance. »Von mir aus gerne. Was meinst du?«

Michaels Miene hatte sich deutlich verändert. Er nickte. »Ja, von mir aus auch. Es wäre toll, wenn Sie mir helfen könnten, Harmsen davon zu überzeugen, dass ich wirklich nichts mit diesen Morden zu tun habe.«

»Genau darum geht es. Für mich sieht es sehr danach aus, dass Ihnen jemand die Verbrechen in die Schuhe schieben möchte. Und leider scheint er beim Kollegen Harmsen damit Erfolg zu haben.«

»Gehen wir ins Haus.« Andreas zog die Schultern hoch. »Hier wird's langsam frostig.«

Sie setzten sich in die Küche, und während Julia eine Kanne Kaffee kochte, begann Menning, von seinem Streit mit Harmsen zu erzählen.

»Strenggenommen hat er ja sogar recht. Ich bin noch

krankgeschrieben, obwohl ich wieder fit bin. Aber ich bin schon zu lange Polizist, um die Hände in den Schoß legen und untätig dabei zusehen zu können, wie ein Ermittler aus Flensburg sich in völliger Selbstüberschätzung auf jemanden einschießt und entgegen aller Logik nicht davon abzubringen ist. Ich will ehrlich zu Ihnen sein. Wenn Sie jetzt denken, ich tue das alles nur, um mich an Harmsen dafür zu rächen, dass er mich so fertiggemacht hat, dann stimmt das zwar zum Teil, aber eben nur zum Teil.«

»Was möchten Sie wissen?«, fragte Michael. Julia fiel auf, dass er seit zwei Tagen nicht mehr so entspannt gewirkt hatte wie in diesem Moment.

»Zuerst müssen wir herausfinden, ob er sich Ihnen gegenüber etwas erlaubt hat, wogegen Sie rechtlich vorgehen könnten oder das sogar dazu führt, dass seine angeblichen Ermittlungsergebnisse hinfällig werden. Ich möchte, dass Sie mir alles über Ihre Gespräche mit Harmsen berichten. Was er wann zu Ihnen gesagt hat. Wichtig sind dabei die Gespräche vor Zeugen. Wenn er sich mit Ihnen allein unterhalten hat, nutzt uns das nichts, denn da stünde im Zweifelsfall Aussage gegen Aussage.«

Und Michael erzählte. Von allen Unverschämtheiten, allen Unterstellungen und Beleidigungen, die Harmsen von sich gegeben hatte. Hier und da ergänzte Julia, wenn er etwas Wesentliches vergaß. Menning machte sich eifrig Notizen.

Während der ganzen Zeit saßen Martina und Andreas schweigend daneben. Andreas hörte Michaels Ausführungen aufmerksam zu. Martina beschäftigte sich mit ihren Fingernägeln. Irgendwann hob sie den Kopf und sagte zu Menning: »Sagen Sie mal, welchen Dienstgrad haben Sie eigentlich?«

»Ich bin Polizeihauptmeister. Warum?«

»Hauptmeister. Mein Onkel war bei der Polizei. Hauptmeister ist so was wie mittlerer Dienst, oder? Ohne Abitur. Etwas, das es bei Ihren jüngeren Kollegen gar nicht mehr gibt, stimmt's?«

»Ja, so ungefähr.«

»Und Sie denken, Sie sind schlauer als ein Hauptkommissar? Schon mal auf die Idee gekommen, dass Harmsen in einer anderen Liga spielt als Sie?«

Menning nickte vollkommen ruhig. »Ich kann Ihre Unsicherheit bezüglich des Zusammenhangs von Eignung, Qualifikation und Ausbildung im Polizeidienst verstehen. Das ist eine recht komplizierte Angelegenheit, die sogar manche Kollegen in den höchsten Funktionsgruppen nicht verstehen. Wie sollte es dann jemand nachvollziehen können, dessen Onkel Polizist war? Aber bitte, ich helfe Ihnen gerne weiter. Worauf genau wollten Sie jetzt hinaus?«

Martina winkte ab. »Schon gut, ich habe auch nicht erwartet, dass Sie das auf Anhieb verstehen, Sie Superspürnase.«

Julia registrierte Mennings gelungene Parade mit Genugtuung, schaffte es aber trotzdem nur mühsam, Martina nicht anzubrüllen, sie solle ihre dämliche Klappe halten. So eine Reaktion wollte sie auf jeden Fall vor Menning vermeiden.

»Der Mann möchte uns helfen, Martina«, presste sie so beherrscht hervor, wie es ihr möglich war. »Ich finde, du könntest dich ein bisschen zurückhalten.«

Entgegen ihrer Erwartung sagte Martina nichts dazu, sondern widmete sich wieder ihren Fingernägeln.

»Wie geht es nun weiter?«, wollte Michael wissen. »Was werden Sie unternehmen?«

»Ich werde versuchen, mich mit Harmsens Partner Diedrichsen zu unterhalten. Ich hatte bereits eine Unterredung mit ihm und habe das Gefühl, er ist für logische Argumente eher zugänglich als Harmsen. Natürlich muss ich dabei sehr vorsichtig vorgehen, denn wie gesagt – ich bin offiziell nicht im Dienst.

Das hat aber einen entscheidenden Vorteil: Wäre ich im Dienst, könnte Harmsen mir natürlich vorschreiben, wann ich mit wem über den Fall rede. Da er mir aber unmissverständlich klargemacht hat, dass ich zurzeit privat unterwegs bin, kann ich mich unterhalten, mit wem ich will.« Er sah sie einen nach dem anderen an. »Deshalb würde ich Sie bitten, dieses Gespräch genau so zu deklarieren, falls Sie danach gefragt werden: als eine private Unterhaltung, in der Sie mir von Ihren Begegnungen mit Hauptkommissar Harmsen erzählt haben.«

Alle außer Martina nickten.

»Gut, dann möchte ich Ihre Zeit nicht länger in Anspruch nehmen.« Menning stand auf und wandte sich Michael zu.

»Und Sie sollten eines nicht vergessen: Egal, was Harmsen Ihnen gegenüber sagt, wie er sich benimmt, was er Ihnen vorwirft – er ist nur einer von vielen Polizisten, die mit diesem Fall beschäftigt sind. Er ist zwar der Leiter der SoKo, aber die besteht aus mehr als zehn Leuten.«

Auch Michael stand auf und streckte Menning die Hand entgegen. »Ich danke Ihnen. Es fällt mir zwar immer noch schwer, zu akzeptieren, dass Harmsen mich wirklich verdächtigt, aber Sie haben mir zumindest ein bisschen Hoffnung gemacht, dass die Wahrheit bald ans Licht kommt und der wirkliche Täter gefasst wird. Ich würde Ihnen wünschen, dass Sie einen entscheidenden Beitrag dazu leisten können.«

Martina sah von ihren Händen auf. »Und dann ziehen wir uns alle lustige, bunte Hütchen auf und tröten auf kleinen Trompeten und feiern eine Party.«

Menning wandte sich ab, ohne sie zu beachten, und ließ sich von Michael hinausbegleiten.

Als die Haustür geschlossen wurde, schnellte Julia zu Martina herum und fauchte sie an. »So, und jetzt werde ich dir mal ein paar Worte zu deinen saudämlichen Bemerkungen sagen.«

33

»Vom ersten Tag an hast du nichts anderes geleistet, als destruktive Kommentare und bescheuerte Bemerkungen abzugeben.« Julia war so sauer, dass sie gar nicht wusste, was sie Martina zuerst an den Kopf werfen sollte. »Und dabei war es dir völlig egal, ob die Gespräche, in die du dich eingemischt hast, dich etwas angingen oder nicht.«

»Ach komm, nun reg –«, sagte Martina, doch Julia hob eine Hand und schüttelte wild den Kopf. »Nein. Halt den Mund, solange ich rede, verdammt nochmal.«

Martina verstummte tatsächlich und sah Julia verblüfft an.

»Das alles ging uns ziemlich auf die Nerven, aber wir sagten uns, dass es dir dabei nicht auf Michael oder mich persönlich ankam, sondern einfach darum, deine dummen Sprüche loszuwerden. In den letzten beiden Tagen hat das Ganze aber eine neue Qualität bekommen. Wir haben hier ein ernsthaftes Problem, auch wenn du das offenbar nicht begreifst oder es dich nicht interessiert. Es geht um unsere Zukunft, um Michaels Leben. Wir bemühen uns, eine Lösung zu finden, eine Idee, wie wir Harmsen von Michaels Unschuld überzeugen können. Und du hast nichts Besseres zu tun, als neben deinen sowieso schon dämlichen Bemerkungen auch noch gegen Michael zu intrigieren. Bemerkst du nicht, was du da anrichtest, oder tust du das mit Absicht? Was bist du, Martina, dämlich oder bösartig?«

Julia konnte regelrecht sehen, wie es hinter Martinas Stirn arbeitete, doch alles, was dabei herauskam, war ein für sie typischer Kommentar. »Du solltest eine Tablette nehmen. Nicht, dass du noch Herzprobleme bekommst.«

»Ich finde, Julia hat recht«, warf Andreas ein. »Was du mir gegenüber von dir gibst, ist mir mittlerweile egal. Ich habe mich daran gewöhnt und höre schon gar nicht mehr hin. Aber auf Michael herumzuhacken, der im Moment wirklich genug Probleme hat, ist einfach niederträchtig und jämmerlich. Wenn wir alle zusammenhalten, läuft dieser Harmsen gegen eine Mauer. Du sorgst allerdings im Moment dafür, dass er sich immer weiter auf Michael einschießt. Und wenn dann ein Polizist auftaucht, der uns helfen möchte, verprellst du ihn mit deinen Beleidigungen. Das ist schäbig.«

Mit einem Satz war Martina auf den Beinen. »Was? Jetzt fällst du mir auch noch in den Rücken? Nicht genug damit, dass du privat in absolut jeder Hinsicht eine Flasche bist, die ich ertragen muss, jetzt stellst du dich auch noch gegen mich? Zusammen mit diesen beiden …« Sie suchte vergeblich nach passenden Worten. »Wir kennen Michael doch überhaupt nicht. Wie naiv bist du eigentlich, jemandem, den du erst seit ein paar Wochen kennst, bedingungslos zu vertrauen?«

»Aber Michael hat doch …«

»Weißt du denn, was der Kerl nachts wirklich treibt?« Julia sog scharf die Luft ein, doch bevor sie etwas erwidern konnte, sagte Michael überraschend gelassen: »Wenn du mich schon indirekt ansprichst, möchte ich auch etwas dazu sagen. Ich kann dir versichern, wenn ich wirklich Frauen bis zum Hals eingraben und sie qualvoll ertrinken lassen würde, wäre die Frau, die meine Nachsicht seit unserer Ankunft auf der Insel täglich bis aufs äußerste strapaziert, als Erste dran, bevor ich mir unschuldige Opfer aussuchen würde.«

Martinas Gesicht wurde zu einer hässlichen Fratze aus Zorn. »Mal sehen, was der Kommissar sagt, wenn ich ihm erzähle, dass ich nachts Geräusche aus eurem Zimmer gehört habe. Bevor ich abreise.«

»Er wird uns beneiden«, entgegnete Michael und grinste erst Julia und dann Martina an. »Und nach dem, was wir gerade von dir über Andreas gehört haben, tust du das anscheinend auch.«

Der Rotton in Martinas Gesicht wurde noch um eine Nuance dunkler. »Ich gehe packen. Viel Spaß im Knast.«

Mit weitausholenden Schritten verließ sie den Raum und schlug die Tür knallend hinter sich zu. Während beide Männer auf die geschlossene Tür starrten, war Julias Blick auf Michael gerichtet. Seit Mennings Besuch schien er wie ausgewechselt. Die Art, wie er gerade Martina gegenüber aufgetreten war, erinnerte sie an seine besten Zeiten. Allerdings kannte sie diese Stimmungsschwankungen bei ihm bereits. In mancherlei Beziehung war er wie ein Kind, das innerhalb von Sekunden von hocherfreut zu tiefbetrübt wechseln konnte und umgekehrt. Menning hatte offenbar die Hoffnung in Michael geweckt, dass am Ende doch alles gut werden würde, und damit einen solchen Stimmungswechsel bewirkt. Julia hoffte, Michael würde nicht zu euphorisch werden. Und sie hoffte auch, dass Mennings Versprechen ernst zu nehmen war.

»Denkst du, sie reist wirklich ab?«, fragte sie Andreas.

Der zuckte die Schultern. »Keine Ahnung. Ich kann schon seit einiger Zeit nicht mehr abschätzen, was meine Frau tut. Sie hat sich sehr verändert. Und, Michael … ich möchte, dass du weißt, dass das, was Martina alles gesagt hat, nur für sie gilt. Ich denke anders und bin absolut davon überzeugt, dass du nichts mit dieser scheußlichen Sache zu tun hast.«

»Schon gut. So, wie die Dinge im Moment stehen, werden sie Martina wahrscheinlich sowieso an der Fähre wieder zurückschicken. Harmsen hat zwar nur mir verboten, die Insel zu verlassen, aber ich könnte mir vorstellen, nach der zweiten Tat lassen sie erst mal niemanden mehr weg. Aber mal ganz ehrlich: Wie hältst du das mit ihr aus?«

Andreas stieß ein bellendes Lachen aus. »Das ist eine gute Frage, und weißt du, was? Ich kann sie dir nicht beantworten. Ich schätze, du hast da mehr Glück als ich.«

»Ja, das schätze ich auch. Julia würde nie so abfällig über mich reden, wie Martina gerade über dich gesprochen hat. Sie steht absolut zu mir. Wirklich ein Glücksfall.«

Hatte Julia sich im ersten Moment lediglich darüber gewundert, dass die beiden über sie sprachen, als wäre sie nicht anwesend, bemerkte sie nun schnell, wie Ärger in ihr aufstieg.

»Hey«, fügte Andreas gutgelaunt hinzu, »ich habe eine tolle Idee. Sollen wir nicht mal für ein, zwei Tage tauschen? Dann lernst du es noch mehr zu schätzen, was du hast, und ich kann wenigstens für kurze Zeit die Illusion einer funktionierenden Ehe genießen.«

Fassungslos sah Julia Michael an. Jetzt würde er Andreas eine entsprechende Antwort geben. Diese Dreistigkeit konnte er nicht auf sich und vor allem nicht auf ihr sitzenlassen.

Doch statt Andreas in seine Schranken zu weisen, grinste Michael. »Nein, lass mal. Ich behalte lieber meine Julia.«

Das reichte. Julia sprang auf und stemmte die Hände in die Hüften. »Sagt mal, spinnt ihr beiden jetzt auch? Registriert ihr eigentlich, dass ich neben euch sitze, während ihr über mich redet, als sei ich eine Fußballkarte zum Tauschen?« Und an Michael gewandt: »So was kannte ich bisher nicht von dir. Und ich muss sagen, ich habe nicht die geringste Lust, es jetzt kennenzulernen.«

»Julia, bitte, so war das doch nicht gemeint.«

»So war das nicht gemeint? Dann will ich dir mal etwas sagen, das absolut so gemeint ist: Ich bin sauer. Stinksauer. Und du darfst gerne mal darüber nachdenken, wie ich mich gerade gefühlt haben könnte. Und jetzt muss ich hier raus. Ich brauche frische Luft.«

Beim Hinausgehen hörte sie noch, wie Andreas ihr hinterherrief: »Julia, nun bleib doch. Wir konnten ja nicht wissen, dass du gerade so dünnhäutig bist.«

»Idiot«, stieß sie wütend aus, doch da stand sie schon im Freien.

Sie ging ums Haus herum, über den Holzsteg, zum Strand. Sie rammte ihre Füße wütend in den lockeren Sand, fluchte leise vor sich hin. Es war zu viel. Alles war ihr gerade zu viel. Martinas dämliches Gequatsche, die nervigen Beteuerungen und Solidaritätsbekundungen von Andreas. Und seit langer Zeit zum ersten Mal auch

Michael. Vermutlich hing sein seltsames Verhalten mit der außergewöhnlichen Situation zusammen, in der er sich befand. In der sie beide sich befanden. Aber das gab ihm trotzdem nicht das Recht, über sie zu reden – auch nicht im Spaß –, als sei sie ein Gegenstand, den man tauschen konnte.

Vielleicht hatte Andreas damit recht, wenn er sagte, sie sei dünnhäutig. Aber das war ihr egal. Sie war so wütend wie schon lange nicht mehr, und sie musste sich irgendwo Luft machen.

Anders als beim letzten Mal, als sie allein am Strand entlanggelaufen war, wusste sie jetzt genau, wohin sie gehen wollte.

Sie hoffte, dass Adam Damerow zu Hause war.

34

Jochen nutzte die Zeit, in der er allein war, für ein längeres Telefonat mit Daniela. Er hatte sich in ihr temporäres Büro in der Einsatzzentrale zurückgezogen und die Füße auf den Schreibtisch gelegt. Anfangs ging es um den Fall. Daniela wollte möglichst viel darüber wissen, und Jochen erzählte ihr, was er glaubte verantworten zu können. Details wie die durchschnittene Kehle des Mannes nannte er ebenso wenig wie die Namen der beteiligten Personen. Altmeier nannte er nur *den, der von Harmsen verdächtigt wurde.* In einem Nebensatz erwähnte er auch, dass er immer weniger von Altmeiers Schuld überzeugt war. Zu den Problemen, die er mit Harmsen hatte, äußerte er sich nicht. Das würde er irgendwann sicherlich tun, aber nicht am Telefon.

Recht schnell wechselten sie zu privaten Themen. Wie sehr sie sich gegenseitig vermissten. Wie sehr sie sich darauf freuten, einander wiederzusehen.

»Ist es nicht seltsam, dass man sich immer dann am meisten nach jemandem sehnt, wenn er gerade unerreichbar ist?«

Jochen lachte. »Aber das ist doch völlig normal. Weil man erst dann merkt, wie leer alles ohne den anderen zu sein scheint.«

»Es ist gerade sehr leer hier. Ganz schrecklich leer.«

»Ja, ich weiß, was du meinst. Es geht mir ganz genau so. Du fehlst mir. So sehr, dass es weh tut.«

»Ich muss leider wieder an die Arbeit. Ich liebe dich.«

»Ich liebe dich.«

»Wie sehr?«

»Denk dir was aus … es ist mehr.«

»Das ist schön. Tschüs.«

»Tschüs.« Jochen legte das Handy auf den Schreibtisch und blieb noch einen Moment in der bequemen Position sitzen, um das angenehme Gefühl, das ihn durchströmte, so lange wie möglich zu genießen.

»Wie lang kennen Sie sich?« Harmsen. Jochen zog die Füße vom Schreibtisch und richtete sich im Stuhl auf. »Seit wann stehen Sie schon da? Haben Sie mich belauscht?«

»Ich habe den Rest Ihres Telefonates mitbekommen. Nein, ich habe Sie nicht belauscht. Ich wollte Sie nicht stören.«

Harmsen wollte nicht stören? Und überhaupt, die Nachfrage, wie lang er Daniela kannte …

»Wir kennen uns seit zwei Jahren.«

Harmsen warf seine Jacke auf die niedrige Kommode neben der Tür, ging um den Schreibtisch herum und setzte sich an seinen Platz. »Zwei Jahre … das ist noch nicht lang. Wir haben uns siebzehn Jahre gekannt. Sechzehn davon waren wir verheiratet. Pflegen Sie Ihre Beziehung.«

Jochen konnte kaum glauben, dass es Harmsen war, der diese Dinge sagte.

»Ja, das habe ich vor. Wir werden bald heiraten.«

Harmsen nickte. »Passen Sie auf Ihre Ehe auf. Es ist ein Teufelskreis mit unserem Job. Sie können nur gut darin sein, wenn Sie ihn gut und vor allem gerne machen.

Das ist sehr zeitaufwendig und kann dazu führen, dass Sie andere Dinge vernachlässigen. Wichtige Dinge. Und dann gehen diese Dinge zu Bruch. Das tut verdammt weh. Und wenn Sie kapieren, dass es zu spät ist, etwas zu reparieren, beginnen Sie, diesem Job die Schuld zu geben und ihn dafür zu hassen. Aber Sie haben nun nichts anderes mehr als diese Arbeit, also stürzen Sie sich mit einer ungesunden Hassliebe hinein. Aus dem Willen, ein guter Polizist zu sein, wird die Verbissenheit, jedes dieser Dreckschweine erwischen zu wollen. Sie gönnen sich kein Privatleben mehr, leben nur noch für ihre Arbeit. Und verpassen damit die letzte Chance auf ein halbwegs normales Leben.«

Falls Harmsen erwartete, dass Jochen darauf etwas sagte, wurde er enttäuscht. Jochen war so fassungslos über diesen Ausbruch menschlicher Regungen, dass er kein Wort herausbrachte.

Harmsen nickte, als hätte er sich selbst die Bestätigung dafür gegeben, dass es richtig war, was er gesagt hatte. Überflüssigerweise fiel es Jochen in diesem Moment ein, dass er diese Geste schon öfter bei Harmsen gesehen hatte.

»Achten Sie darauf, dass Ihnen das nicht passiert.«

»Ja, das … das werde ich.«

Harmsens Telefon läutete und befreite Jochen aus der Verlegenheit, darüber nachdenken zu müssen, wie er auf diese ungewöhnliche Situation reagieren sollte.

»Ja«, meldete Harmsen sich und hörte angestrengt zu. »Aha … ja … hm … so was in der Art habe ich mir schon gedacht. Sonst noch was? … Ach … gut. Ja. Bis bald.«

Er steckte das Telefon weg und stand auf. »Kommen Sie.«

Jochen erhob sich. »Wohin?«

»Wir holen nach, wozu wir eben nicht gekommen sind, weil Sie es vorgezogen haben, ein Plauderstündchen mit diesem nervtötenden Menning zu halten.«

Da tauchte der alte Harmsen wieder auf. Verrückterweise empfand Jochen dies fast als beruhigend.

»Sie meinen, als Sie einfach losgefahren sind und mich stehenließen?«

Sie fuhren quer durch Norddorf und näherten sich dann wieder dem Strand. Harmsen schien den Weg zu kennen, verfuhr sich aber trotzdem einmal, was er mit einem lauten Fluch kommentierte, weil er zurücksetzen musste.

Schließlich hielten sie vor einem imposanten Gebäude in L-Form.

Jochen beugte sich ein Stück nach vorn und betrachtete das Haus. »Vielleicht könnten Sie sich doch noch dazu durchringen, mir zu sagen, wer hier wohnt, bevor ich dem Besitzer gegenüberstehe?«

»Adam Damerow.« Harmsen stieg aus und ging, ohne sich nach Jochen umzudrehen, zum Eingang.

Als Damerow die Tür öffnete, schien er wenig überrascht, sie zu sehen. »Ah, da sind Sie ja. Kommen Sie rein.«

»Klingt, als hätten Sie uns erwartet«, sagte Jochen, während sie das Haus betraten.

»Natürlich habe ich das. Sie ermitteln in einem Mordfall, der sich am Strand abgespielt hat. Ich wohne am Strand. Ich lebe noch nicht sehr lang auf Amrum. Ich bin den Leuten hier ein Rätsel, weil ich mich wahrscheinlich nicht erwartungskonform verhalte. Also war es nur eine Frage der Zeit, wann Sie hier auftauchen. Bitte nehmen Sie Platz.«

Jochen betrachtete den geschmackvoll und sicher auch kostspielig eingerichteten Raum, während Harmsen sich nicht lang mit Floskeln aufhielt.

»Kennen Sie die beiden Paare, die zurzeit auf der anderen Seite des Dorfes in einem Haus am Rande der Dünen Urlaub machen?«

»Darf ich Ihnen etwas zu trinken anbieten?«

»Nein. Also?«

»Ich denke, ich habe sie ein-, zweimal gesehen. Im *Kleinen Strandhotel.* Und einmal im Dorf. Glaube ich.«

»So, glauben Sie. Und was ist speziell mit Michael Altmeier? Sagt Ihnen der Name was?«

Damerow nickte. »Ja, den habe ich schon gehört. Vom Nachbarn der vier, Feldmann.«

»Was haben Sie mit Feldmann zu tun?«

»Nichts. Aber Herr Feldmann hat die Eigenart, sehr laut zu reden, wenn er irgendwo seine Neuigkeiten verbreitet.«

»Haben Sie Altmeier mal allein gesehen? Am Strand? Nachts?«

»Nicht, dass ich wüsste.«

»Warum haben Sie eigentlich Ihren Job als Psychotherapeut vorzeitig aufgegeben?«

»Ich habe mich alt genug gefühlt, um aufzuhören.«

»War das der einzige Grund?«

»Ja.«

»Sie lügen!« Harmsen schoss die Worte auf Damerow

ab wie einen Pfeil. »Ich habe ein bisschen nachforschen lassen. Sie haben Ihren Job aufgegeben, weil aufgrund Ihres Gutachtens ein pathologischer Sexualstraftäter aus der Sicherungsverwahrung entlassen worden ist, oder etwa nicht? Ein Irrer, der gleich am nächsten Tag ein junges Mädchen nicht nur mehrfach brutal vergewaltigte, sondern sie danach auf eine Weise umgebracht hat, bei der sich selbst mir – allein vom Zuhören – der Magen umdrehte. Stimmt das, oder stimmt das nicht?«

Damerows Miene veränderte sich nur minimal. »Sie haben Erkundigungen über mich eingeholt? Einfach so? Ohne dass es auch nur den Hauch eines Verdachts gegen mich gibt? Und da wundern Sie sich über den schlechten Ruf der Polizei?«

»Antworten Sie.«

»Nein, weil es Sie nichts angeht, weshalb ich meinen Beruf aufgegeben habe. Nehmen Sie mich jetzt fest?«

»Nein, aber ich durchschaue Sie. Sie spielen den einsamen Wolf, damit niemand nach Ihrer Vergangenheit fragt, nicht wahr? Sie ertragen den Gedanken nicht, dass durch Ihre Schuld ein Mädchen grausam sterben musste. Und wissen Sie, was? Sie haben recht. Der Gedanke ist absolut unerträglich.«

Wie du aus eigener Erfahrung weißt, dachte Jochen. *Du kennst das Gefühl genau so gut wie Damerow. Wenn nicht sogar besser.*

Harmsen war noch nicht fertig. »Ihr Psycho-Heinis glaubt, ihr könnt in die Köpfe der Menschen blicken. Ihr denkt, ihr seid allen anderen überlegen. Aber das seid ihr nicht, und diese Erkenntnis kratzt am Ego, nicht wahr?«

Damerow war keineswegs entsetzt über Harmsens Ausführungen. Im Gegenteil, sie schienen ihn eher zu belustigen.

»Ah, Sie betätigen sich nebenbei als Hobby-Psychologe. Gut, dann gebe ich Ihnen eine kostenlose Unterrichtsstunde mit einem praktischen Beispiel: Sie selbst.«

»Darum geht es jetzt nicht, Herr Damerow«, versuchte Jochen, das Gespräch wieder auf eine sachliche Ebene zu lenken, doch Damerows Aufmerksamkeit galt ausschließlich Harmsen.

»Sie sind so unerträglich, weil Sie sich selbst zum Kotzen finden. Es gibt einiges in Ihrer Vergangenheit, das Sie vergeigt haben, und es würde mich nicht wundern, wenn eine Ehe dazugehörte. Falls Sie Kinder haben, hat Ihre Exfrau wahrscheinlich dafür gesorgt, dass Sie keinen Kontakt mehr zu Ihnen haben, was mit Sicherheit eine weise Entscheidung von ihr war. Sie sind wahrscheinlich recht erfolgreich in Ihrem Beruf, aber Sie wären gerne der Superbulle. Nur, der sind Sie nicht. Ich bin mir sicher, auch Ihnen ist ein grober Fehler unterlaufen. Irgendwann. Und daran kauen Sie noch heute und versuchen krampfhaft, ihn wiedergutzumachen. Sie brauchen dazu einen spektakulären Erfolg. Einen wie die Auflösung dieses Falles. Deshalb müssen Sie schnellstmöglich einen Täter präsentieren.«

Damerow beugte sich in seinem Sessel ein Stück nach vorn und legte die Hände zusammen. »Ich bin überzeugt, damit liege ich größtenteils richtig. Und dabei lernen Sie noch ganz nebenbei den Unterschied zwischen einem Hobby-Psychologen und einem echten kennen: Ich musste dafür nicht in Ihrer Vergangenheit herumwühlen. Das alles haben Sie mir in den letzten zehn Minuten selbst gesagt. Und ich bin überzeugt, wenn ich mehr Zeit hätte und tatsächlich ein wenig nachforschen würde, wäre das erst die Spitze des Eisbergs.«

Harmsen stand auf und nickte Jochen zu. »Gehen wir.«

Er verließ das Haus und lief geradewegs zu dem Streifenwagen, blieb aber stehen, als Jochen die Haustür hinter sich zuzog.

Vom Strand her kam Julia Schönborn auf das Haus zu. Harmsen kehrte um und wartete neben Jochen vor dem Hauseingang, bis die Frau sie erreicht hatte.

»Frau Schönborn … wo wollen Sie hin?«

Sie schien überrascht zu sein.

»Zu Adam.«

Zu Adam, wiederholte Jochen in Gedanken.

»Aha. Und was wollen Sie dort?«

»Ist diese Frage für Ihren Fall relevant, oder darf ich auch noch ein Privatleben haben, in dem Sie nicht herumschnüffeln?«

Als Harmsen ihr die Antwort darauf schuldig blieb, ließ sie ihn stehen, ging zur Tür und klingelte. Damerow öffnete nur Sekunden später und war plötzlich wie ausgewechselt. Mit einem strahlenden Lächeln breitete er die Arme aus und sagte: »Julia, wie schön, dich zu sehen. Bitte komm herein.«

Die Tür schloss sich hinter den beiden, ohne dass sie sich noch einmal umgesehen hätten.

»Damerow hat gelogen«, stellte Jochen fest. »Er hat so getan, als kenne er keinen der vier näher. Aber Julia Schönborn besucht ihn, und er ist mit ihr per du.«

»Na und? Sie wird sich in ihn verknallt haben. Der Kerl ist Psychologe. Der weiß, welche Knöpfe er bei Frauen drücken muss.«

Harmsen ging zum Wagen und stieg ein. Jochen ließ sich auf den Beifahrersitz fallen. »Aber finden Sie nicht auch, dass Damerow sich sehr seltsam verhalten hat? Er hat es mit seinen Psycho-Spielchen geschafft, dass er keine weiteren Fragen beantworten musste. Mir ist der Kerl nicht geheuer.«

Harmsen knurrte etwas Unverständliches und fuhr los.

In Jochen festigte sich einmal mehr der Eindruck, dass sich sein Partner auf Michael Altmeier eingeschossen und den Blick für alle anderen Optionen verloren hatte.

Er würde bald etwas unternehmen müssen.

Als sie in die nächste Straße einbogen, kam ihm dieses eine, spezielle Detail aus ihrem Gespräch mit Damerow wieder in den Sinn. Etwas, das der Mann während seiner kurzen Harmsen-Analyse gesagt hatte und das sich stark mit dem deckte, was Peter Marten, sein früherer Kollege, ihm erzählt hatte. Jochen erinnerte sich daran, wie zugänglich Harmsen gewesen war, als es um Ehe und Beruf ging. Vielleicht war das jetzt die passende Gelegenheit, um die Sache anzusprechen. Auch auf die Gefahr hin, gleich wieder angeblafft zu werden, sah er zu Harmsen hinüber.

»Hatte Damerow recht? Ist Ihnen mal ein grober Fehler unterlaufen?«

35

»Was wollten die beiden von dir?«, fragte Julia, nachdem sie sich auf die edle Ledercouch gesetzt hatte. Damerow winkte ab. »Das Übliche. Ist Ihnen etwas Ungewöhnliches aufgefallen, haben Sie jemanden gesehen. Und so weiter. Außerdem hatte ich das Gefühl, der Herr Hauptkommissar hatte Lust, die verbalen Klingen mit mir zu kreuzen. Ob er diese Lust allerdings noch mal verspürt, sei dahingestellt.«

»Ich glaube, der Kerl ist einfach nur auf Krawall aus. Wo er auftaucht, verbreitet er schlechte Laune. Bei uns war es genauso.«

Adam hatte eine Flasche Portwein und zwei Gläser aus dem Schrank genommen und Julia ungefragt eines davon hingestellt. Nachdem er eingeschenkt hatte, setzte er sich neben sie. »Mir ist übrigens aufgefallen, dass Harmsen sich sehr ausgiebig nach euch erkundigt hat. Er scheint einen Narren an euch gefressen zu haben.«

»Einen Narren gefressen? Das ist nicht unbedingt die richtige Beschreibung für das, was er bei uns veranstaltet.«

»Und was wäre die richtige Beschreibung dafür?«

Julia überlegte, ob sie Damerow die ganze Geschichte erzählen sollte, und entschied sich dafür. Wenn es jemanden gab, der ihr nicht nur zuhören, sondern vielleicht auch einen guten Rat geben würde, dann war es Adam Damerow.

»Ich denke, die richtige Beschreibung wäre Psychoterror.«

»Oh, damit kenne ich mich aus. Außerdem ist er bei mir auch schon damit auf die Nase gefallen. Bitte, erzähl.«

Und Julia erzählte ihm die ganze Geschichte. Angefangen von dem verschwundenen Portemonnaie über den Ohrring an Michaels Jacke bis hin zu Harmsens Auftritt bei ihnen nach dem zweiten Mord. Adam hörte geduldig zu, bis sie einen Schluck trank und sich zurücklehnte. Der Portwein hinterließ ein angenehm warmes Gefühl in ihrer Kehle.

»Verstehst du jetzt, was ich mit Terror meinte?«

»Ja, absolut. Wobei ich mir allerdings schon die Frage stelle, wie ein Ohrring sich einfach so an einem Jackenärmel verfangen kann.«

»Das weiß ich auch nicht, aber er hing dort, und es ist meiner, den ich bereits vermisst hatte.«

»Und die Sache mit dem Portemonnaie … wann genau ist das verschwunden?«

»Das wissen wir nicht. Michael hat es zum letzten Mal gesehen, als er es Andreas gegeben hat, weil seines zu Hause lag. Dann ist es erst in der Nähe des Tatorts wieder aufgetaucht.«

Damerow nickte gedankenversunken. »Andreas … hm …«

»Was meinst du?«

»Ach, nichts.«

»Hast du eine Idee, wer diese schrecklichen Dinge getan haben könnte? Denkst du, es war jemand, der hier wohnt?«

»Ich weiß es nicht. Und ich würde nie so weit gehen, jemanden zu verdächtigen, selbst wenn ich eine Vermutung hätte. Dazu ist das, was da geschehen ist, zu furchtbar.«

»Das verstehe ich. Harmsen sieht das offensichtlich anders. Ich begreife allerdings nicht, warum keiner seiner Kollegen ihm auf die Finger klopft. Die können doch unmöglich alle damit einverstanden sein, wie er sich benimmt. Sein Partner, zum Beispiel, macht eigentlich einen ganz vernünftigen Eindruck. Aber er kriegt den Mund auch nicht auf, wenn Harmsen sich aufführt wie die Axt im Wald.«

»Ich schätze, die beiden arbeiten noch nicht lange zusammen. Aber sie sind Partner und müssen sich im Ernstfall hundertprozentig aufeinander verlassen können. Da legt man sich nicht gleich zu Beginn mit jemandem an.«

»Hattest du früher eigentlich mit solchen Menschen zu tun? Mördern?«

Julia bemerkte den Schatten, der über Damerows Gesicht huschte. »Ja, ich hatte sehr viel mit diesen Leuten zu tun.«

»Wie hält man es aus, mit jemandem zu reden, der einen anderen umgebracht hat?«

Damerow zuckte die Schultern. »Es kann eine sehr befriedigende Aufgabe sein, wenn die Therapie Wirkung zeigt. Wenn man zum Beispiel jahrelang mit jemandem gearbeitet hat, dessen Verstand aus irgendeinem Grund krank geworden ist, und ihn irgendwann als vollwertiges und normales Mitglied der Gesellschaft entlassen kann.«

»Hast du dich auch schon mal geirrt?«

Damerows Blick richtete sich auf die Tischplatte und saugte sich daran fest. »Ja, das habe ich.«

Julia spürte, dass sie einen sensiblen Punkt bei ihm getroffen hatte, und war nicht sicher, ob sie weiterbohren sollte.

»Ich habe mich geirrt, und dieser Irrtum hat ein Menschenleben gekostet. Das war der Grund, warum ich meinen Job aufgeben musste. Ich wäre nicht mehr in der Lage gewesen, jemandem zu attestieren, dass er nicht mehr gefährlich ist.«

»Hat man dich entlassen?«

Damerow stieß ein humorloses, kurzes Lachen aus. »Nein, ich habe hingeschmissen. Man muss erkennen, wenn man versagt hat, und dazu stehen. Das habe ich getan.«

Er beugte sich ein wenig zu ihr vor.

»Aber hier und da höre ich noch immer gerne zu und versuche, zu verstehen und zu helfen. Lass uns noch ein wenig über dich reden.«

»Über mich? Ich wünschte, wir hätten uns nie auf diesen Urlaub eingelassen.«

»Ja, ich denke, die letzten Tage haben dich sehr mitgenommen. Wenn dir danach ist, lass dich einfach fallen. Lass raus, was immer dich bedrückt. Ich werde dir zuhören und nichts kommentieren.«

Julia nahm einen weiteren Schluck, dann tat sie, wozu Damerow sie aufgefordert hatte, und je mehr sie von Andreas, Martina und auch von Michael erzählte, umso leichter fiel es ihr, weiterzureden. Damerow hielt Wort. Er kommentierte nicht, unterbrach sie nicht. Hörte nur zu.

Als sie ihr Glas geleert hatte, rutschte er dicht an sie heran und schenkte ihr nach. Danach rutschte er nicht wieder an seinen Platz zurück, sondern blieb dicht neben ihr sitzen.

Julia spürte, wie die Last, die sie seit Tagen bedrückte, leichter wurde. Wie gut es ihr tat, sich alles von der Seele zu reden. Irgendwann lehnte sie ihren Kopf an seine Schulter. Es fühlte sich gut an, eine selbstverständliche Geste der Geborgenheit.

Dass Damerows Körper sich anspannte, wurde ihr erst bewusst, als sie seinen Arm an ihrem Rücken und seine Hand an ihrer Hufte spurte. Im gleichen Moment verschwand das Gefühl der Geborgenheit und machte Platz für die Erkenntnis, eine missverständliche Situation erzeugt zu haben. Sie rutschte ein Stück nach vorn und stand auf.

»Ich denke, es ist Zeit, zu gehen.«

Adam hob beide Hände. »Nein, bitte … es tut mir leid, wenn ich eine Grenze überschritten habe. Das lag sicher nicht in meiner Absicht, und ich habe mir nichts dabei gedacht.«

»Schon gut, ich muss wirklich zurück. Die wissen ja nicht, wo ich bin. Michael macht sich bestimmt Sorgen.«

Auch Damerow erhob sich, stand direkt vor ihr. »Julia, ich weiß doch, dass du einen Partner hast«, sagte er mit sanfter Stimme. »Glaube mir, ich würde nie etwas tun, das dich in Gewissensnöte bringt. Dafür mag ich dich viel zu sehr. Was ich da gerade getan habe, war eine freundschaftliche Geste, über die ich zugegebenermaßen nicht nachgedacht habe. Es war falsch, weil ich dir damit zu nahe getreten bin. Es tut mir leid.«

Julia glaubte ihm. Vielleicht einfach deshalb, weil sie ihm gerne glauben wollte. »Es ist in Ordnung und zudem nicht schlimm. Ich habe es ja herausgefordert. Und dass ich jetzt gehe, hängt tatsächlich damit zusammen, dass es höchste Zeit ist.«

Damerow schenkte ihr ein warmes Lächeln. »Gut, dann begleite ich dich nach draußen.«

Als sie sich vor der Tür voneinander verabschiedeten, sagte er: »Darf ich dir noch etwas sagen? In der Hoffnung, dass du es nicht falsch verstehst?«

»Ja, das darfst du«, antwortete sie und wünschte sich, es wäre wirklich etwas Unverfängliches.

»Ich werde so etwas wie eben ganz sicher nicht wieder tun. Aber ich muss gestehen, die wenigen Sekunden haben sich gut angefühlt.«

36

Er sitzt in den Dünen und starrt aufs Meer. Es hat sich zurückgezogen, rumort weit draußen wie ein angekettetes Ungeheuer, bereit, das Land wieder unter seinen Massen zu begraben, sobald es losgelassen wird.

Er steht auf, geht los. Auf das Ungeheuer zu, das dort hinten lauert. Das ihm schon zweimal zu Diensten war.

Er denkt an die beiden Johns.

An Männer. Daran, dass er deren Reaktionen in fast allen Fällen voraussagen kann. Mehr noch, er kann männliche Handlungen analysieren in dem Moment, in dem sie geschehen. Weil er weiß, was Männer antreibt, und oft selbst fühlt, was auch andere Männer fühlen. Aber oft auch nicht. Weil er anders ist und das auch weiß. Ja, er ist genetisch gesehen ein Mann. Aber ein höher entwickeltes Exemplar dieser Spezies. Die Reaktion des zweiten John konnte er nicht voraussehen, weil er nichts von seiner hündischen Frömmigkeit wusste. Als er aber zu beten begann, war er ein offenes Buch für ihn.

Er denkt an die Janes. An Frauen.

Sie sind viel schwieriger zu analysieren. Manchmal ist es vollkommen unmöglich. Sogar für ihn.

Das ist der Grund, warum seine bisherigen Versuche so wenig erfolgreich waren. Der Aufwand, den er bisher betrieben hat, steht in keinem Verhältnis zu den mageren Ergebnissen. Lediglich das Spiel, das er nebenbei mit den Polizisten treibt, heitert ihn ein wenig auf.

Aber es kann die Schlappe nicht aufwiegen. Überhaupt nicht. Seine Versuche führen zu keinen Ergebnissen. Sie funktionieren nicht so, wie sie sollen. Misserfolg ist ausgeschlossen. Dinge funktionieren nur dann nicht, wenn er möchte, dass sie nicht funktionieren. Weil es nötig ist. Weil seine Rolle des Normalbürgers es erfordert. Es kann, es *darf* nichts anderes geben.

Er nähert sich dem Wasser. Er ist wütend.

Die gedankliche Beschäftigung mit dieser Wut steigert sie noch weiter. Macht ihn rasend. Lässt den dunklen Sturm durch seinen Verstand wüten.

Vor ihm im nassen Sand hat sich ein Krebs aufgerichtet und zeigt ihm seine Scheren. Er bückt sich, packt das Tier von hinten am Panzer, hebt es hoch. Hält es vor sein Gesicht, starrt in die Stielaugen. Die Scheren öffnen und schließen sich drohend. Er lässt den Arm sinken, packt mit beiden Händen die Scheren des Tieres und reißt sie mit einem Ruck auseinander. Ohne noch einmal hinzusehen, wirft er die beiden Teile achtlos auf den Boden und geht weiter.

An der Wasserlinie bleibt er stehen. So, dass das Meer seine Schuhe nicht ganz erreicht. Bis es seine Schuhe erreicht. Die Flut. Das Wasser kommt zurück. Bald ist es vorn bei den Holzpfählen.

Er muss den nächsten Versuch noch weiter modifizieren. Und er weiß auch schon, wie er das tun wird. Er bringt eine Komponente ins Spiel, die nicht nur die Wahrscheinlichkeit auf Erfolg erhöht, sondern zudem der Polizei seine Überlegenheit mit aller Macht demonstrieren wird. Und doch, er kann sich nicht darauf freuen. Zu sehr tobt noch die Wut in ihm.

Er legt den Kopf in den Nacken, betrachtet die grauen Wolkengebilde über sich, verschiebt in Gedanken ihre Konturen, bis sie zu Teufelsfratzen werden.

Dann schreit er seine Wut aufs offene Meer hinaus. Es klingt in seinen eigenen Ohren wie das Heulen eines Wolfes.

37

»Jedem unterlaufen mal Fehler.« Harmsen starrte verbissen nach vorn auf die Straße.

»Ja, natürlich. Aber ist Ihnen mal ein *grober* Fehler passiert? So was in der Art, wie Sie es über Damerow herausgefunden haben? Etwas, das schwerwiegende Folgen hatte?«

Harmsen sah zu ihm hinüber. »Das geht Sie nichts an.«

»Das sehe ich anders. Immerhin sind wir Partner. Und wo wir schon beim Thema Partner sind: Ich fände es vorteilhaft, wenn Sie mich zukünftig über die Ergebnisse von Recherchen informieren, die Sie über jemanden einholen, den wir anschließend befragen. Wann haben Sie das überhaupt gemacht?«

»Während Sie den Seelentröster für diesen verhinderten Dorfpolizisten gespielt haben. So hat wenigstens einer von uns in der Zeit etwas Sinnvolles getan. Und was das Thema Informationen betrifft, können Sie sicher sein, dass Sie alles erfahren, was wichtig ist.«

Jochen hätte dazu noch einiges sagen können. Nämlich dass es ziemlich einseitig war, wenn die Einteilung in wichtig und unwichtig ausschließlich von Harmsen vorgenommen wurde, oder dass es von Vorteil sein konnte, es sich mit den einheimischen Kollegen nicht zu verderben.

Er ließ es bleiben, und sagte stattdessen: »Ich finde es

schwierig, mit jemandem zusammenzuarbeiten, der mir nicht vertraut.«

Keine Reaktion.

»Aber der Job ist nicht alles. Das haben Sie mir ja selbst gesagt. Ich werde meinen trotzdem so gut wie möglich machen. Auch, wenn Sie mir dabei im Weg stehen.« Das war provokant, aber Harmsen zuckte nicht einmal mit der Wimper. Dafür trat er aufs Gaspedal. Jochen ballte die rechte Hand zur Faust. Harmsen ignorierte ihn mit einer Selbstverständlichkeit, die an Unverschämtheit grenzte. Es war nicht leicht, Jochen in Wut zu versetzen, aber wenn es so weit war, musste er sich Luft machen. »Ich habe schon kapiert, warum sie über ihre Fehler nicht sprechen möchten. Weil Ihnen allmählich klar wird, dass Sie gerade wieder im Begriff sind, einen zu begehen. Auf Kosten anderer.«

Harmsens Hände schlossen sich so fest um das Lenkrad, dass die Fingerknöchel weiß hervortraten. »Halten Sie Ihren verdammten Mund.«

Jochen sah ein, dass es keinen Zweck hatte. Er würde nichts von Harmsen erfahren. Beim Blick aus dem Fenster fragte er sich, wohin sie eigentlich fuhren. Oder rasten, um genau zu sein. Jedenfalls war das nicht der Weg zur Einsatzzentrale, sondern aus Norddorf hinaus. Falls Harmsen ihn gleich wieder vor vollendete Tatsachen stellte, würde Jochen jedenfalls das längst überfällige Telefonat mit Flensburg führen.

Etwa zwei Kilometer hinter dem Ortsausgang bog Harmsen von der Straße auf einen sandigen Parkplatz ab, legte eine Vollbremsung hin und schaltete den Motor ab. Er stieß die Tür auf und verließ den Wagen, ohne ein

Wort darüber zu verlieren, was er vorhatte. Nach zwei Schritten steckte er die Hände in die Jackentaschen und bewegte sich nicht mehr.

Nach einer Weile stieg auch Jochen aus. »Was tun wir hier?«

Es dauerte, bis Harmsen endlich antwortete. Seine Stimme war gefährlich leise. »Sie wollen es also wirklich wissen, ja?«

Jochen konnte ihm nicht folgen. »Was meinen Sie?«

»Sie wollen die große Lebensbeichte von mir hören. Sie sind ganz wahnsinnig scharf darauf, zu erfahren, welche Fehler ich gemacht habe, natürlich nur als Beweis dafür, dass ich Ihnen *vertraue.*« Mit jedem Wort sprach Harmsen lauter. »Na schön, Diedrichsen, dann hören Sie jetzt gut zu, es ist eine wirklich hübsche Geschichte, die sollte Ihre Neugierde eigentlich befriedigen.«

»Das hat doch nichts mit Neugierde zu …«

Harmsen unterbrach ihn mit einem scharfen Blick und einer ebensolchen Handbewegung. »Ich sagte: zuhören. Das bedeutet, Ohren auf und Klappe halten, klar?«

Jochen verschränkte die Arme vor der Brust. Es würde das letzte Mal sein, schwor er sich, dass er sich von diesem Bastard so behandeln ließ.

»Es ist sechs Jahre her«, begann Harmsen. »Damals war ich noch in Hannover. Eine Mordserie. Der Kerl hat vier Frauen umgebracht. Alle der gleiche Typ: dunkelhaarig, schlank, gutaussehend. Er hat sich an ihnen vergangen und sie dann vom Nabel bis zum Kinn aufgeschlitzt. Wir hatten recht schnell eine heiße Spur, die zum Sohn eines Landtagsabgeordneten führte. Er war an zwei Tatorten gesehen worden. Beide Zeugen hatten ihn bei

Gegenüberstellungen eindeutig identifiziert. Seine Alibis für die Tatzeiten waren mehr als dünn. Jeder Laie konnte riechen, dass sie gelogen waren. Ich habe ihn verhört. Ich wusste, er war es. Trotzdem habe ich ihn mit Samthandschuhen angefasst, weil mir schon im Vorfeld gesagt worden war, der Fall sei sehr brisant und ich müsse äußerst sensibel vorgehen.« Harmsen hielt inne. Jochen spürte, dass ihm die Erinnerung zu schaffen machte.

»Irgendwann flog die Tür des Verhörraums auf, und mein Chef stürmte mit dem Herrn Abgeordneten und zwei Anwälten herein. Das kleine Dreckschwein durfte gehen. Er hat mich ausgelacht, als er an mir vorbei den Raum verließ. Ich wurde mit sofortiger Wirkung von dem Fall abgezogen. Als der ganze Tross verschwunden war, erklärte mir mein Chef, er habe nicht anders handeln können, sonst hätte es nicht nur meinen, sondern auch seinen Kopf gekostet.«

Wieder machte Harmsen eine Pause. Jochen hatte das Gefühl, etwas sagen zu müssen, doch bevor ihm etwas Passendes einfiel, redete Harmsen weiter.

»Ich bin eine Weile in der Stadt herumgefahren, dann habe ich mich in eine Kneipe gesetzt und ein paar Bier getrunken. Gegen Abend habe ich mich auf den Weg nach Hause gemacht. Zu meiner Frau. Und zu unserem vierjährigen Sohn.«

Ein Sohn. Bei der Art, wie Harmsen das sagte, zog sich Jochens Magen zusammen.

»Das Dreckschwein war schon da gewesen. Unmittelbar, nachdem wir ihn gehenlassen mussten, wahrscheinlich, um mir meine Machtlosigkeit zu demonstrieren. Er hat meine Frau mehrfach vergewaltigt und sie halbtot gewürgt. Vermutlich dachte er, sie wäre tot. Ich habe das auch gedacht, als ich nach Hause kam.« Eine weitere Pause. Zehn Sekunden, fünfzehn. Jochen wagte es nicht einmal, sich zu bewegen.

»Unseren Sohn hatte er im Nebenzimmer eingesperrt. Er schrie sich die Seele aus dem Leib, die ganze Zeit über. Erst, als der Notarzt ihm ein Beruhigungsmittel injizierte, hörte er auf. Am nächsten Tag schrie er weiter. Er ließ sich von niemandem anfassen, nicht einmal von mir.«

Harmsen zog seine Zigaretten aus der Jackentasche und steckte sich eine an. »Der mutmaßliche Täter war gesehen worden. Nicht von meiner Frau, da trug er eine Maske, aber in unserer Straße, genau zu der Zeit, in der es passiert war. Er hatte wieder ein Alibi, dieses Mal von seiner Mutter. Erst nachdem er zwei weitere Frauen gekillt hatte, haben sie ihn erwischt.«

Harmsen wandte sich Jochen zu, sah ihn nun direkt an. Sein Gesicht wirkte noch härter und kantiger als sonst.

»Seitdem lasse ich mich von niemandem mehr zurückpfeifen, wenn ich einen Verdacht habe. Und ja, ich habe die Samthandschuhe ausgezogen. Hätte ich mich damals nicht geduckt und das Verhör so geführt, wie ich es für richtig hielt, wäre das Würstchen nach einer Stunde geständig gewesen. Dann wäre meine Ehe nicht geschieden worden, weil meine Frau mir nie vergeben konnte, dass ich den Kerl gehenließ. Und mein Sohn …« Er schüttelte den Kopf, ohne den Satz zu beenden.

Bevor Jochen auch nur ansetzen konnte, etwas zu sagen, hob Harmsen die Hand. »Kein Wort. Kommen Sie ja nicht auf die Idee, mir irgendwelche bescheuerten pseudobetroffenen Floskeln aufzutischen. Sie waren scharf darauf, zu erfahren, welche Fehler ich begangen habe, und ich habe es Ihnen erzählt. Wahrscheinlich war das idiotisch von mir, aber egal. Auf jeden Fall will ich kein Wort von Ihnen dazu hören. Jetzt nicht und auch in Zukunft nicht. Ist das klar?«

»Das tut mir alles sehr, sehr leid für Sie.« Jochen ignorierte Harmsens Anweisung. Er konnte nicht anders, denn wenn er in diesem Moment nicht sagte, was er dachte, würde er es wahrscheinlich nie sagen.

»Ich kann und will mir nicht ausmalen, wie schrecklich das gewesen sein muss. Aber selbst wenn Sie mir eine reinhauen, ich muss etwas dazu sagen. Ich kann Ihre Beweggründe jetzt um einiges besser als zuvor verstehen, aber trotzdem dürfen Sie keine unschuldigen Menschen für das büßen lassen, was jemand anders Ihnen angetan hat. Ich habe das Gefühl, Michael Altmeier ist für Sie der Stellvertreter für den Kerl, den Sie damals laufenlassen mussten. Sie schauen nicht nach links und nicht nach rechts, ignorieren alle anderen Möglichkeiten, nur um Altmeier festnageln zu können. Und sie scheinen dabei überhaupt nicht in Betracht zu ziehen, dass Sie sich vielleicht irren und Altmeier unschuldig ist.«

Sie sahen sich an. Lang, reglos. Dann wandte Harmsen sich abrupt ab und öffnete die Fahrertür.

»Altmeier ist nicht unschuldig.«

Jochen blieb noch eine Weile stehen. Er musste die Fragen ordnen, die durch seinen Kopf schossen. Wieso wusste niemand von den Kollegen in Flensburg von dieser Tragödie? Warum erzählte Harmsen sie ausgerechnet ihm, den er erst seit ein paar Tagen kannte? Und wenn er ihm schon diese schmerzlichen Ereignisse seiner Vergangenheit anvertraute, warum verschwieg er dann immer noch diesen letzten Fall, der total in die Hose gegangen war? Obwohl Jochen konkret danach gefragt hatte?

Er ging zum Wagen und stieg ein.

Als Harmsen losfuhr, stellte Jochen fest, dass der Mann ihm nach wie vor ein Rätsel war.

38

Julia wurde von einem besorgten Michael empfangen, als sie im Haus eintraf. Er kam ihr bereits im Flur entgegen.

»Gott sei Dank, da bist du ja. Wo warst du so lange? Ich habe mir schreckliche Sorgen gemacht.«

»Ach, warum denn das?«, antwortete sie kühl. Michaels dämliche Unterhaltung mit Andreas steckte ihr noch immer in den Knochen, vor allem, nachdem sie anschließend die Zeit mit Damerow verbracht hatte, der niemals in dieser Art über eine Frau reden würde.

»Na, immerhin wird es allmählich dunkel, und dieser Irre rennt dort draußen herum und bringt Frauen um.«

»Und Männer«, ergänzte Julia und schaute zu Martina, die die Treppe herunterkam.

»Na? Noch nicht ein- oder schon wieder ausgepackt?«

Martina warf ihr einen feindseligen Blick zu und verschwand ohne Kommentar in der Küche.

»Habt ihr Martina auch an euren Tauschphantasien teilhaben lassen, so dass es ihr die Sprache verschlagen hat?«

Michael wand sich sichtlich. »Julia, bitte. So war das doch nicht gemeint. Du solltest mich wirklich gut genug kennen, um zu wissen, dass dieses Gerede normalerweise überhaupt nicht meine Art ist.«

Sie nickte. »Eben. Das macht es aber nicht besser, sondern eher noch schlimmer.«

Julia wollte sich an Michael vorbeidrücken und nach

oben verschwinden, als es an der Tür klingelte. »Ich öffne«, sagte sie und drehte sich um. Fast hoffte sie, dass es Harmsen war, der vor der Tür stand. Sie war gerade in der richtigen Stimmung, diesem aufgeblasenen Choleriker ein paar passende Worte zu sagen. Doch es war nicht Harmsen, sondern Menning. Er lächelte sie schüchtern an und fragte, ob er kurz hereinkommen dürfe. Julia gab den Eingang frei und dirigierte den Besucher ins Wohnzimmer, wo Michael noch immer unbeholfen herumstand.

»Gut, dass Sie hier sind, Herr Altmeier, denn ich bin wegen Ihnen und Frau Schönborn gekommen.«

Michaels Gesicht hellte sich auf.

»Gibt es Neuigkeiten? Haben Sie etwas herausgefunden?«

»Ja, es gibt einiges über Harmsen zu berichten. Das würde ich aber lieber nicht hier zwischen Tür und Angel besprechen, sondern mit einer Einladung verbinden. Ich würde Sie gerne morgen Abend zu mir zum Essen einladen. Wenn man so lange allein lebt wie ich, hat das sicher einige Nachteile. Aber zumindest lernt man ganz gut kochen.«

Julia schielte zu Michael hinüber, versuchte zu erkennen, was er von dieser Einladung hielt. Sie musste nicht lang warten, denn er nickte und sagte: »Sehr gerne. Das ist eine hervorragende Idee.«

Julia glaubte, in Mennings Gesicht Erleichterung zu erkennen. »Das freut mich sehr. Wie schon gesagt, es gibt einiges über den Herrn Kommissar zu berichten. Das werde ich dann während des Essens tun. Aber das ist nicht der einzige Grund für die Einladung. Ich freue mich auch sehr auf einen schönen Abend mit Ihnen. Ich wohne in Nebel. Die Adresse schreibe ich Ihnen gleich auf.« Er blickte sich um. »Könnte ich vorher mal eben schnell Ihre Toilette benutzen?«

»Sie ist vorn im Flur, gleich links«, erklärte Julia und wartete, bis Menning das Wohnzimmer verlassen hatte, bevor sie sich an Michael wandte: »Du hast sehr schnell zugestimmt. Findest du wirklich, das ist eine gute Idee?«

»Ja, das finde ich absolut. Du bemerkst doch selbst, wie angespannt die Atmosphäre hier ist. Sogar wir zwei beginnen schon, uns zu streiten. Ich denke, es wird uns guttun, mal einen Abend wegzukommen und ihn mit jemand anderem zu verbringen. Ich kann mir vorstellen, dass dieser Menning einiges zu erzählen hat. Besonders über Harmsen.«

Das leuchtete Julia ein. »Okay, du hast wahrscheinlich recht. Also lassen wir uns von Herrn Menning bekochen.«

Als wäre das sein Stichwort gewesen, kam der Polizist zurück und fragte nach einem Zettel und einem Stift. Nachdem er seine Adresse aufgeschrieben hatte, verabschiedete er sich und verließ das Haus.

»Was wollte der denn wieder hier? Gibt es Neuigkeiten?« Andreas stand im Durchgang zur Küche. Er hatte eine schwarze Schürze umgebunden, auf der unter einem Mercedes-Stern in großen Lettern stand: *Sterne-Koch.*

»Er hat Michael und mich für morgen Abend zum Essen eingeladen«, klärte Julia ihn auf und musste sich eingestehen, dass es ihr guttat, betonen zu können, dass die Einladung nur für sie und Michael ausgesprochen worden war.

»Ah, okay.« Es schien Andreas weder sonderlich zu überraschen noch übermäßig zu interessieren.

»Ich wollte gerade mit den Vorbereitungen für das Abendessen beginnen und habe festgestellt, dass keine Eier mehr da sind. Wäre einer von euch vielleicht so nett, welche zu besorgen?«

»Ich mache das.« Julia wollte sich schon abwenden, als Michael protestierte. »Das kommt überhaupt nicht in Frage. Nicht allein. Das hatten wir abgemacht, schon vergessen? Ich komme mit.«

Damit hatte er zweifelsohne recht. Und im Grunde war sie ganz froh darüber, dass Michael sie begleitete. Das war vielleicht eine gute Gelegenheit, ihren Zwist beizulegen. Obwohl ihr Groll noch nicht ganz verflogen war, mochte sie es nicht, wenn etwas zwischen ihnen nicht stimmte.

Sie gingen in den Flur und zogen die Jacken an. Julia hatte die Tür schon geöffnet, als Michael ausstieß: »Hey, was ist das denn?«

In der ausgestreckten rechten Hand hielt er einen hellen Strick. Er war bleistiftdick, hing zu beiden Seiten herunter und mochte etwa eineinhalb bis zwei Meter lang sein. Julia runzelte die Stirn. »Wo kommt der Strick plötzlich her?«

»Das wüsste ich auch gerne. Er steckte in meiner Jackentasche.«

Julia betrachtete die Jacke und schüttelte den Kopf. »Das ist nicht deine Jacke. Die sieht zwar ähnlich aus, aber deine hat keine hellen Abnäher an den Schultern. Die gehört Andreas.«

»Hm«, machte Michael und ging zurück durchs Wohnzimmer in die Küche, wo Andreas an der Arbeitsplatte hantierte. Martina saß am Tisch und blätterte in einem Magazin.

Überrascht sah Andreas auf. »Schon wieder zurück?«

»Nein, ich habe gerade aus Versehen deine Jacke angezogen und das hier in der Tasche gefunden.« Michael hielt den Strick hoch. »Was tust du damit?«

Andreas betrachtete das Seilstück, als hätte er etwas Derartiges noch nie gesehen. »In meiner Jackentasche? Das gehört mir nicht.«

»Das glaube ich sofort«, stellte Martina fest. »Für Fesselspielchen fehlt dir die Phantasie.«

Andreas' Blick wanderte von Martina zu Julia, dann zuckte er die Schultern. »Das hängt immer davon ab, wie phantasieanregend der Partner ist.«

»Was ist jetzt mit dem Strick?«, fuhr Julia ihn an. Diese Art von Anspielungen ertrug sie zurzeit überhaupt nicht.

»Also … ich weiß nicht, wie der in meine Jackentasche gekommen sein soll. Seid ihr sicher, dass es meine Jacke war?«

Michael deutete auf seine Brust. »Schau selbst.«

Andreas kniff die Augen zusammen und nickte. »Ja, tatsächlich. Das ist meine. Aber trotzdem … ich weiß nicht … oder wartet mal. Ich war dieser Tage nebenan im Schuppen, da liegt eine Menge solcher Kram herum. Vielleicht habe ich das Seil eingesteckt, ohne darüber nachzudenken.«

Eine Weile herrschte betretenes Schweigen, dann fügte er hastig hinzu: »Oder das war bei Benno im Restaurant. Da hing meine Jacke am Haken. Irgendjemand kann das Seil in meine Tasche gesteckt haben. Aus Versehen, weil er dachte, es wäre seine.«

»Ja«, sagte Michael, »das kann sein. Ist ja auch egal.« Er legte das Seil auf den Tisch und verließ die Küche. Julia folgte ihm. Nachdem Michael seine eigene Jacke angezogen hatte, verließen sie das Haus.

»Was hältst du von dieser Sache mit dem Seil?«, fragte Michael nach einer Weile.

Fröstelnd schlang Julia ihre Arme um den Körper. »Ich finde es seltsam.« Und damit hatte sie sich sehr zurückhaltend ausgedrückt.

39

Sie gingen schweigend nebeneinanderher. Julias Gedanken kreisten um einen Punkt, dem sie sich fast nicht zu nähern traute, so ungeheuerlich war er. Aber sie konnte ihn trotzdem nicht ignorieren.

»Findest du nicht auch, dass Andreas so gewirkt hat, als sei er in Erklärungsnot?«

»Was ja verständlich ist, wenn in seiner Jackentasche ein Seil steckt, von dem er nicht weiß, wie es dorthin gekommen ist.«

Julia zögerte, bevor sie sich entschloss, die nächste Frage auszusprechen. Aber sie musste mit Michael darüber reden.

»Weißt du, womit die Opfer gefesselt worden sind? Hat Harmsen das erwähnt?«

Michael blieb stehen, sah sie, die Stirn gerunzelt, an. »Moment. Du kannst doch nicht ernsthaft glauben, Andreas hätte etwas damit zu tun.«

»Weißt du es?«

»Nein, aber … Julia, das ist doch genau so verrückt wie Harmsens Verdacht gegen mich. Überleg doch mal: Wenn er nachts das Haus verlassen hätte, wäre uns das sicher aufgefallen. Oder zumindest Martina.«

»Stimmt, aber vielleicht ist es ihr aufgefallen? Vielleicht schießt sie deshalb so gegen dich, um von Andreas abzulenken?«

»Nein, das glaube ich nicht. Außerdem würde Martina

wohl eher dabei helfen, Andreas ins Gefängnis zu bringen, wenn sie die Chance dazu hätte.«

»Vorausgesetzt, sie spielt uns nicht die ganze Zeit etwas vor.«

»Nein, das ist unmöglich. Nicht Andreas.« Michael setzte sich wieder in Bewegung. Für ihn schien der Gedanke damit abgehakt. Julia folgte ihm, holte auf, ging wieder neben ihm her.

»Alles, was Harmsen gegen dich vorgebracht hat, kann von Andreas manipuliert worden sein«, setzte sie erneut an. »Das Portemonnaie hatte er zuletzt in der Hand. Er könnte es am Tatort platziert haben. Mein Ohrring an deiner Jacke – kein Problem für Andreas. Feldmann hat behauptet, nachts jemanden am Haus gesehen zu haben. Das könnte Andreas gewesen sein. Und jetzt die Sache mit dem Strick …«

»Aber du hast es selbst gesagt. Alles, was auf mich hindeutet, könnte von Andreas manipuliert worden sein. Es *könnte*. Aber das ist Blödsinn. Er hat ebenso wenig damit zu tun wie ich.«

Julia gab es auf. Zumindest, was die Diskussion mit Michael betraf.

Sie sah sich um. Die Straßenlaternen standen hier so weit auseinander, dass sie auf ihrem Weg immer wieder in dunkle Inseln eintauchten, in denen sie von ihrer direkten Umgebung fast nichts erkennen konnten. Eine perfekte Stelle für einen Überfall.

Julia rückte näher an Michael heran, tastete beim Gehen nach seiner Hand. Er umschloss sie, zog Julia noch näher zu sich heran und legte den Arm um ihre Taille. Er ahnte, was in ihr vorging, und reagierte kommentarlos darauf. Das war eine seiner Eigenschaften, die sie sehr schätzte.

Als sie zwanzig Minuten später mit den Einkäufen ins Haus zurückkamen, hatte Martina sich mit ihrem Magazin ins Wohnzimmer verzogen, während Andreas noch immer in der Küche hantierte.

Sie sah nicht einmal auf, als Julia und Michael den Raum betraten. Offenbar herrschte zwischen den beiden wieder einmal dicke Luft.

Sie gesellten sich zu Andreas und deckten den Tisch. Über das Seil in seiner Jackentasche verloren sie kein Wort mehr.

Die Stimmung während des Essens war gedrückt. Alle stocherten mehr oder weniger lustlos in ihrem Essen herum. Ein Gespräch wollte nicht in Gang kommen. Ab und zu warfen Julia oder Michael eine Bemerkung in den Raum, zu der zwei, drei Sätze gesagt wurden. Dann schwiegen alle wieder, und die Geräusche von Besteck auf Porzellantellern beherrschten den Raum.

Das heftige Poltern kam so unerwartet, dass Martina einen Schrei ausstieß und Julia vor Schreck die Gabel fallen ließ.

»Was war das?« Martina hatte sich eine Hand an den Hals gelegt, als wolle sie sich selbst würgen.

»Es kam von draußen«, sagte Michael und stand gleichzeitig mit Andreas auf. »Als ob etwas umgefallen wäre.«

Julia erinnerte sich daran, dass Feldmann angeblich jemanden gesehen hatte, der um ihr Haus geschlichen war. »Das muss aber etwas Großes gewesen sein.«

Andreas drückte auf einen Schalter neben der Tür,

und das Terrassenlicht leuchtete auf. »Sehen wir mal nach.«

Gemeinsam mit Michael ging er nach draußen und zog die Tür hinter sich wieder zu. In den zwei Minuten bis zu ihrer Rückkehr sprachen Julia und Martina kein Wort miteinander. Sie saßen nur da und starrten auf das Fenster und die Tür, durch die der Schein der Terrassenbeleuchtung hereinfiel.

Als Michael schließlich die Tür öffnete, schüttelte er den Kopf. »Nichts zu sehen. Umgefallen ist anscheinend auch nichts.«

»Oder es wurde wieder aufgehoben, bevor der Verursacher verschwunden ist«, ergänzte Andreas. »Jedenfalls sollten wir heute Nacht besonders gut darauf achten, dass alle Fenster und Türen verschlossen sind.«

»Das ist ja richtig unheimlich. Ich muss gestehen, dass ich ein bisschen Angst habe.« Julia rieb sich mit den Händen über die Oberarme. »Wenn man bedenkt, was hier geschehen ist und dass der Kerl noch frei herumläuft. Und er hat sich beide Male Paare ausgesucht.«

»Ja, aber wir sind zu viert«, versuchte Michael, sie zu beruhigen.

»Ja. Zwei Paare. Man muss sich ja steigern können.« Martinas erster Kommentar seit längerer Zeit.

Andreas winkte ab. »Zwei Männer und zwei Frauen zu überwältigen, das dürfte auch für einen Psychopathen zu viel sein.«

Sie setzten sich wieder an den Tisch, doch essen wollte niemand mehr etwas.

»Vielleicht war das auch unser Nachbar, der versucht hat, durchs Fenster einen weiteren Schnappschuss von uns zu machen«, überlegte Andreas laut, während er das Weinglas vor sich betrachtete.

Michael nickte. »So abwegig ist der Gedanke gar nicht. Mittlerweile traue ich dem Kerl so einiges zu. Fest steht jedenfalls, dass jemand ums Haus geschlichen ist.«

Julia wäre am liebsten näher an Michael herangerückt. Nachdem sie dieses Geräusch gehört hatten und das Gefühl für die Gefahr plötzlich so präsent war, hatte sie Angst. Es war ein anderes Gefühl als die Sorge um Michael wegen Harmsens idiotischen Verdächtigungen. Es war die nackte Angst um ihr Leben.

Der Mörder war vielleicht nur wenige Meter von ihnen entfernt an ihrem Haus gewesen. Hatte er sie durchs Fenster beobachtet? Ausspioniert? Um sich einen Plan zurechtzulegen, wie er sie am besten überwältigen konnte?

Der Gedanke, Andreas könne etwas mit den Morden zu tun haben, erschien ihr angesichts der möglichen Nähe des wirklichen Täters plötzlich so weit hergeholt, dass sie über sich selbst den Kopf schüttelte, weil sie das überhaupt in Betracht gezogen hatte. Jetzt, wo der Mörder vielleicht da draußen war. Wo er sie vielleicht kannte.

Julia trank einen großen Schluck Wein und schob das Glas von sich weg. Anders als sonst wärmte der Alkohol sie nicht, im Gegenteil, er ließ sie frösteln.

40

Sie hatten am Morgen zusammen im *Kleinen Strandhotel* gefrühstückt. Benno hatte sich bereit erklärt, die gesamte SoKo in seinem Restaurant zu verpflegen, was um diese Jahreszeit einen schönen Zusatzverdienst für ihn bedeutete.

Nach dem Frühstück waren sie zur Einsatzzentrale gefahren, wo Jochen sich – wie einige andere Kollegen auch – mit Hinweisen beschäftigte, die sie aus der Bevölkerung erhalten hatten. Nur ein Teil davon stammte von Einwohnern aus Norddorf oder Nebel, der Rest kam aus allen Teilen Deutschlands. Selbst in München hatte jemand in einer Kneipe gehört, wie ein Mann sich damit brüstete, die Taten auf Amrum begangen zu haben. Natürlich mussten sie auch solchen Hinweisen nachgehen, aber es war absehbar, was dabei herauskommen würde: nichts.

Harmsen verschwand immer wieder aus seinem Büro, besprach sich mit Kollegen, gab Anweisungen und schickte Teams los, um Hinweisen nachzugehen, die sie aus Norddorf oder Nebel erhalten hatten. Längere Zeit stand er mit der Beamtin zusammen, die ausschließlich für Anfragen der Presse zuständig war. Ihr Telefon läutete den ganzen Tag über sofort wieder, sobald sie ein Gespräch beendet hatte.

Irgendwann am späten Vormittag rissen laute, aufgeregte Stimmen aus einem anderen Raum Jochen aus seiner Konzentration. Er nahm das als willkommenen Anlass für eine Pause und verließ sein Büro, um sich die Beine zu vertreten.

Der Tumult kam aus dem übernächsten Zimmer, in dem Seebald und Knepper saßen. Hinter der Tür stand Benno Brieske mit hochrotem Kopf.

»Verdammt nochmal, jetzt kümmert euch gefälligst um den Drecksack«, fuhr er Seebald an.

»Was ist denn hier los?«

Seebald winkte ab. »Ach, Benno meinte ...«

»Die Kerl hat am Strand ein Paar fotografiert«, unterbrach Brieske ihn und wandte sich Jochen zu. »Ich habe ihn gesehen. Er hat sich in den Dünen versteckt, der ekelhafte Spanner. Wahrscheinlich hat er auch noch an sich rumgefummelt.«

»Moment. Wer? Um wen geht es hier?«

»Udo Feldmann.« Brieske war außer Atem, so sehr regte er sich auf. »Diese perverse Sau. Ich will, dass Sie dem nachgehen.«

Seebald schüttelte den Kopf. »Nun mach mal halblang, Benno. Kann es vielleicht sein, dass du dich so aufregst, weil Feldmann dich im Sommer zweimal angezeigt hat? Wegen Ruhestörung und wegen Betrugs? Weil du sein Glas nicht bis zum Eichstrich gefüllt hast?«

Brieske fuhr erbost zu Seebald herum. »Sag mal, spinnst du? Hier werden Pärchen am Strand umgebracht, und dieser Dreckskerl liegt in den Dünen und fotografiert ein knutschendes Paar. Da sehe sogar ich als Kneipenwirt den Zusammenhang. Was ist denn los mit euch? Habt ihr etwa kein Interesse daran, den Kerl zu schnappen?«

»Wir werden der Sache selbstverständlich nachgehen«, beruhigte Jochen ihn. »Wir kümmern uns sofort darum. Und jetzt gehen Sie in Ihr Hotel und kümmern sich um Ihre Gäste.«

»Aber Sie erzählen mir anschließend, wie der Mistkerl reagiert hat.«

»Das werden wir mit Sicherheit nicht tun. Weil wir grundsätzlich an Privatpersonen keine Auskunft über ein laufendes Verfahren erteilen. Wir danken Ihnen für die Information, aber jetzt gehen Sie bitte.«

Brieske murmelte etwas, das Jochen nicht verstand, verließ dann aber nach einem letzten Blick zu Knepper den Raum.

»Er hasst Feldmann wie die Pest, seit der ihn angezeigt hat«, erklärte Seebald. »Ich würde dem nicht allzu viel Bedeutung beimessen.«

»Nun ja, in einem Punkt hat er jedenfalls recht: Wenn einerseits Paare am Strand ermordet werden und andererseits jemand heimlich ein kuschelndes Paar am Strand fotografiert, muss man dem zumindest nachgehen.«

»Natürlich muss man das. Ich wollte lediglich, dass Sie die Hintergründe von Bennos Wut auf Feldmann kennen.«

»Gab es denn schon einmal Probleme mit Feldmann wegen seiner Fotografiererei?«

»Probleme iost zu viel gesagt.« Seebald stand auf und lehnte sich gegen die Fensterbank.

»Feldmann rennt immer mit seiner Kamera herum, fotografiert alles und jeden. Es gab schon mal Beschwerden von Leuten, die sich nicht ungefragt ablichten lassen wollten.«

Jochen war von Seebald enttäuscht. Bisher hatte er große Stücke auf den Mann gehalten. »Denken Sie nicht, das wäre in Anbetracht der Umstände, unter denen die Opfer umkamen, eine interessante Information für uns gewesen?«

Seebald schürzte die Lippen. »Ich muss gestehen, da überhaupt keine Verbindung gesehen zu haben.«

»Das ist schade.«

Jochen wandte sich ab und ging zurück in sein Büro. Harmsen war noch nicht wieder da, also machte er sich auf die Suche nach ihm. Als Minuten später feststand, dass er sich nicht mehr in der Einsatzzentrale aufhielt, rief Jochen ihn an.

Harmsen ging nach dreimaligem Läuten ran. Er schien sich im Freien zu befinden, denn die Windgeräusche übertönten seine Stimme fast völlig.

»Wo sind Sie?«, rief Jochen. »Können Sie bitte etwas lauter reden? Ich verstehe Sie kaum.«

»Am Strand. Was gibt's?«

Jochen erzählte von Bennos Auftritt in der Einsatzzentrale und schloss mit der Feststellung, dass wohl ein Besuch bei Feldmann angesagt wäre.

Harmsen erklärte, er würde gleich da sein, und legte auf.

Während der Fahrt zu Feldmanns Haus erhielt er einen Anruf vom Staatsanwalt. Seinen Antworten und seiner Miene nach zu urteilen, war das Gespräch wenig erfreulich. Nachdem er aufgelegt hatte, murmelte Harmsen: »Du mich auch, du Bürofurz.«

Feldmanns Frau öffnete ihnen die Tür und zeigte keinerlei Regung angesichts ihres erneuten Besuches.

»Ist Ihr Mann zu Hause?« Harmsen eröffnete das Gespräch wie gewohnt ohne Begrüßung.

»Warum?«

»Das bespreche ich mit ihm. Also: Ist er da?«

»Ja.« Die Frau machte einen Schritt zur Seite und ließ sie eintreten.

Feldmann saß am Esszimmertisch und hatte eine Tasse Kaffee vor sich stehen. Mit einem Seitenblick entdeckte Jochen auch die Kamera auf der Fensterbank.

»Spätes Frühstück?«, fragte Harmsen, während er auf Feldmann zuging. Der sah ihn konsterniert an. »Ich frühstücke spätestens um sechs Uhr morgens.«

»Ich möchte mir mal ihre Kamera ansehen.« Harmsen ging zum Fenster und hatte das Gerät schon in der Hand, als Feldmann fragte: »Warum denn das?«

»Weil ich sie sehen möchte.«

Feldmann schnappte hörbar nach Luft und sprang auf. Jochen bemerkte den Blick, den er seiner Frau zuwarf, die wie ein Möbelstück reglos neben der Tür stand. »Also Moment mal, so geht das aber nicht. Wir leben immer noch in einem Rechtsstaat und …«

»Halten Sie den Mund.« Das war Harmsens einziger Kommentar, während er das kleine Display betrachtete und immer wieder auf einen Knopf drückte.

»Das muss ich mir nicht bieten lassen. Ich bin ein unbescholtener Bürger. Ich werde mich über Sie beschweren, darauf können Sie sich verlassen.«

»Tun Sie das.« Sekunden später ließ Harmsen die Kamera sinken.

»Das Ding ist beschlagnahmt.«

Jochen erwartete einen wütenden Protest, doch Feldmann schlug nur die Augen nieder und verstummte. Das war ebenso verwunderlich wie die Tatsache, dass Harmsen keinerlei Fragen stellte und sich mit keinem Wort zu den Bildern äußerte. Jochen zügelte seine Neugier, bis sie auf dem Weg zum Wagen waren. »Was ist denn auf der Speicherkarte der Kamera zu sehen?«

»Weiber«, lautete die knappe Antwort. »Am Strand.«

»Denken Sie, er könnte unser Mann sein?«

Harmsen warf ihm einen mitleidigen Blick zu. »Blödsinn. Der Kerl ist ein armseliger Spanner. Widerlich, aber nichts Schlimmeres.« Das war ein sehr vorschnelles Urteil, fand Jochen. Aber es hing wahrscheinlich damit zusammen, dass alles andere nicht zu Harmsens Altmeier-Theorie gepasst hätte. Diese Engstirnigkeit bei den Ermittlungen machte ihn zum wiederholten Mal wütend.

Mit einer abrupten Bewegung schnappte er sich die Kamera aus der Mittelkonsole, schaltete sie ein und begann, die gespeicherten Fotos durchzublättern. Viele waren so unscharf, dass nichts darauf zu erkennen war. Auf anderen waren schmusende, sich küssende Paare und einzelne Frauen zu sehen, darunter auch Katja Brieske. Dann kamen Fotos von Julia Schönborn. Sehr viele Fotos. Beim Spazierengehen oder gedankenverloren dastehend, meist allein, einige mit Adam Damerow, einige mit der ganzen Gruppe.

Und alle Fotos, die Jochen ansah, hatten eines gemeinsam: Sie waren am Strand aufgenommen worden.

41

Er betrachtet den Bereich des Strandes, den er sich ausgesucht hat. Er liegt an einer anderen Stelle als die bisherige Versuchsumgebung. Auf der anderen Seite des Dorfes und damit auch der Insel. Das ist nötig und ebenfalls vorhersehbar gewesen. Nach dem zweiten Versuch haben sie eine ganze Horde Polizisten auf die Insel gebracht, die den Strand kontrollieren. Sie patrouillieren in Zweiergruppen Tag und Nacht den gesamten Strandabschnitt entlang. Aber eben nur dort und nicht auf der anderen Seite. Oder besser gesagt: selten auf der anderen Seite. Er hat tatsächlich auch hier zwei Uniformierte von den Dünen aus gesehen. Zwei einsame Polizisten. Für den gesamten Abschnitt auf dieser Seite. Natürlich hat er auch diese Parameter sofort in seinen Plan eingebaut. Das erhöht das Risiko, aber auch den Reiz. Er weiß, dass er in der Lage ist, auf neue Situationen sofort zu reagieren, sie zu seinen Gunsten zu wenden und für seine Zwecke zu nutzen. Besonders, wenn es um menschliches Verhalten in seiner erbärmlichen Vorhersehbarkeit geht.

Wie einfältig sie sind. Wie sehr sie ihn offenbar unterschätzen. Es ärgert ihn, dass sie ihm so wenig Flexibilität zutrauen. Aber was konnte er auch von Typen wie diesem Harmsen erwarten? Denken in engbegrenzten Mustern. Blindes Aufnehmen jeder ausgelegten Spur. Unfähig, über den Tellerrand zu schauen und sich vorzustellen, dass es da jemanden gibt, der die Fäden in den Händen hält. *Alle* Fäden.

Nicht den Hauch einer Ahnung, mit wem er es zu tun hat.

Dieser Harmsen ist davon überzeugt, dass es sich einfach nur um einen Psychopathen handelt, dessen nächste Schritte jeder halbwegs intelligente Mensch innerhalb von Stunden voraussagen kann.

Aber das wird sich bald ändern. Und auch für ihn wird sich einiges ändern, wenn der nächste Versuch vorbei ist. Das weiß er. Weil er es so will und nur aus diesem Grund.

Er durchdenkt die möglichen Variationen des Verlaufs und kann sie recht schnell auf zwei reduzieren. Beide haben ihren ganz besonderen Reiz, weil das Endergebnis ein gravierend anderes sein wird, je nachdem, welche der beiden Möglichkeiten zutreffen wird. Das kann er zwar nur bedingt beeinflussen, aber die Tatsache, dass er beide Varianten in Betracht zieht, macht auch diese Runde wieder bedingungslos zu *seiner*.

Er weiß, dass sein Spiel mit der Polizei bald zu Ende sein wird. Wie schnell, ist ebenfalls vom Verlauf des nächsten Versuches abhängig.

Eine interessante Zeit steht ihm bevor. Wieder einmal sind die Voraussetzungen geradezu ideal. Und das nicht etwa weil er großes Glück hat, sondern weil er es ein weiteres Mal geschafft hat, sich eine Situation sofort zunutze zu machen. Sich anzupassen wie ein Chamäleon.

Erneut blickt er sich um, prägt sich alles genau ein, geht in Gedanken die gesamte Prozedur durch. Die Ausführung wird dieses Mal gänzlich anders verlaufen. Schwieriger. Interessanter.

Der Platz, den er ausgewählt hat, ist jedenfalls perfekt.

42

Als Harmsen den Sicherheitsgurt wieder löste, den er bereits angelegt hatte, sah Jochen verwundert zu ihm hinüber. War ihm jetzt doch aufgefallen, dass er es versäumt hatte, Feldmann ein paar Fragen zu stellen?

»Wollen Sie wieder zurück?«, fragte er, doch Harmsen schüttelte den Kopf. »Nein, will ich nicht. Kommen Sie mit.«

»Ich verstehe nicht … wohin?«

»Ich knöpfe mir den Altmeier noch mal vor.«

Das konnte doch nicht wahr sein. Langsam reichte es Jochen tatsächlich. »Moment mal«, sagte er und folgte Harmsen, der schon ausgestiegen war, »was wollen Sie denn schon wieder von Altmeier? Und das, nachdem Sie es nicht für nötig gehalten haben, dem Kerl, der am Strand herumläuft und heimlich Paare fotografiert, wenigstens ein paar Fragen zu stellen.«

»Der Feldmann interessiert mich einen Scheiß. Das ist ein armseliger Furz, der sich an seinen heimlich geschossenen Fotos aufgeilt.«

»Das sehe ich anders. Zumindest wäre es angebracht, ihm mal ein bisschen auf den Zahn zu fühlen.«

»Ja, das sehen Sie anders, weil Sie noch keine Ahnung von dem Job haben. Also halten Sie jetzt den Mund, kommen mit und lernen. Los jetzt.«

Jochen hätte vor Wut schreien können, doch er sah ein, dass er so nicht weiterkommen würde. Einem jüngeren

Kollegen vorzuhalten, er habe noch keine Ahnung, wenn er eine andere Meinung hatte, war ein Totschlagargument. Sinnlos, auch nur ein einziges Wort dazu zu sagen.

Letztendlich würde Harmsen es selbst zu verantworten haben, was er tat. Für Jochen stand fest, dass er noch am gleichen Abend mit seinem persönlichen Bericht beginnen würde. Noch würde er ihn nicht weiterleiten, aber er würde ihn definitiv schreiben.

Martina Wagener öffnete ihnen die Tür und musterte sie mit einem Blick, als hätten sie sich Tierinnereien umgehängt.

»Was wollen Sie denn schon wieder? Statten Sie uns jetzt jeden Morgen einen Besuch ab?«

»Wir möchten Herrn Altmeier sprechen«, sagte Jochen, um zu verhindern, dass Harmsen die Unterhaltung gleich wieder mit einem Donnerwetter begann.

»Nicht da«, lautete die lapidare Antwort.

»Und Frau Schönborn?«

»Auch nicht, und damit wir alle durchhaben: mein Mann auch nicht. Alle weg. Ich dachte, ich hätte jetzt endlich mal ein wenig Ruhe.«

»Wo sind die drei?«

Sie verdrehte die Augen. »Ich weiß es nicht, und es interessiert mich auch nicht.«

Die Art der Frau ging sogar Jochen auf die Nerven. »Aber wo Ihr Mann ist, das wissen Sie doch sicher?«

»Nein, weiß ich nicht. Als ich aufstand, war er schon weg. Und er hat mir keinen Liebesbrief hinterlassen, in dem stand, wie toll die Nacht war und wohin er gegangen ist.«

»Wissen Sie, wann Herr Altmeier das Haus verlassen

hat?«, hakte Harmsen nach, woraufhin die Frau den Kopf in einer Art schüttelte, als könne sie nicht glauben, dass ihr diese Frage gestellt wurde. »Ich habe doch gerade gesagt, dass ich nichts darüber weiß. Wie oft wollen Sie das denn noch fragen?«

»So oft, bis ich zufriedenstellende Antworten von Ihnen bekommen habe.« Harmsens Tonfall wurde schärfer. Und lauter. »Aber das können wir auch gerne für die nächsten paar Stunden in unserer Einsatzzentrale fortsetzen.«

»Noch eine Frage zu ihrem Mann«, schaltete Jochen sich ein. »Sind Sie sicher, dass er die letzten Nächte durchgehend neben Ihnen gelegen hat?«

»Ja, bin ich.«

»Vielleicht haben Sie auch einfach nicht bemerkt, dass er aufgestanden ist? Das wäre doch möglich.«

»Nein, wäre es nicht, weil ich es immer bemerke, wenn er aufsteht.«

»Fast immer.«

Sie sah Jochen fragend an. »Wieso fast? Ich sagte: immer.«

»Außer heute Morgen. Da haben Sie es laut ihrer eigenen Aussage nicht bemerkt.«

»Gehen wir.« Harmsen wollte sich schon abwenden, doch Jochen sah es nicht ein, jetzt abzubrechen. »Also noch einmal: Sind Sie sicher?«

Sie legte den Kopf schief. »Haben Sie was mit den Ohren?«

»Die Frage ist: Haben Sie was mit den Ohren? Oder weigern Sie sich etwa, meine Fragen zu beantworten?«

Erneutes Kopfschütteln. »Also gut. Ja, ich bin ganz

sicher. Mein Mann hat das Bett weder heute Nacht verlassen noch in einer der Tatnächte. Aber ich habe auch mal eine Frage. Bei den Morden am Strand – womit waren die Männer eigentlich gefesselt?«

Jochen bemerkte, wie ein Ruck durch Harmsens Körper ging. »Was? Warum wollen Sie das wissen?«

»Nur so.«

»Nur so geben wir keine Auskünfte zu laufenden Ermittlungen.«

»Auch gut. Ach, übrigens: Letzte Nacht war jemand hier am Haus. Darum sollten Sie sich mal kümmern. Das wäre wahrscheinlich sinnvoller, als wieder und wieder hier aufzutauchen und Michael Altmeier zu verhören.«

»Wann war das?« So, wie die Frage klang, interessierte die Antwort Harmsen nicht wirklich.

»Gestern Abend. Draußen hat es gepoltert. So, als wenn etwas umgefallen wäre. Die beiden Helden haben nachgeschaut, aber nichts entdeckt. Aber da war jemand. Vielleicht dieser Kerl von nebenan. Den sollten Sie mal belästigen und nicht mich.«

Harmsen wandte sich endgültig ab und ging los. Jochen blieb nichts anderes übrig, als ihm zu folgen.

Als sie im Auto saßen, knurrte Harmsen: »Was sollte der Quatsch mit Wagener? Ob er in den letzten Nächten zu Hause war?«

»Ich kann nicht glauben, dass Ihnen das wirklich nicht aufgefallen ist. Wo Sie doch schon so lange in dem Job arbeiten.«

»Was?«

»Dass jedes einzelne Indiz, mit dem Sie Altmeier unter allen Umständen festnageln wollen, genauso gut auf

Wagener als möglichen Täter hinweisen könnte. Wenn man es sehen will.«

»Blödsinn. Wagener hat nichts damit zu tun.«

»Weil Sie es nicht wollen, stimmt's?«

»Nein, weil ich mir sicher bin, dass es so ist.«

»Na, dann ist ja alles in Butter. Wenn Sie sicher sind … dann können wir auch die Kleinigkeit ignorieren, dass Frau Wagener es angeblich immer bemerkt, wenn ihr Mann aufsteht. Nur heute Morgen nicht. Finden Sie das nicht seltsam?«

»Nein. Ich finde, Sie versuchen krampfhaft, diesen Altmeier zu entlasten. Und ich sage Ihnen, der Kerl hat Dreck am Stecken.«

Ohne darüber nachzudenken, schlug Jochen mit der flachen Hand auf die Klappe des Handschuhfachs. »Verdammt nochmal, was ist es, das Sie so sicher macht? Die paar Indizien, die wir haben, können doch einfach manipuliert worden sein. Die Brieftasche am Strand, der Ohrring an Altmeiers Jacke, angeblich der des Opfers, bis sich herausstellt, dass der Ohrring der Lebensgefährtin gehört, was mich auch nicht wundert. Mein Gott. Jemand, der einen so perfiden Plan durchzieht, bleibt doch nicht mit dem Jackenärmel am Ohrring seines Opfers hängen.«

»Sie müssen noch einiges lernen, Herr Kollege. Gerade die Täter, die sich für superschlau halten, machen dumme Fehler. Eben *weil* sie sich für so schlau halten und deshalb nachlässig werden. Wir haben mehr Indizien, die auf Altmeier als Täter hindeuten, als wir bei vielen anderen Fällen hatten. Und was den Ohrring betrifft – ich glaube nicht, dass das Ding tatsächlich seiner Freundin gehört. Ich weiß nicht, wie sie das gedreht haben, aber sie deckt ihn.«

»Was? Wie soll sie das denn angestellt haben? Sie müssten sich selbst mal hören.«

Harmsen lachte verächtlich auf. »Da sehen Sie es. Was tun Sie, anstatt mich dabei zu unterstützen, den Kerl zu überführen? Sie lassen sich von seinen Kuhaugen beeindrucken und davon, dass er ein geradezu langweilig normales Leben führt. Mit einer kleinen, langweilig normalen Freundin und einem Einfaltspinsel mit nerviger Frau als Freunden. Mein Gefühl schreit mir geradezu entgegen, dass das der Dreckskerl ist, nach dem wir suchen. Und er wird mir nicht ungestraft davonkommen. Ich werde ihn drankriegen. So oder so.«

»Weil Ihr Gefühl sie anschreit. Das nenne ich doch mal solide Ermittlungsarbeit eines erfahrenen Kriminalbeamten.«

»Ganz genau, denn erst die Erfahrung sorgt dafür, dass man dieses spezielle Gefühl entwickelt. Aber das können Sie nicht wissen.«

»Da fällt mir ein – haben wir schon das Ergebnis der Untersuchung? Gibt es DNA-Spuren?«

»Nein, kein verwertbares DNA-Material zu finden. Dafür hat er gesorgt.«

Eine Weile starrten sie sich wortlos an, und fast hatte Jochen die Hoffnung, sein Partner denke zumindest darüber nach, ob er sich irren könnte, da nickte Harmsen.

»Wenn wir gleich zurück sind, kümmern Sie sich um die Kamera von diesem Feldmann. Geben Sie sie an Seebald weiter, die sollen sich damit beschäftigen und prüfen, ob das Material darauf strafrechtlich relevant ist. Zu unserem Fall sehe ich keinen Zusammenhang.«

Dieses Mal war es Jochen, der nicht antwortete. Er brütete während der restlichen Fahrt vor sich hin und versuchte, eine logische Erklärung für diese Borniertheit zu finden.

Warum wollte Harmsen unbedingt Michael Altmeier als Täter haben, und nur Michael Altmeier? Lag es daran, dass er ihn für besonders geeignet hielt, als Mörder präsentiert zu werden? Weil er sich vielleicht am wenigsten wehren konnte? Vielleicht. Aber da gab es noch einen anderen Gedanken, der sich Jochen aufdrängte. Eine Möglichkeit, die sich hoffentlich nicht als wahr herausstellen würde, denn sie war noch schlimmer, als sich blind auf einen einzigen Verdächtigen einzuschießen. Dafür sprach auch, dass Harmsen immer wieder verschwand, ohne irgendjemandem zu sagen, wohin er ging oder was er tat. Und dass er auswich, wenn man ihn danach fragte.

Es bestand die Möglichkeit, dass Harmsen Michael Altmeier als Täter überführen wollte, um jemand anderen zu schützen.

43

Julia war verschwitzt und begann sofort zu frieren, als sie vom Strand aus über den Holzsteg zum Haus ging. Einfach weiterzulaufen, wagte sie nicht, dafür fühlten sich die dicken Bohlen des Stegs zu rutschig an.

Am Strand hatte es von Polizisten nur so gewimmelt. Sie war beim Joggen minütlich an patrouillierenden Beamten in Uniform vorbeigekommen. Einerseits war es ein beruhigendes Gefühl, dass der Strand so streng kontrolliert wurde, andererseits weckte diese gewaltige Polizeipräsenz bei ihr aber auch Unbehagen.

Am Haus angekommen, zog sie die Joggingschuhe aus und stellte sie neben der Tür ab. Sie freute sich auf eine heiße Dusche. Als ihr Andreas am Fuß der Treppe begegnete und mit der Frage, wo sie gewesen sei, ein Gespräch beginnen wollte, antwortete sie nur knapp: »Joggen am Strand«, und huschte an ihm vorbei nach oben.

Michael war noch nicht zurück. Er hatte das Haus gemeinsam mit ihr verlassen und war mit einem der Fahrräder aus dem Schuppen nach Nebel zur Polizeistation gefahren. Er hatte es sich in den Kopf gesetzt, sich mit den einheimischen Polizisten zu unterhalten, um herauszufinden, ob tatsächlich nur er verdächtigt wurde. Und was sie dort über Harmsen dachten.

Das Prickeln des heißen Wassers auf ihrer Haut war so angenehm, dass es Julia selbst nach Minuten schwerfiel, die Dusche wieder abzudrehen.

Sie zog eine bequeme Jogginghose und ein weiches Sweatshirt an und ging nach unten. Ihre Hoffnung, Michael könnte schon zurück sein, wurde allerdings enttäuscht. In der Küche saß nur Andreas vor einer Tasse Kaffee.

Den Raum demonstrativ wieder zu verlassen, das wäre mehr als unfreundlich gewesen, also ging sie zur Kaffeemaschine und nahm sich eine Tasse aus dem Schrank darüber.

»Warst du die ganze Zeit über hier?«, fragte sie, um das Gespräch von Anfang an von sich abzulenken.

Andreas setzte seine Tasse ab. »Nein, ich bin auch gerade erst zurückgekommen. Ich war bei Benno und habe versucht herauszufinden, wer bei unserem letzten Besuch noch alles im Lokal war. Mich interessiert immer noch, wie dieses Seil in meine Jackentasche gekommen ist.«

»Und?« Julia zog es vor, sich an die Arbeitsplatte zu lehnen, statt sich zu Andreas an den Tisch zu setzen. Er machte eine wegwerfende Handbewegung. »Das führt zu nichts. Benno hat mir zwar ein paar Namen genannt, meinte aber, er sei nicht sicher, ob die auch wirklich alle zur gleichen Zeit dort waren wie wir. Und ob seine Aufzählung überhaupt vollständig war.«

»Verstehe. Und wo ist Martina?«

»Oben. Sie liegt auf dem Bett und liest. Harmsen war wieder hier, als sie allein im Haus war.«

Julia versetzte es einen Stich in den Magen. Weniger weil Harmsen schon wieder aufgetaucht war, sondern weil er allein mit Martina gesprochen hatte. Wer konnte schon wissen, was der Frau in den Sinn gekommen war und was sie dem Kerl für einen Blödsinn erzählt hatte?

»Und? Was wollte er?«

»Er wollte Michael sprechen. Martina hat ihn aber abgewimmelt und ihm gesagt, er müsse später wiederkommen. Aber jetzt erzähl doch mal, wie war das Joggen am Strand? Ich bin ja nicht der große Sportler, aber das stelle ich mir recht anstrengend vor.«

»Ja, darum geht es beim Sport«, gab Julia knapp zurück. Ihre Gedanken beschäftigten sich noch immer mit dem Gespräch zwischen Harmsen und Martina.

Andreas lachte. »Da hast du natürlich recht. Ich meinte ja auch nur, dass …«

Julia erfuhr nicht, was Andreas meinte, denn in diesem Moment kam zu ihrer Erleichterung Michael durch die Terrassentür herein. Er nickte den beiden zu und schaffte sogar ein Lächeln.

»Na, wie war es?« Julia stand auf und ging zur Kaffeemaschine. Sie brauchte nicht zu fragen, für Kaffee war Michael immer zu haben.

»Ich hatte Glück. Der Leiter der Dienststelle war dort, obwohl sein Büro im Moment eigentlich in der Einsatzzentrale der SoKo untergebracht ist. Hauptkommissar Seebald. Er hatte irgendetwas in der Dienststelle zu erledigen. Der ist richtig nett.«

»Und was sagt er zu dem Fall?«, wollte Andreas wissen. »Und zu Harmsen?«

Michael setzte sich an den Tisch. »Er konnte mir natürlich nicht allzu viel über die Ermittlungen erzählen, aber er meinte, Harmsen sei wohl der Einzige, der sich auf mich eingeschossen hat. Grundsätzlich würden sie in alle Richtungen ermitteln.«

Julia nickte wissend. »Das ist ja auch genau das, was

Menning sagte. Nur Harmsen hat diese fixe Idee, du könntest was mit der Sache zu tun haben.«

Michael umschloss die Tasse mit beiden Händen und starrte hinein, als versuche er sich im Kaffeesatzlesen.

»Ich hoffe, sie finden bald eine Spur, die zu dem Kerl führt, oder bekommen einen entscheidenden Hinweis. Irgendwas, das zumindest erahnen lässt, wer diese furchtbaren Verbrechen begangen hat.«

»Ja, das hoffe ich allerdings auch sehr. Übrigens … Harmsen war wieder hier.«

Michaels Miene verdunkelte sich. »Wann? Was wollte er?«

»Etwa vor einer Stunde«, klärte Andreas ihn auf. »Nur Martina war hier. Sie hat ihn weggeschickt.«

»Weißt du, was er wollte?«

»Dasselbe wie immer. Er wollte zu dir.«

Julias Erleichterung darüber, dass Michael eine weitere Konfrontation erspart geblieben war, währte nicht lang, denn am Nachmittag stand Harmsen erneut vor der Tür. Diesmal war er allein. Kaum hatte er das Haus betreten, ging er auch schon wieder auf Michael los.

»Ich möchte von Ihnen noch mal ganz genau wissen, wie sie die Tatnächte verbracht haben. Und die Nächte davor. Wann sind Sie ins Bett gegangen? Sind sie danach noch mal aufgestanden? Wann sind Sie morgens aufgewacht? Alles. Fangen Sie an.«

Doch statt wie sonst eingeschüchtert vor Harmsen zurückzuweichen, verschränkte Michael die Arme vor der Brust und schüttelte energisch den Kopf. »Nein.«

Offenbar hatte er die vergangenen Stunden genutzt, sich auf das Gespräch vorzubereiten.

Harmsen war sichtlich überrascht. »Was?«

»Ich sagte nein. Ich habe Ihnen diese Fragen schon mehrfach beantwortet. Ebenso wie alle anderen hier im Haus. Jetzt reicht es.

Sie belästigen uns seit Tagen und bedrängen mich auf eine Art und Weise, die ich nicht mehr akzeptiere. Ich habe mir nichts zuschulden kommen lassen, auch wenn Sie – aus welchen Gründen auch immer – krampfhaft versuchen, mir etwas anzuhängen. Wir wollten hier Urlaub machen und werden stattdessen von Ihnen Tag für Tag belästigt und beschimpft. Damit ist jetzt Schluss. Wenn Sie so sicher sind, dass ich dieser irre Täter bin, dann nehmen Sie mich fest. Ich werde meinen Anwalt anrufen, und dann sehen wir weiter. Dann erfahren wir auch, welche Meinung Ihre Vorgesetzten darüber haben, wie Sie sich hier aufführen. Wenn Sie mich aber nicht festnehmen möchten oder können, dann lassen Sie uns jetzt bitte in Ruhe.«

Harmsen war von dieser Reaktion sichtlich überrumpelt. Julia konnte förmlich sehen, wie es hinter seiner Stirn arbeitete. Und sie ging davon aus, dass das, was Harmsen glaubte, bisher gegen Michael in der Hand zu haben, von einem findigen Anwalt in wenigen Minuten in der Luft zerrissen werden würde. Er konnte Michael nicht festnehmen. Zumindest nicht in diesem Moment, wenn er sich nicht selbst eine Menge Ärger einhandeln wollte.

Sie versuchte, sich nicht allzu sehr anmerken zu lassen, wie begeistert sie von Michaels Auftritt war. »Wir wissen auch, dass Sie der Einzige sind, der Michael verdächtigt«, fügte sie hinzu. »Ihre Kollegen sehen das offenbar alle anders. Wäre das nicht mal wert, innezuhalten und nachzudenken?«

»Gar nichts wissen Sie«, knurrte Harmsen, ohne sie anzusehen.

»Doch. Einer Ihrer Kollegen war sogar hier und hat es uns erzählt.«

»Was?« Harmsen fuhr zu Julia herum. »Einer meiner Kollegen? Wann und wo soll das gewesen sein? Ich will sofort den Namen haben.«

Erst nach Harmsens heftiger Reaktion wurde Julia bewusst, dass Menning wahrscheinlich eine Menge Ärger bekommen würde, wenn Harmsen erfuhr, dass er es gewesen war.

»Das spielt keine Rolle. Den Namen werde ich Ihnen sicher nicht sagen. Es reicht schon, dass Sie uns hier das Leben zur Hölle machen. Und jetzt finde auch ich, es ist an der Zeit, dass Sie uns verlassen.«

Harmsens Blick wanderte von Julia zu Martina, weiter zu Andreas und blieb zuletzt lange Sekunden auf Michael liegen, der diesem Blick nicht auswich.

»Glauben Sie bloß nicht, das wäre so einfach.« Er wandte sich ab und knallte Sekunden später die Tür hinter sich zu.

Einem spontanen Gefühl folgend, ging Julia zu Michael, legte die Arme um seinen Nacken und küsste ihn.

44

Harmsens Anruf kam, als der Kellner gerade die Matjes vor Jochen abstellte, auf die er sich freute, seit er sie auf der Speisekarte entdeckt hatte.

»Harmsen hier. Wo sind Sie?«

»In einem kleinen Restaurant, nicht weit vom Strandhotel entfernt. Wo sind Sie? Sie waren wieder so schnell …«

»Wie heißt der Laden?«, fiel Harmsen ihm in gewohnter Manier ins Wort. Jochen sah sich um und fand auf einem Aufsteller auf dem Nachbartisch den Namen. Er nannte ihn Harmsen ebenso wie eine kurze Beschreibung, wo genau das Restaurant lag.

Er hatte gerade aufgelegt, als Katja Brieske das Restaurant betrat. Sie nickte ihm im Vorbeigehen zu und setzte sich an einen Zweiertisch in der Ecke.

Knappe zehn Minuten später kam Harmsen herein und nahm Jochen gegenüber Platz. Noch bevor er ein Wort mit ihm wechselte, winkte er den Kellner herbei und bestellte sich einen doppelten Espresso. Erst dann schenkte er Jochen seine Aufmerksamkeit.

»Ich war gerade noch mal bei Altmeier. Heute Vormittag war er ja nicht da.«

Das hatte Jochen sich schon gedacht. »Und? Was haben Sie bahnbrechend Neues herausgefunden?« Er schnitt ein Stück des Herings ab und steckte es in den Mund. Der Geschmack übertraf bei weitem seine Erwartungen.

»Altmeier wird renitent. Er hat die Antworten auf meine Fragen verweigert. Ich denke, es ist an der Zeit für eine Hausdurchsuchung.«

Harmsen schaffte es immer wieder, Jochen zu überraschen.

»Ein Hausdurchsuchung. Und Sie denken, den Beschluss bekommen Sie so ohne weiteres. Weil der Mann sein Portemonnaie am Strand verloren hat und ein Ohrring seiner Frau an seiner Jacke hing? Weil sie zufällig die gleichen Ohrringe hat wie das Opfer? Und wie wahrscheinlich jede fünfte Touristin auf der Insel?«

Harmsen wartete, bis der Kellner gegangen war, nachdem er die kleine Tasse vor ihm abgestellt hatte.

»Ganz genau, das glaube ich. Und ich erwarte von Ihnen, dass Sie mich unterstützen, falls der Staatsanwalt oder der Richter Fragen haben.«

Jochen widmete sich seinen Matjes, statt darauf zu antworten. Er hätte nicht gewusst, was er sagen sollte.

»Übrigens: Waren Sie gestern allein am Haus der Wageners? Ohne mir etwas darüber zu sagen?«

Jochen ließ die Gabel sinken. »Sie meinen so wie Sie gerade? Nein, das würde ich nicht tun. Ich habe nämlich einen Partner, wissen Sie?«

»Sie waren also nicht da?«

»Nein.«

»Dann hat die Schönborn mich entweder angelogen, oder jemand anderes macht da sein eigenes Ding.«

»Warum sollte sie bei so was lügen? Was hätte sie davon?«

»Angeblich war ein Kollege dort und hat erzählt, ich sei der Einzige, der Altmeier verdächtigt.«

»Na ja, so weit hergeholt ist das ja nicht.«

»Ich möchte wissen, wer das war, verdammt.«

»Dann sollten wir noch mal bei Frau Schönborn nachfragen.«

Harmsen kippte den Espresso hinunter, der mittlerweile bestenfalls noch lauwarm sein konnte.

»Wahrscheinlich hat sie nur Quatsch erzählt, um mich loszuwerden.«

Jochen überlegte, warum Harmsen so plötzlich umschwenkte. Das passte nicht zu ihm. Offensichtlich wollte er verhindern, dass Julia Schönborn mehr über seinen Besuch erzählte, wenn Jochen dabei war.

Erneut geisterte der Gedanke durch Jochens Kopf, es könnte jemanden geben, den Harmsen schützen wollte.

Er schob den mittlerweile leeren Teller in die Tischmitte und sah Harmsen an. »Sagen Sie … ich erinnere mich, dass irgendjemand erwähnte, Sie wollten diesen Fall unbedingt haben. Warum? Kennen Sie jemanden hier auf Amrum? Vielleicht von früher?«

Harmsens Miene verfinsterte sich schlagartig. »Was soll denn diese Frage? Warum soll ich hier jemanden kennen? Und selbst wenn … was würde Sie das angehen?« Offenbar ahnte er, was der Grund für die Frage war. Somit war seine Reaktion zwar nachvollziehbar, trotzdem ging Jochen dieses ständige Pöbeln und Poltern mächtig auf die Nerven. So sehr, dass er nicht gewillt war, es auch nur noch ein einziges Mal unkommentiert hinzunehmen.

»Sie scheinen der Meinung zu sein, dass es nichts gibt, was mich etwas angehen könnte, oder?«, schoss er ebenso unfreundlich zurück.

»Das ist vielleicht etwas hart ausgedrückt, aber es kommt der Sache schon ziemlich nahe.«

Jochen erhob sich und warf einen kurzen Blick zur Seite, wo Katja Brieske allein an einem Tisch saß und sich einem üppigen Salatteller widmete, bevor er sich wieder an Harmsen wandte. »Ich habe keine Lust mehr, mit Ihnen an einem Tisch zu sitzen und mir Ihre beleidigenden Kommentare anzuhören.«

Damit ließ er Harmsen sitzen und ging zu Katja Brieske hinüber, die überrascht aufsah.

»Entschuldigen Sie, würde es Sie sehr stören, wenn ich mich ein wenig zu Ihnen setze? Mein Partner hat dermaßen üble Laune, dass mir die Anwesenheit einer freundlichen jungen Frau guttun würde.«

Sie lächelte ihm zu. »Nein, ich habe nichts dagegen. Sofern Sie mich während des Essens nicht verhören möchten.«

Jochen hob beide Hände. »Versprochen.« Er setzte sich und sah sich nach dem Kellner um, der jedoch nicht zu entdecken war. Erst jetzt wurde ihm ein Umstand bewusst, der ihn verwunderte.

»Kommen Sie öfter zum Essen hierher? Ich meine … wo Sie doch selbst ein Restaurant haben. Oder ist das so ein Höflichkeitsding? Man lässt sich auch mal bei der Konkurrenz blicken?«

Wieder schenkte sie ihm ein Lächeln. »Grundsätzlich gehe ich gerne auch mal in andere Lokale und lasse mich bedienen. Aber heute …« Sie schien nach den richtigen Worten zu suchen. »Wissen Sie, mein Mann ist immer mal wieder ein bisschen eifersüchtig.« Und nach einer kurzen Pause fügte sie hinzu: »Na ja, eigentlich immer.

Und auf jeden. Jedenfalls war mir gerade alles zu viel, und ich wollte einfach in Ruhe essen. Allein und ohne Angst haben zu müssen, ich könnte versehentlich jemanden ansehen.«

»Und dann kommt ein Polizist und stört Sie. Das tut mir leid.«

»Nein, das ist schon okay. Sie werden mich ja nicht gleich verhaften, wenn ich zufällig einen anderen Mann anschaue.«

Jochen tat so, als müsse er darüber angestrengt nachdenken, was dazu führte, dass beide lachten.

»Aber da fällt mir tatsächlich noch eine Frage ein, die indirekt etwas mit unseren Ermittlungen zu tun hat. Darf ich sie Ihnen trotzdem stellen?«

Sie nickte. »Natürlich.«

»Wir haben die Fotokamera von Herrn Feldmann konfisziert und darauf einige Fotos von Ihnen gefunden. Am Strand. Wussten Sie, dass er Sie fotografiert hat?« Wenn Jochen etwas wie Überraschung erwartet hatte, wurde er enttäuscht.

»Nein, aber es wundert mich auch nicht. Das passt zu ihm. Im Dorf wird gemunkelt, er musste den Schuldienst quittieren, weil es zu einer handfesten Auseinandersetzung mit einem Schüler gekommen war. Der wollte ihn offenbar zur Rede stellen, da er herausgefunden hatte, dass Feldmann heimlich Fotos von seiner Freundin gemacht hatte. Sie soll ebenfalls eine Schülerin von ihm gewesen sein. Minderjährig.«

»Oh«, entfuhr es Jochen.

»Aber Sie wissen ja, wie das so ist mit den Gerüchten in kleinen Dörfern. Sie enthalten meist ein Stück Wahrheit, aber niemand weiß, wie groß der Anteil ist, der von Mal zu Mal dazugedichtet wurde, wenn jemand sie weitererzählt.«

»Hat es denn damals keine Anzeige gegeben?«

»Das weiß ich nicht.«

Eine Pause entstand, in der Jochen einen Blick zu dem Tisch warf, an dem er zuvor noch mit Harmsen gesessen hatte. Er war leer.

Jochen überlegte, ob sein Partner wohl wieder allein zum Haus der Altmeiers gefahren war. Und er dachte an Feldmann.

Ein sehr merkwürdiger, undurchschaubarer Kerl.

45

Schon beim gemeinsamen Frühstück machte Martina allen unmissverständlich klar, was sie an diesem Tag von ihr erwarten durften.

Die Brötchen waren zu weich, die Butter zu hart.

»Soll ich mir vielleicht diesen Klotz aufs Brötchen legen?«, maulte sie, nachdem sie mit dem Messer lustlos an dem Butterstück herumgekratzt hatte. »Man hätte das Ding auch etwas früher aus dem Kühlschrank nehmen können.«

»Stimmt«, pflichtete Julia ihr bei. »Warum hast du es nicht getan?«

»Weil ich vergeblich versucht habe zu schlafen, während ihr einen Mordsterror in der Küche veranstaltet habt.«

»Ja, das ist ein Grund, das sehe ich ein. Entschuldige bitte, dass wir so unsensibel waren, uns um neun Uhr am Morgen schon zu bewegen.«

»Wenn man die ganze Nacht nicht schlafen kann, weil man nicht weiß, ob sich aus dem Nachbarzimmer vielleicht gerade jemand herausschleicht, dann muss man es eben am Morgen versuchen.«

Julia schielte zu Michael hinüber, doch weder er noch Andreas schienen einen Grund zu sehen, sich in das Gespräch einzumischen. Also würde sie sich auch nicht auf dieses Thema einlassen.

»Wie auch immer«, sagte sie und zwang sich zu einem

Lächeln. »Es ist jedenfalls herzerfrischend, den Tag mit dir gemeinsam zu beginnen.«

Martina setzte ihre Kaffeetasse klirrend auf der Untertasse ab und schob den Stuhl geräuschvoll zurück. »Frühstückt doch allein weiter. Das muss ich mir am frühen Morgen nicht antun.« Damit stand sie auf und verließ die Küche.

Eine Stunde später machten sich die Männer auf den Weg zum Supermarkt. Julia war froh, dass Michael sich bereit erklärt hatte, mit Andreas einkaufen zu gehen. Das würde ihn ein bisschen ablenken. Zum Abschied nahm er Julia in den Arm und flüsterte ihr zu: »Wir werden heute einen entspannten Abend haben. Ohne Martina. Ich freue mich darauf.«

»Und ich mich erst«, flüsterte sie zurück und küsste ihn.

Als sie kurz danach das Wohnzimmer betrat, saß Martina mit einem Buch auf der Couch und hatte ein Glas Rotwein vor sich stehen. Die Flasche daneben war zur Hälfte leer.

Martina bemerkte, dass Julia stehen geblieben war, und sah auf. »Was?«

»Nichts, ich habe mich nur gewundert, dass dir um diese Zeit der Wein schon schmeckt.«

Julia rüstete sich für eine typische Martina-Antwort, doch zu ihrer Überraschung musterte die sie nur eingehend und sagte dann: »Möchtest du dich zu mir setzen?«

Julia war so verblüfft, dass sie im ersten Moment zu keiner Reaktion fähig war. Martina fragte sie, ob sie sich zu ihr setzen wollte? Das konnte doch nur eine hinterhältige Finte sein, um dann aus allen Rohren zu feuern.

Vielleicht als Racheakt für den Wortwechsel am Frühstückstisch.

Martina schien ihre Unsicherheit zu bemerken und schaffte tatsächlich ein halbwegs ehrlich wirkendes Lächeln.

»Setz dich ruhig, ich tu dir nichts.«

Julia ließ sich auf einen Sessel sinken und sah Martina erwartungsvoll an. Was kam jetzt wohl?

»Kann ich dir etwas erzählen, das Andreas nicht erfahren darf?«

Julia zuckte mit den Schultern. »Grundsätzlich ja, sofern du nicht von mir verlangst, etwas zu tun, das mir widerstrebt. Ich wundere mich allerdings, dass du überhaupt mit mir reden möchtest. Ich hatte bisher nicht das Gefühl, dass du besonderen Wert auf meine Anwesenheit legst.«

»Das liegt vielleicht daran, dass ich auf die Anwesenheit von überhaupt niemandem großen Wert lege. Ich habe mich im Laufe der letzten Jahre daran gewöhnt, allein zu sein. So sehr, dass ich oft das Gefühl habe, ich ertrage andere Menschen nicht mehr. Deswegen war ich auch nicht sehr begeistert von Andreas' Idee, euch mit hierherzunehmen. Aber letztendlich war es mir lieber, als zwei Wochen mit ihm allein hier festzusitzen. Ich konnte ja nicht ahnen, was auf mich zukommt.«

»Ja, du hast schon mal erwähnt, dass wir quasi eine Notlösung für dich waren.«

»So würde ich es nicht unbedingt bezeichnen, aber das ist auch ein anderes Thema. Ich wollte mich entschuldigen. Wegen heute Morgen.«

Das wurde ja immer verrückter. Eine Martina Wagener, die sich für ihr Benehmen entschuldigte? Jetzt fehlte nur noch, dass Harmsen gleich vor der Tür stand und zugab, Michael zu Unrecht verdächtigt zu haben. In diesem Fall würde Julia wieder anfangen, an den Weihnachtsmann zu glauben.

»Es stimmt, es war nicht gerade einfach heute Morgen. Ich finde es toll, dass du das einsiehst und dich dafür entschuldigst, aber …«

»Moment. Ich habe nicht gesagt, dass ich etwas einsehe. Ich möchte nur verhindern, dass ihr euch alle gegen mich zusammentut und die letzten Tage noch beschissener werden. Dann entschuldige ich mich lieber.«

Und schon war der Weihnachtsmann wieder im Bereich der Fabelwesen angekommen.

»Aber … das ist doch keine Entschuldigung, wenn sie nicht ernst gemeint ist.«

»Warum? Es kann dir doch egal sein, warum ich etwas tue. Musst du denn an allem rummeckern, selbst wenn ich mich entschuldige? Du suchst den Streit, nicht wahr? Du kannst es nicht einfach mal gut sein lassen.«

Julia schüttelte den Kopf und stand wieder auf. Es war hoffnungslos. Wie hatte sie nur annehmen können, Martina würde irgendetwas einsehen.

»Ich habe es mir gerade überlegt. Nein, du kannst mir nicht etwas erzählen, das Andreas nicht wissen darf. Es gibt viele Dinge, die ich möchte, aber eines gehört ganz sicher nicht dazu: mit dir ein Geheimnis zu teilen.«

Julia schaffte es, sich zu beherrschen, bis sie den Raum verlassen hatte und durch die Küche nach draußen gelangt war. Erst dort biss sie sich in die Faust, um zu verhindern, dass sie ihre Wut über die Dünen schrie.

Nachdem wenig später Andreas und Michael zurückgekommen waren und die Einkäufe eingeräumt hatten, zog Julia Michael mit nach oben. Dort drückte sie ihn aufs Bett, kuschelte sich in seinen Arm und berichtete ihm von ihrem Erlebnis mit Martina. Noch während sie erzählte, war von unten Geschrei zu hören. Kurz danach wurde eine Tür geknallt, dann herrschte Ruhe. Julia fragte sich, ob Andreas oder Martina gerade wutentbrannt das Haus verlassen hatte. Wie sich später herausstellte, war es Andreas gewesen. Den Grund dafür erfuhren sie aber nicht, was Julia auch egal war.

Gegen halb sieben machten sie sich für das Abendessen bei Menning fertig. Mit jeder Minute, in der die Abfahrt näher rückte, besserte sich Julias Laune.

Als sie im Auto saßen, das Andreas ihnen zur Verfügung gestellt hatte, nahm sie sich fest vor, Martina für den Rest des Abends aus ihrem Kopf zu verbannen und sich ausschließlich auf Michael und ihren Gastgeber zu konzentrieren. Es versprach, ein interessanter Abend zu werden. Mit Gesprächen, die nicht von bissigen Kommentaren beherrscht wurden.

»Freust du dich?«, fragte sie Michael, als sie aus Norddorf hinausfuhren.

»Ja, schon«, antwortete Michael und starrte angestrengt auf die Straße vor sich.

»Was ist los? Worüber denkst du nach?«

»Ach …« Er atmete tief durch. »Ich werde einfach die Gedanken an diese Morde nicht los. Ich habe mir gerade überlegt, was ich tun würde, wenn jemand mit einer Panne am Straßenrand stehen und uns Zeichen machen würde, dass wir anhalten sollen.«

»Und?«

Er sah kurz zu ihr hinüber. »Ich glaube, ich würde weiterfahren. Ist das nicht schlimm?«

»Nein, Michael, das ist verständlich. Ich habe auch Angst. Die ganze Zeit.«

Das Navigationssystem leitete sie ohne Probleme zu der angegebenen Adresse. Michael parkte den Wagen vor der Garage neben dem Gebäude, und sie stiegen aus.

Das verklinkerte Haus war eineinhalb Stockwerke hoch und hatte einen kleinen, im Licht der Straßenlaterne gepflegt erscheinenden Vorgarten.

Sie hatten den Eingang noch nicht erreicht, als die Tür sich öffnete und Menning ihnen lächelnd entgegentrat. »Herzlich willkommen. Schön, dass Sie da sind.«

»Danke, dass wir kommen durften«, entgegnete Michael und reichte ihm die Flasche Wein, die sie aus Andreas' Regal mit dessen Erlaubnis mitgenommen hatten.

Menning nahm sie entgegen, warf einen Blick auf das Etikett und nickte anerkennend. »Ein guter Tropfen. Den werden wir uns nach dem Essen genehmigen. Aber jetzt kommen Sie erst mal herein. Ich freue mich auf einen schönen Abend mit Ihnen.«

46

Menning hatte in der Küche schon alles so weit vorbereitet, dass er sich zu ihnen in das gemütlich eingerichtete Wohn-Esszimmer setzen konnte. Auf dem geschmackvoll gedeckten Tisch standen eine bereits dekantierte Flasche Sangiovese und drei Gläser. »Ich hoffe, Sie mögen beide Rotwein?«

»Ja, sehr gerne sogar«, antwortete Julia. »Hier im Urlaub trinken wir jeden Abend ein, zwei Gläser.«

»Manchmal auch drei oder vier, wenn es nötig ist«, ergänzte Michael.

Nachdem sie sich zugeprostet und einen ersten Schluck des hervorragenden Weins getrunken hatten, beteuerte Menning nochmals, wie sehr er sich über ihr Kommen freue.

Erst plauderten sie eine Weile über Belanglosigkeiten, doch dann kam Michael recht schnell zu dem Thema, das ihn verständlicherweise am meisten interessierte. »Sie erwähnten, dass Sie einiges über Harmsen erfahren haben.«

Menning nickte mehrmals. »Allerdings. Ich habe ein bisschen herumtelefoniert und meine Kontakte spielen lassen. Der Vorteil, wenn man schon so lange im Dienst ist, wie ich es bin. Dass es quasi niemanden gibt, der Harmsen mag, brauche ich wohl nicht zu erwähnen. Nur ein einziger Kollege, mit dem ich gesprochen habe, lobte ihn und hat sich nach ihm erkundigt. Er hat vor langer

Zeit mal mit ihm zusammengearbeitet. Harmsen scheint damals ein anderer Mensch gewesen sein.«

»Dann muss es ein sehr einschneidendes Erlebnis gegeben haben, das ihn zu dem Kotzbrocken werden ließ, der er heute ist. Und selbst wenn …« Für Julia gab es keine Entschuldigung für Harmsens Verhalten, vor allem Michael gegenüber.

Erneut nickte Menning. »Das gab es offenbar tatsächlich. Irgendwas mit seiner damaligen Frau. Näheres konnte oder wollte mir niemand sagen. Auch dieser ehemalige Kollege wusste nichts davon. Die Zusammenarbeit hat wohl vor Harmsens Ehe stattgefunden. Mittlerweile ist Harmsen seit langem geschieden. Was aber viel interessanter für Sie sein dürfte, ist Harmsens letzter großer Fall.«

Man konnte Menning die Vorfreude darüber ansehen, ihnen die Geschichte erzählen und Harmsen dadurch vielleicht diskreditieren zu können. Genüsslich trank er einen weiteren Schluck, stellte das Glas ab und lehnte sich zurück.

»Der Fall liegt etwa ein Jahr zurück. Es ging um den bestialischen Mord an einem jungen Mädchen. Der Täter hat sie mehrfach vergewaltigt, bevor er sie tötete. Man übertrug die Ermittlungen unserem gemeinsamen Freund, Kriminalhauptkommissar Harmsen, der sich sofort hineinstürzte und innerhalb kürzester Zeit seinen Verdächtigen gefunden hatte. Der Mann war polizeilich bekannt und wohnte in der Nähe. Er hatte für die Tatnacht kein stichhaltiges Alibi, weil er mit dem Auto unterwegs gewesen war. Harmsen bastelte sich aus dem einen oder anderen Indiz seine Theorie zusammen und konzentrierte sich ausschließlich auf diesen Mann, obwohl Kollegen noch jemand anderen im Visier hatten. Schließlich bekam er seinen Haftbefehl, und der Staatsanwalt erhob Anklage. Tja, nur leider meldete sich während des Prozesses eine Frau, die bestätigte, den Mann zur Tatzeit etwa dreihundert Kilometer vom Tatort entfernt an einer Tankstelle gesehen zu haben. Er hat offenbar an sich herumgespielt, während er auf ihr Dekolleté starrte. Der Prozess platzte. Das eigentliche Problem aber war, dass in der Nacht zuvor wieder ein Mädchen vergewaltigt und umgebracht worden war. Der Täter wurde dabei gesehen und konnte identifiziert werden. Es war der Mann, den Harmsens Kollegen von Anfang an im Visier hatten. Bei der Vernehmung gab er schließlich zu, auch das erste Mädchen getötet zu haben. Zumindest das zweite Mädchen könnte also noch leben, wenn Harmsen nicht so borniert gewesen wäre.« Menning sah Michael und Julia beifallheischend an. »Erkennen Sie gewisse Parallelen?«

»Unglaublich«, entfuhr es Julia. »Und nun wiederholt er den gleichen Fehler.«

Auch Michael schüttelte fassungslos den Kopf. »Ich begreife nicht, dass man ihn einfach machen lässt, obwohl man weiß, wie er tickt.«

»Ja, ich verstehe, was Sie meinen. Aber vielleicht hat er jemanden ganz oben, der die Hand über ihn hält?«

»Ich hoffe nur, bei mir wird es nicht so weit kommen, dass ich verhaftet und angeklagt werde.«

»Das hoffe ich auch für Sie.« Menning klatschte in die Hände und stand auf. »So, ich denke, ich kann das Salzwiesenlamm nun aus dem Ofen nehmen.«

»Oh, das ist lecker. Das hatten wir auch schon im *Kleinen Strandhotel*«, sagte Julia erfreut.

»Das war aber sicher nicht so köstlich wie meines. Warten Sie es ab.«

Menning hatte recht. Julia hatte noch nie zuvor solch zarte Lammkoteletts gegessen. Dazu gab es Speckbohnen und Rosmarinkartoffeln. In Verbindung mit dem hervorragenden Rotwein ein wahrer Genuss.

Während des Essens erzählte Menning ein bisschen aus seiner beruflichen Vergangenheit und wurde plötzlich recht still, als Michael fragte, ob er denn gesundheitlich wieder vollkommen hergestellt sei.

»Das werde ich nie wieder sein. Aber ich hatte zehn Jahre Zeit, um mich daran zu gewöhnen.«

Zehn Jahre? »Das verstehe ich nicht«, sagte Julia.

»Der Krebs. Er hat mich nicht zum ersten Mal heimgesucht. Damals war es die Prostata.«

»O nein.« Julia war keine Medizinerin, aber was Menning schilderte, war ungewöhnlich, das wusste auch sie.

»Ich dachte immer, diese Art von Krebs bekommen nur ältere Männer.«

Menning zuckte die Schultern. »Ja, das stimmt. Ältere Männer und ich. Ich hatte eben schon öfter ganz besonderes Glück.«

»Das tut mir sehr leid.«

»Ja, mir auch, wie Sie sich vorstellen können.«

»Aber Sie sagten, Sie werden nie wieder richtig gesund sein«, fragte Michael nach. »Ist diese Sache denn nicht ausgestanden?«

»Der Krebs ist verschwunden.« Menning hatte den Blick auf sein Weinglas gesenkt. »Aber er hat mir eine bleibende Erinnerung hinterlassen. Durch die intensive Bestrahlung sind einige wichtige Körperfunktionen nachhaltig beeinträchtigt worden. Funktionen, die für eine Ehe wichtig sind, verstehen Sie?«

Julia begriff ebenso wie Michael.

»Zwei Jahre hat meine Frau es ausgehalten. Dann ist sie zu einem Kollegen ins Bett gekrochen.«

Julia hätte den Mann am liebsten in den Arm genommen, so leid tat er ihr.

»Und seitdem haben Sie nie wieder … Ich meine, gab es danach noch Beziehungen?«

»Ja, schon. Sie dauerten immer so lange, bis die Frauen herausfanden, dass eine Beziehung mit mir platonisch bleiben würde. Mittlerweile habe ich es aufgegeben. Ich lasse keine Frau mehr so nahe an mich heran, dass sie mir weh tun kann, wenn sie geht. Verstehen Sie das?«

»Ja«, sagten Julia und Michael fast gleichzeitig.

Eine Weile herrschte betretenes Schweigen. Es fiel Julia schwer, nach diesem Geständnis zu einem anderen Thema zu wechseln. Menning half ihr, indem er fragte: »Wie ist das bei Ihnen? Haben Sie vor, bald zu heiraten? Und möchten Sie Kinder bekommen?«

Was sollte sie auf diese Frage antworten? Julia sah zu Michael hinüber, doch der griff bloß nach seinem Glas.

»Ach, wir lassen einfach mal alles auf uns zukommen.« Sie versuchte ein Lächeln und spürte, dass es misslang.

»Aber zwischen Ihnen stimmt doch alles, oder? Ich meine, in dieser schwierigen Situation halten Sie doch sicher zusammen?«

»Das tun wir.« Michael legte seine Hand auf die

von Julia. »Wenn Julia nicht gewesen wäre, hätte ich in den letzten Tagen wahrscheinlich Depressionen bekommen.«

»Und? Wollen Sie Kinder?« Menning wandte sich direkt an Julia und grinste sie an.

Sie fühlte sich zwar nicht wohl dabei, mit einem relativ fremden Mann über so intime Dinge zu sprechen, hatte aber trotzdem das Gefühl, ihm angesichts seiner eigenen Offenheit antworten zu müssen. »Ja, schon. Das wünscht sich doch fast jede junge Frau.«

Michael äußerte sich nicht dazu, stattdessen deutete er auf die leere Weinflasche. »Ist es Ihnen recht, wenn ich die Flasche öffne, die wir mitgebracht haben? Ich möchte zu gerne wissen, ob sie wirklich so gut ist, wie ich glaube.«

»Ja, natürlich. Ich habe sie schon dekantiert. Die Karaffe steht in der Küche auf der Arbeitsplatte.«

Als Michael aufstand, fragte Julia sich, ob er es ihr wohl übelnahm, dass sie Menning gegenüber so offen über ihren Kinderwunsch geredet hatte, verwarf den Gedanken aber wieder. Das war nicht Michaels Art.

Der Wein schmeckte tatsächlich ganz hervorragend, und Julia schaffte es sogar, das Gespräch wieder auf allgemeinere Themen zu lenken. Menning erwies sich dabei als eloquenter und wortgewandter Gesprächspartner, der zu jedem Thema etwas Interessantes zu sagen hatte. Und doch fühlte Julia sich zunehmend unwohler. Es begann mit einem unguten Gefühl im Bauch, dem Hitzeschübe und Schweißausbrüche folgten. War es möglich, dass sie etwas von dem Essen nicht vertragen hatte? Vielleicht lag es an den Speckbohnen, die normalerweise nicht auf ihrem Speiseplan standen. Irgendwann legte Michael ihr die Hand auf den Unterarm und sah sie besorgt an. »Stimmt etwas nicht mit dir? Du siehst so blass aus.«

»Mir geht es nicht so gut«, gab sie zu und wandte sich an Menning. »Es tut mir leid, aber ich glaube, ich möchte lieber nach Hause.« Mennings Enttäuschung war nicht zu übersehen, doch so leid ihr das auch tat, sie würde darauf keine Rücksicht nehmen können. Hilfesuchend wandte sie sich an Michael. Der tätschelte ihre Hand. »Lass uns noch ein paar Minuten warten. Wenn es dann nicht besser ist, machen wir uns auf den Rückweg, okay?«

»Ja, gut.«

Es wurde nicht besser, im Gegenteil. Nach wenigen Minuten beugte Michael sich zu ihr hinüber. »Sollen wir?«

»Ja, bitte. Mir geht es echt nicht gut.«

»Das tut mir wirklich leid. Ich hoffe nur, mit dem Essen war alles in Ordnung«, sagte Menning besorgt, während er gemeinsam mit ihnen aufstand.

Julia nickte vorsichtig. Mittlerweile hatten sich zur Übelkeit auch Kopfschmerzen hinzugesellt. »Bestimmt. Ich muss mich nur ein bisschen hinlegen. Morgen ist es sicher wieder besser.«

Michael musste sie stützen, sonst wäre sie schon beim ersten Schritt gestürzt. Ihre Beine wollten sie einfach nicht mehr tragen. Als sie sich an der Tür von Menning verabschiedet hatten und langsam auf das Auto zugingen, blieb Michael plötzlich stehen. »Komisch«, sagte er und fasste sich an die Stirn, »mir ist plötzlich so schwindlig. Julia? Mein Kopf … wir sollten …«

Immer noch klammerte sie sich an seinen Arm, fühlte

aber, wie er nachgab. Sie sah zu ihm hoch, sah, wie seine Lippen sich bewegten, doch sie hörte nicht mehr, was er sagte. Die Welt wurde geräuschlos. Und dann plötzlich schwarz.

47

Sie fühlte sich elend. In einer Art, wie sie es noch nie zuvor erlebt hatte. Die sie nicht beschreiben konnte. Es war dunkel, eng, kalt, nass … tot? War sie tot? Fühlte es sich so an, wenn die Seele sich vom Körper löste?

Nein. Da waren Schmerzen. Im Kopf, am ganzen, eiskalten Körper. Seelen verspürten keine Schmerzen, sie froren nicht. Und sie spürten sicher auch nicht dieses nasse, erdige …

Etwas berührte sie am Kinn, ganz kurz. Julia wollte es wegwischen, doch sie konnte ihre Hand nicht heben. Panisch versuchte sie, sich zu bewegen. Es ging nicht. Keinen einzigen Millimeter. Sie hörte ihre Stimme, stöhnend, eher im Kopf. Der Wind war heftig, rauschte in ihren Ohren. Windgeräusche. Wieso nahm sie sie jetzt erst wahr? Und warum hatte sie die Augen noch geschlossen? Mit einiger Anstrengung öffnete sie die Lider, brauchte zwei, drei Sekunden, begann dann zu begreifen.

Sand auf ihren Lippen, Sand in ihrem Mund. Und Wasser. Salzwasser. Am Gaumen, auf der Zunge und direkt vor ihr, neben ihr.

Sie war eingegraben worden. Am Strand. So, wie die anderen Frauen, die ermordet worden waren.

»Julia! Julia, kannst du mich hören?«

Das war Michael. Er klang weit entfernt und doch ganz nah. Sie drehte den Kopf ein wenig, konnte nicht viel sehen, weil ihr nasse Haarsträhnen in die Augen hingen. Erkannte schließlich Michaels Schuhe, keinen Meter von ihr entfernt. Er saß im Sand. Im Wasser.

»Michael«, sagte sie, rief sie, »hilf mir, bitte.«

»Ich kann nicht«, schrie er zurück. »Ich bin gefesselt. Bitte …« Er musste den Kopf gedreht haben, sie verstand ihn kaum noch. »Bitte, warum tun … das an? Bitte lassen Sie uns frei. … wenigstens Julia frei. Ich flehe … das Wasser … immer schneller …«

Jetzt erst bemerkte sie das Licht. Es kam von irgendwo schräg hinter Michael.

»Was wollen Sie?«, fragte sie nun auch in die Richtung, aus der das Licht kam. »Können wir irgendetwas tun, damit Sie uns freilassen? Dann sagen Sie es uns bitte.«

Keine Antwort. »Julia.« Wieder Michaels Stimme, die sich durch das Rauschen und Heulen des Windes kämpfte. »Bitte, sieh mich an.«

Sie tat, was er wollte, blickte an seinen Schuhen vorbei und nach oben, konnte sein Gesicht nur erahnen. Das Licht blendete sie.

»Ich versuche es schon die ganze Zeit. Er reagiert nicht. Julia … du weißt, was jetzt geschieht. Es tut mir so leid. So unendlich leid. Bitte, schau mich an.«

Trotz der lauten Geräusche hörte sie, dass die Tränen seine Stimme zu ersticken drohten. Eine Woge Wasser schwappte gegen ihr Gesicht, drang in Nase und Mund. Sie musste husten, konnte gar nicht mehr aufhören. Dazwischen Michaels Stimme, Worte, die sie nicht verstand, die ihr egal waren. Sie musste atmen, brauchte Luft. Hustete. Eine neue Welle, neues, salziges Wasser …

Irgendwann legte sich der Reiz endlich.

»Julia, kannst du wieder atmen?«

»Ja. Aber nicht mehr lange.«

»Es tut mir so unendlich leid. Ich bin schuld. Ich habe dich hierhergebracht. Ich …«

Sie schrie seinen Namen. Wollte nur, dass er mit diesen Selbstvorwürfen aufhörte.

Er verstummte.

»Ich werde sterben, nicht wahr?«, sagte sie. Wahrscheinlich zu leise für Michael. Laut genug, um es sich selbst vor Augen zu führen. Sterben.

Mit einem Mal begann alles in ihr, sich gegen die Erkenntnis zu wehren. Sie riss den Mund auf, es war ihr egal, dass Wasser hineinschwappte. Sie hustete, röchelte, schrie sich die Seele aus dem Leib. Ihr Kopf zuckte wild hin und her, die Muskeln ihres Körpers krampften sich zusammen, wollten alle Kraft, die in ihnen steckte, explosionsartig entladen. Scheiterten. Sie resignierte, bestand nur noch aus Verzweiflung. Und Wut. Da war diese unbändige Wut darüber, dass jemand ihr das antun konnte. Einfach so.

»Lass mich hier raus, du Arschloch. Du verdammtes Schwein. Ich will nicht sterben. Los, lass mich hier sofort ra…« Wieder Wasser. Wieder husten, würgen.

Als sich der Hustenanfall gelegt hatte, hörte sie Michaels Stimme. »Julia. Ich … ich liebe dich.«

Das Wasser stand ihr mittlerweile am Kinn, obwohl sie den Kopf weit in den Nacken gelegt hatte. Es konnte nur noch Minuten dauern …

»Ich liebe dich auch«, sagte sie in den schwarzen Himmel über sich. »Ich will nicht sterben.«

»Du bringst mich besser auch um, du erbärmliches

Schwein«, hörte sie Michaels hysterische Stimme. »Sonst werde ich dich finden, und dann wirst du elend krepieren, das schwöre ich dir. Ich reiße dir die Eingeweide raus.«

Die letzten Worte hatten abgehackt geklungen. Als zerre Michael an seinen Fesseln. »Ich … werde dich … töten, du perverse Sau.«

Er verstummte schlagartig. Alles schien zu verstummen außer dem Wind, der unbeirrbar an Julias Haaren zerrte und an ihren Ohren rauschte. Ihm war es egal, dass er bald an einer Toten zerren würde. Für eine kurze Weile, bis das Wasser sie komplett unter sich begraben hatte.

Nein, sie wollte, sie konnte jetzt nicht sterben. Das war unmöglich. Nicht sie.

Mit einem letzten Aufbäumen sammelte sie alle Kraft und schrie ihre ganze Verzweiflung heraus. Ihre Angst. Es war ein langer, endlos erscheinender Schrei. Er wurde erstickt von der nächsten Welle. Nur Sekunden, dann zog das Wasser sich wieder ein wenig zurück, stand ganz knapp unter ihrer Unterlippe. Sie spuckte, sog gierig die Luft ein und wusste, es blieben ihr nur noch wenige Atemzüge in diesem Leben.

Julia schloss die Augen. Vorbei.

Sie wartete. Darauf, dass ihr kurzes Dasein im Zeitraffer an ihr vorüberzog, wie sie es schon so oft gelesen hatte, in Berichten von Menschen, die ein Nahtoderlebnis gehabt hatten. So wie sie in diesem Moment.

Sie würde keinen Bericht darüber schreiben können. Sie …

Michaels Schrei riss sie aus ihren Gedanken. Er klang nicht unartikuliert wie zuvor, nein, es waren Worte, die er rief. »Hierher«, rief er. »Hilfe! Wir sind hier. Beeilen sie sich. Schnell. Hierher!«

Zu ihrem eigenen Erstaunen war Julia jetzt ganz ruhig. Sie wunderte sich. Warum tat er das? Ihr Verstand war nicht mehr in der Lage, das zu verarbeiten, was sie hörte. Der Kerl, der irgendwo hinter Michael stand, würde nicht kommen und ihr helfen. Das wusste Michael. Warum schrie er dann um Hilfe?

Die nächste Welle. Julia wartete. Vergebens. Das Meer gab ihren Mund nicht mehr frei. Sie starb. Jetzt. Und plötzlich waren da Hände. Finger, die nach ihrem Gesicht tasteten. Hektisch, wild. Etwas riss an ihr. Kratzte über ihre Schulter. Wieder und wieder. Für einen Moment war ihr Mund frei. Ein schneller Atemzug. Dann die Ohren, nur eine Sekunde. Stimmen, die durcheinanderriefen. Und immer wieder diese Hände. Schmerzhaftes Kratzen am Rücken und gleichzeitig an der Brust. Gurgelndes Plätschern vor ihr, hektische Bewegungen, die ihr immer wieder für eine Sekunde den Mund freischaufelten. Atem. Köstliche, kalte Luft. Brennende Lungen.

Julia ergab sich dem Chaos, das um sie herum herrschte, konzentrierte sich instinktiv auf die winzigen Zeitfenster, in denen Mund und Nase vom Wasser befreit waren. Irgendwann drehte sich die Welt. Oben war unten, links war rechts. Ein reißendes Gefühl am ganzen Körper, Schmerzen überall, ein hartes Auftreffen auf dem Rücken. Spritzendes Wasser. Dann kehrten die Geräusche der Welt zurück, scharf und laut. »Wir haben sie«, schrie jemand. »Sie atmet!«

Julia riss die Augen auf, starrte in ein Gesicht. Es wirkte unförmig. Angestrahlt von irgendwoher. Die Perspektive … Das Gesicht musste über ihr sein.

»Hallo!« Eine Hand näherte sich ihrer Wange, tätschelte sie.

»Können Sie mich verstehen?«

Ja, wollte sie sagen, aber sie dachte es wohl nur.

»Sie lebt, sie ist bei Bewusstsein!. Schnell, einen Arzt.«

Einen Arzt. Sie lebt … sie lebt!

Wieder drehte sich Julias Welt.

Dieses Mal von hell nach dunkel.

48

Julia schlug die Augen auf und wähnte sich in einem Albtraum. Über ihr ein undefinierbares, milchiges Weiß, Stimmen um sie herum, die sie nicht kannte. Kälte.

Etwas berührte ihren Arm, sie zuckte zusammen. Dann eine bekannte Stimme. Michael. Gott sei Dank.

Sie drehte den Kopf zur Seite. Ihr Blick wurde klarer. Das hier war eine Art Untersuchungszimmer. Michael stand zwei Meter neben ihr, eine Hand erhoben. Vor ihm ein anderer Mann, der an seinem Gelenk herumhantierte.

»Michael«, sagte sie. Es klang krächzend, heiser. Nicht wie ihre Stimme. »Was ist passiert?« Noch während sie es aussprach, sprang die Erinnerung sie an wie ein bösartiges Tier. Der Strand, das Wasser. Sie war eingegraben worden. So, wie die beiden anderen Frauen. Und nun lag sie auf einer Art Behandlungsliege auf dem Rücken, fühlte sich entsetzlich, aber … sie lebte.

Michael ließ den Mann einfach stehen und kam zu ihr, legte ihr die Hand auf den Unterarm und lächelte sie an. »Wir haben Glück gehabt. Großes Glück.«

Julia versuchte, sich aufzurichten, brauchte dazu zwei Anläufe und bemerkte erst jetzt, dass sie nackt in Decken eingehüllt war. Sie raffte die Decke vor ihrer Brust zusammen, schwankte ein wenig, doch dann saß sie aufrecht auf der Liege.

»Was ist geschehen? Wer hat mich da rausgeholt?«

Sie sah die Verletzungen an Michaels rechtem Handgelenk. Tiefe, blutige Abschürfungen, die von den Fesseln stammen mussten. Es sah schlimm aus und musste höllisch weh tun. Um das andere Gelenk lag schon ein breiter, weißer Verband.

»Polizisten. Sie patrouillierten am Strand entlang. Ich habe den Schein Ihrer Taschenlampe gesehen und geschrien wie verrückt. Aber wir hatten doppeltes Glück. Meine Schreie haben sie nicht gehört, aber sie haben das Licht gesehen, mit dem der Kerl uns angestrahlt hat.«

Julias Puls begann sofort zu rasen. »Was ist mit ihm? Haben sie ihn erwischt? Wer ist es?«

»Leider nicht«, mischte sich eine Stimme hinter ihr ein. Julia drehte sich um und sah den noch recht jungen Polizeibeamten an, der sich an einem hilflosen Lächeln versuchte. »Als wir bei Ihnen ankamen, war er verschwunden. Die Lampe war auf einem Stock befestigt, der im Sand steckte.«

»Das heißt – er könnte es wieder versuchen?«

»Ja, das heißt es leider. Aber es werden noch weitere Kollegen kommen. Wir werden das komplette Gebiet so engmaschig kontrollieren, dass er keine Chance mehr hat. Ich bin sicher, wir erwischen ihn.«

»Julia.« Sie wandte sich wieder zu Michael um.

»Dr. Mehrfeld ist der Meinung, du solltest dich im Krankenhaus auf Föhr untersuchen lassen. Ich fände das auch eine gute …«

»Auf keine Fall. Ich möchte hier weg. Von Amrum, Föhr, Sylt, egal. Ich möchte aufs Festland. Nach Hause.« Sie schob die Füße über den Rand der Liege und ließ die Beine herunterhängen. »Kannst du mir bitte was zum Anziehen …«

Die Tür flog auf, und Harmsen und sein Partner stürmten ins Zimmer. Harmsen blieb stehen und betrachtete Julia so eingehend, dass sie die Decke vor ihrer Brust ein wenig enger zusammenzog. Michael beachtete er überhaupt nicht.

»Ich möchte alles von Ihnen hören. Was genau ist passiert? Wie hat er Sie überwältigt? Was haben Sie vorher gemacht? Und vergessen Sie nichts.«

»Entschuldigen Sie mal«, wandte Dr. Mehrfeld ein, »die Frau steht unter Schock. Sie wäre gerade fast ertrunken. Könnten Sie sich ein bisschen zurückhalten?«

Harmsen fuhr herum. »Erzählen Sie mir nicht, wie ich meinen Job machen soll. So nah wie jetzt waren wir dem Kerl noch nie. Ich muss sofort alles wissen, nur dann haben wir vielleicht eine Chance, diesen Irren zu stoppen. Also hören Sie auf mit Ihrem Arztgerede.«

Den Blick wieder auf Julia gerichtet, wiederholte er: »Was genau ist passiert?«

Julia schluckte mehrmals. Sie hatte ein fürchterliches Kratzen im Hals. »Kann ich bitte ein Glas Wasser haben?«

Mehrfeld füllte einen Becher mit Leitungswasser und reichte ihn ihr. Nachdem sie getrunken hatte, sah sie Harmsen an.

»Bevor ich irgendetwas sage, möchte ich eine Antwort von Ihnen. Glauben Sie immer noch, dass Michael der Täter ist?«

Es dauerte eine Weile, und nach einem langen Blick zu Michael konnte sich Harmsen zu einer Antwort durchringen.

»Nein, das tue ich nicht.«

So schlecht Julia sich auch fühlte, diesen Moment genoss sie trotzdem. »Wäre dann jetzt nicht der richtige Zeitpunkt für eine Entschuldigung?«

Von einem Moment auf den nächsten stand eine senkrechte Falte über Harmsens Nasenwurzel.

»Ich werde einen Teufel tun, mich für meine Arbeit zu entschuldigen. Vieles hat auf Herrn Altmeier als Täter hingedeutet. Es gibt keinen Grund für eine Entschuldigung. Und jetzt möchte ich von Ihnen wissen, was geschehen ist. Oder wollen Sie bewusst verhindern, dass der Täter gefasst wird?«

Nein, das wollte sie sicher nicht. Also begann sie zu erzählen. Von Mennings Einladung, wie sie empfangen worden waren, was sie gegessen hatten, worüber sie geredet hatten und dass ihr plötzlich schlecht geworden war. Die Geschichte über Harmsens letzten Fall ließ sie aus. Hier und da ergänzte Michael etwas, was sie vergessen hatte.

»Als wir dann auf das Auto zugingen, musste Michael plötzlich stehen bleiben, weil ihm schwindlig wurde. Danach weiß ich nichts mehr.«

»Weil du ohnmächtig geworden bist«, erklärte Michael und fuhr, an Harmsen gewandt, fort: »Ich konnte sie noch auffangen und langsam auf den Boden gleiten lassen, dann ist auch mir schwarz vor Augen geworden. Als ich wieder zu mir kam, saß ich gefesselt vor diesem Holzpfahl. Julia war neben mir bis zum Hals eingegraben. Sie kam erst etwa zwei Minuten nach mir wieder zu Bewusstsein.«

»Haben Sie etwas von dem Kerl gesehen? War er da?«

»Er war da, ich habe mitbekommen, wie er die Lampe

aufgestellt hat. Aber ich habe ihn nicht gesehen. Und gesprochen hat er auch kein einziges Wort.«

»Wissen Sie, wie Sie an den Strand gekommen sind?«

»Nein, wie gesagt, ich muss genau wie Julia ohnmächtig gewesen sein.«

»Ihr Auto wurde ganz in der Nähe des Strands gefunden.«

Michael zuckte mit den Schultern. »Ich weiß nicht, wie es dort hingekommen ist.«

Harmsen stellte noch ein paar Fragen, dann nickte er seinem Partner zu. »Fahren wir zu Menning.«

»Wir werden morgen früh die Insel verlassen«, erklärte Michael. Die Art, wie er das sagte, ließ keinen Zweifel daran, dass Harmsen ihn tatsächlich festnehmen müsste, um ihn auf der Insel zu behalten.

»Von mir aus«, spuckte Harmsen aus, dann verließen er und Diedrichsen den Raum.

Michael streichelte Julia über die Wange und schenkte ihr ein warmes Lächeln. »Wir gehen jetzt packen. In ein paar Stunden sind wir auf der Fähre. Jetzt wird alles gut.«

Sie nickte. »Ich hoffe es.«

Überzeugt würde sie davon allerdings erst sein, wenn sie in Dagebüll die Fähre verlassen hatten und auf dem Weg nach Hause waren.

49

Sie rasten von der Arztpraxis aus direkt nach Nebel zu Menning. Ein weiterer Streifenwagen mit Seebald, Knepper und drei Kollegen der SoKo folgte ihnen.

Dass ausgerechnet Menning hinter diesen furchtbaren Morden stecken könnte, hätte Jochen nicht für möglich gehalten. Aber leider stand es den Menschen nicht auf die Stirn geschrieben, dass sie Mörder waren.

Er erinnerte sich an sein Gespräch mit dem Mann. Und daran, wie verzweifelt er gewesen war.

Nach etwa fünf Minuten erreichten sie das Haus. Während Harmsen, Jochen und Seebald an der Vordertür standen, schlichen die anderen Kollegen mit gezogenen Waffen ums Haus herum.

Eine ganze Weile regte sich auf ihr Klingeln hin nichts im Haus. Sie wollten sich schon abwenden, als die Tür geöffnet wurde und Menning vor ihnen stand. Er starrte sie aus geröteten Augen an und wirkte vollkommen desorientiert. Hatte er wirklich den Nerv gehabt, sich schlafen zu legen?

»Wo waren Sie in den letzten beiden Stunden?«, bellte Harmsen ihn ohne Umschweife an.

»Hier. Ich … war bewusstlos. Was wollen Sie von mir?«

»Bewusstlos? Das können Sie Ihrer Großmutter erzählen.«

»Aber warum … was ist denn los?«

»Das wissen Sie doch ganz genau. Jemand hat versucht, Julia Schönborn umzubringen und offensichtlich auch Michael Altmeier. Am Strand, auf die gleiche Art und Weise, auf die auch die beiden anderen Frauen getötet worden sind. Und ich denke, dieser Jemand waren Sie. Ich nehme Sie fest wegen des Verdachts auf dreifachen Mord und zweifachen Mordversuch.«

Harmsen nickte Seebald zu. Während der auf Menning zuging und ihm Handschellen anlegte, zog Harmsen sein Handy aus der Tasche und orderte die Spurensicherung herbei. Menning wehrte sich nicht und ließ sich auch widerstandslos zu dem Einsatzfahrzeug bringen. Er machte auf Jochen den Eindruck, als begreife er nicht, was gerade mit ihm geschah. Aber das konnte natürlich auch gespielt sein.

Auf der Fahrt zur provisorischen Einsatzzentrale beantwortete Menning keine von Harmsens Fragen und sprach auch sonst kein Wort. Er saß im Heck neben Seebald und starrte vor sich hin. Hier und da rieb er sich über den linken Oberarm und verzog dabei das Gesicht.

Erst als sie sich in einem der für die SoKo umfunktionierten Räume des Ferienhauses gegenübersaßen, erzählte er. Von dem Essen mit Altmeier und seiner Lebensgefährtin, dass Julia Schönborn irgendwann über Übelkeit geklagt hatte und dass es auch ihm plötzlich schlechtgegangen war.

»Vielleicht hat mit dem Essen etwas nicht gestimmt.«

»Weiter«, knurrte Harmsen. »Was passierte dann?«

»Ich habe die beiden zur Tür begleitet. Da musste ich mich schon abstützen, weil mir schwindlig wurde. Ich habe noch gesehen, dass Herr Altmeier sich an den Kopf gegriffen hat. Von da an weiß ich nichts mehr, bis ich wieder aufgewacht bin. Das war kurz bevor Sie gekommen sind.«

»Wo sind Sie aufgewacht?«, fragte Jochen. »An der Haustür?«

Wie schon mehrmals zuvor im Auto legte Menning die Hand auf seinen linken Oberarm und verzog das Gesicht.

»Nein, ich lag im Flur auf dem Boden. Die Tür war geschlossen. Hören Sie … ich weiß nicht, was da passiert ist, aber ich habe nichts damit zu tun. Ich habe das Haus nicht verlassen. Wie auch? Ich war die ganze Zeit besinnungslos.«

Harmsen stützte die Ellbogen auf den Tisch, der zwischen ihnen und Menning stand. »Wenn es am Essen gelegen hat – wie erklären Sie sich dann, dass Sie zwei Stunden länger weggetreten waren als Altmeier und Schönborn?«

»Das weiß ich doch auch nicht.«

»Und was ist mit Ihrem Arm?« Harmsen deutete auf die Stelle.

»Keine Ahnung. Er tut weh.«

»Zeigen Sie mal her.«

Menning öffnete den Knopf und schob den Hemdsärmel so weit nach oben, bis ein kleiner Bluterguss zu sehen war. Während Jochen sich wunderte, dass diese kleine Stelle so schmerzhaft sein sollte, beugte Harmsen sich noch weiter nach vorn und kniff die Augen zusammen.

»Was ist das?«

»Ich weiß es nicht. Das hatte ich vorher noch nicht.« Menning betrachtete seinen Arm genau. »Das muss bei meinem Sturz passiert sein. Oder als jemand mich in den Flur gezogen hat, damit er die Tür schließen konnte.«

»Ja. Oder bei Ihren Grabungsarbeiten am Strand.«

»Was? Ich …« Mit einer wütenden Bewegung zog Menning den Ärmel des Hemds wieder nach unten. »Das ist doch absolut irrsinnig. Ich sage jetzt nichts mehr ohne Anwalt.«

Harmsen nickte. »Gut, dann sperren wir Sie für den Rest der Nacht ein. Morgen geht's ab aufs Festland in Untersuchungshaft. Da können Sie dann Ihren Anwalt hinzuziehen.«

Harmsen nickte Seebald zu, der die ganze Zeit über neben ihnen an der Wand gestanden hatte, woraufhin der auf Menning zuging. »Na komm, Hans-Peter«, sagte er sanft. »Gehen wir.« Jochen wartete, bis die beiden den Raum verlassen hatten.

»Glauben Sie, Menning ist unser Mann?«

Harmsen stand auf und ging zur Tür. Die Hand auf der Klinke, drehte er sich noch einmal um und sah Jochen an.

»Was denken Sie?«

Jochen zuckte die Schultern. »Ich hätte es ihm nicht zugetraut, aber so, wie die Dinge im Moment stehen … ich denke, er könnte es gewesen sein.«

»Ja, könnte er«, antwortete Harmsen und stieß die Tür auf.

50

Sie standen, die Hände in den Taschen vergraben und die Kragen hochgeschlagen, am Pier in Wittdün und warteten. Auf Andreas und Martina Wagener, auf Julia Schönborn und auf Michael Altmeier.

Die Fähre hatte schon angelegt, Fahrzeuge verließen über die große Rampe den stählernen Bauch. Fußgänger und Radfahrer benutzten einen schmalen Bereich auf der Seite.

Harmsen hatte Jochen sehr früh aus dem Bett geworfen. Schon bei dem hastigen Frühstück im *Kleinen Strandhotel* war Jochen aufgefallen, dass sein Partner sich anders verhielt als sonst. Nicht, dass seine Laune besser oder er Jochen gegenüber freundlicher gewesen wäre. Nein, er war … hektischer. Fast wirkte er nervös. Wobei Jochen sich darüber nicht wunderte. Schließlich würde an diesem Morgen Harmsens bisheriger Hauptverdächtiger die Insel verlassen. Und er wollte unbedingt dabei sein, wenn Altmeier die Fähre betrat. Jochen war gespannt, wie sein Partner sich dem Mann gegenüber verhalten würde.

Sie mussten etwa zwanzig Minuten warten, bis Wagener sein Auto in die mit einer weißen Linie gekennzeichnete Wartespur für die Fähre lenkte und hinter zwei wartenden Fahrzeugen zum Stehen kam.

Harmsen setzte sich in Bewegung, als der Motor abgestellt wurde, Jochen folgte ihm.

Als sie etwa zwei Meter neben dem Wagen stehen

blieben, wurden die Türen geöffnet, und die Insassen stiegen aus. Wagener schüttelte den Kopf, als könne er nicht glauben, dass Harmsen tatsächlich zur Anlegestelle gekommen war.

»Guten Morgen. Ich wundere mich, Sie hier zu sehen. Nachdem Sie uns erst nicht von der Insel abfahren ließen, wollen Sie sich jetzt wohl persönlich davon überzeugen, dass wir auch wirklich abreisen, oder?«

Jochen entging nicht, wie fürchterlich Julia Schönborn aussah. Dunkle Schatten unter ihren Augen ließen darauf schließen, dass sie wenig bis gar nicht geschlafen hatte. Was er auch durchaus verstehen konnte, nach dem, was sie durchgemacht hatte. Normalerweise hätte sie ein paar Tage in einem Krankenhaus medizinisch und psychologisch betreut werden müssen. Sie hatte die Arme vor der Brust verschränkt, die Schultern hochgezogen und fror offensichtlich.

Harmsen wandte sich an Altmeier, der auf der anderen Wagenseite stand. »Ich würde gerne noch ein paar Worte mit Ihnen reden.«

»Haben Sie immer noch nicht genug angerichtet?«, fuhr Martina Wagener ihn plötzlich an. »Hätten Sie sich nicht so idiotisch auf Michael eingeschossen und stattdessen nach dem wahren Täter gesucht, wäre den beiden dieses fürchterliche Erlebnis erspart geblieben.«

»Schon gut«, wiegelte Altmeier ab und kam um das Fahrzeug herum.

»Warten Sie hier«, raunte Harmsen Jochen zu.

Als Altmeier ihn erreicht hatte, sagte Harmsen: »Kommen Sie«, wandte sich um und ging los. Altmeier folgte ihm, während Wagener ihm sichtlich nervös hinterhersah.

Nach ein paar Schritten hörte Jochen Harmsen sagen: »Ich möchte mich bei Ihnen entschuldigen.«

Fassungslos sah er den beiden zu, wie sie noch etwa zwanzig Meter weitergingen und dann stehen blieben.

Harmsen entschuldigte sich bei Altmeier. So viel Anstand hätte Jochen ihm definitiv nicht zugetraut.

Er konnte nichts von dem verstehen, was die beiden sagte, aber an Altmeiers Körperhaltung und Gestik erkannte er, dass dieser die Entschuldigung alles andere als gnädig aufnahm. Wer konnte es ihm verdenken. Nach allem, was Harmsen ihm in den letzten Tagen an den Kopf geworfen hatte, und vor allem nach den Erlebnissen der letzten Nacht, konnte Jochen gut verstehen, wenn Altmeier sich nicht mit einer einfachen Entschuldigung abspeisen ließ. Plötzlich aber änderte sich Altmeiers Gesichtsausdruck. Hatte er am Anfang der Unterhaltung noch ungehalten, geradezu wütend gewirkt, lag nun ein breites Grinsen auf seinem Gesicht, als er sich von Harmsen abwandte und zum Auto zurückkehrte.

Ohne Jochen eines Blickes zu würdigen, ging er um den Wagen herum und stieg ein. Auch alle anderen stiegen wieder ein, denn das erste Fahrzeug vor ihnen rollte gerade auf die Fähre zu.

Harmsen machte keine Anstalten, zu Jochen zurückzukommen, also ging der zu ihm hinüber.

»Was haben Sie mit Altmeier besprochen? Er schien erst sauer zu sein und dann recht fröhlich.«

»Ich habe mich bei ihm entschuldigt.«

»Ja, das habe ich noch gehört. Und das fand ich auch sehr anständig von Ihnen. Aber was hat Altmeier die ganze Zeit gesagt?«

»Er hat meine Entschuldigung nicht angenommen und mir ausgiebig erklärt, warum«, antwortete Harmsen und ging auf den Streifenwagen zu. »Kommen Sie, wir haben was Wichtiges zu erledigen.«

Jochen konnte sich vorstellen, welch eine Genugtuung es für Altmeier gewesen sein musste, Harmsen offen seine Meinung sagen zu können. Kein Wunder, dass er anschließend zufrieden gegrinst hatte.

Jochen wartete, bis Wageners Auto langsam an ihm vorbeifuhr und dann im Inneren der Fähre verschwand.

Dann folgte er Harmsen, der den Wagen bereits erreicht hatte. Kurz bevor Jochen einstieg, warf er noch einen Blick zur Fähre hinüber und sah, wie ein einzelner Mann die Rampe betrat. Er kannte diesen Mann.

Es war Adam Damerow.

51

Er steht an der Reling, die Hände auf dem hölzernen Handlauf abgestützt. Sein Blick ist auf die Insel gerichtet, von der sie sich langsam entfernen.

Den anderen ist es zu kalt hier draußen. Er ist allein. Und er ist rundum zufrieden, obwohl er nicht herausgefunden hat, was er wissen wollte. Sein Triumph über die Polizei im Allgemeinen und diesen Harmsen im Besonderen gleicht das wieder aus.

Harmsen. Welch ein Einfaltspinsel. Wie hat er sich von ihm manipulieren lassen, lenken wie eine Marionette, die an den Fäden hing, an denen *er* gezogen hat, wann immer er es wollte.

Natürlich, letztendlich war es das, was er im Sinn hatte, nämlich dass die Polizei sich von ihm nach Lust und Laune gängeln lässt. Aber ein bisschen mehr fordern hätte Harmsen ihn schon können. Sich auch um andere mögliche Täter kümmern, die eigene Phantasie anstrengen, statt nur blind und gierig einen Köder nach dem anderen zu schlucken, den er ihm präsentiert hat.

Die Brieftasche, der Ohrring … Spuren, die so plump waren, dass er fest davon ausgegangen war, einen erfahrenen Polizisten damit nicht locken zu können.

Sofort, als er an der Frau die auffälligen Ohrringe gesehen hat, die es überall auf der Insel zu kaufen gab, stand sein Plan fest. Er hat ein gleiches Paar in einem Souvenirladen gestohlen und sie Julia geschenkt. Um dann einen davon wieder verschwinden und erst am eigenen Jackenärmel wieder auftauchen zu lassen. Was für ein unterhaltsamer Moment, als Harmsen dachte, er hätte ihn überführt. Nur um im nächsten Augenblick deutlich vor Augen geführt zu bekommen, *wer* der Herr im Ring ist. Mit Julias argloser Hilfe.

Julia … Er stößt ein kurzes Lachen aus. Wie meisterhaft er schon seit Jahren den liebenden Partner spielt. Und das, obwohl er nur kopiert, was er bei anderen sieht. Verhalten, Mimik, Gestik … Aber nichts von dem, wodurch diese *Liebe* ausgedrückt wird, versteht er. Und doch spielt er es glaubhaft vor, Tag für Tag.

Leider wird das auch so weitergehen müssen, weil er sein zweites großes Ziel nicht erreicht hat. Die Liebe zu verstehen. Er hatte gehofft, den Kern dieser Emotion mit Hilfe seiner Probanden zu begreifen. Sozusagen aus zweiter Hand zu erfahren. In dem Moment, in dem ihnen klar wurde, dass sie ihre große Liebe verlieren, hätte das Gefühl am stärksten sein müssen. Am intensivsten spürbar. Aber sie haben alle versagt. Selbst sein letzter Versuch mit Julia hat kein Ergebnis gebracht, obwohl die Chance viel größer gewesen war als bei den anderen Paaren. Er hatte gespannt in sich hineingehorcht, ob sich eine unbekannte Emotion bei ihm einstellen würde, doch bis auf Neugierde war da nichts gewesen. Und ein bisschen Erheiterung angesichts Julias Versuch, möglichst lang die Luft anzuhalten.

Dass die Polizisten sie entdecken würden, hatte er als eine der Möglichkeiten einkalkuliert. Den Zeitpunkt konnte selbst er nicht voraussehen. Wären sie ein bisschen später gekommen, gäbe es keine Julia mehr. Jetzt lebt sie also weiterhin an seiner Seite, aber das ist egal, sie ist ihm ja meist recht nützlich.

Er beugt sich weiter vor, betrachtet die weißen Schaumkronen auf dem Wasser, lächelt.

Er hat nicht nur den perfekten Mord, sondern die perfekte *Mordserie* begangen. Harmsen weiß, wer der Täter ist. Aber er kann ihm nichts beweisen, und auch das weiß er. *Das* ist wahre Genialität. Einen Mord zu begehen und ihn als Unfall darzustellen – ein Kinderspiel. Er aber hat mehrere Probanden getötet und selbst die Spuren gelegt, die zu ihm führten. Und der Polizei trotzdem keine Chance gelassen, es ihm beweisen zu können.

Wie meisterlich er alles geplant hat.

Das Betäubungsmittel im abendlichen Wein, das Julia und die Wageners die ganze Nacht tief und fest schlafen ließ, wenn er unterwegs war. Das andere Mittel im Wein beim Abendessen in Mennings Haus, das dafür sorgte, dass es Julia und Menning zusätzlich übel wurde, kurz bevor die Lichter ausgingen. Die Betäubungsspritze, die er Menning in den Oberarm verpasst hatte, so dass er eine ganze Weile länger weggetreten war und nicht auf die Idee kam, jemanden anzurufen, während Michael Julia am Strand eingrub.

Sich selbst an den Pfahl zu fesseln, nachdem er Julia eingegraben hatte, war gar nicht so einfach gewesen, aber er hatte sich vorbereitet und eine Schlinge konstruiert, die sich selbst derart zuzog, dass sie aussah wie von einem anderen angelegt. Die Macht des Verstandes. Alles bis ins kleinste Detail durchdacht … und alles hat genial funktioniert.

Schon die Planung war perfekt gewesen. Die großen

Schwimmtiere, mit denen er die Löcher im Sand offen hielt, hatte er, ebenso wie die Pumpe und die Betäubungsmittel, in seinem Gepäck versteckt und mitgebracht.

Das Seil, das er in Andreas' Jackentasche gesteckt und dann erstaunt selbst herausgezogen hatte, war hingegen ein spontaner Einfall gewesen. Eine Chance für Martina, ihren Mann bei der Polizei in ein schiefes Licht zu rücken. Die sie ungenutzt verstreichen ließ. Auch gut.

Er hatte in dem Moment mit der Planung begonnen, als feststand, dass sie mit den Wageners nach Amrum fahren würden und ihm schlagartig klar wurde, dass das seine Chance war. Dass er endlich jemandem seine Genialität beweisen konnte, statt sich hinter der Fassade des tumben Normalbürgers verstecken zu müssen. Gleichzeitig konnte er den Versuch starten, dieses seltsam abstruse Gefühl zu verstehen. Das war dann leider ein Schlag ins Wasser gewesen. Ärgerlich, aber verschmerzbar.

Die Insel ist schon so weit entfernt, dass keine Einzelheiten mehr erkennbar sind.

Amrum. Welch schöne Erfahrungen ihm diese Tage doch ermöglicht haben. Er wird sicher noch öfter daran zurückdenken. Aber es lohnt sich auch, nach vorn zu blicken. Den Gedanken aufzugreifen, den er vor ein paar Tagen hatte. Seine Schwester. Er wird seiner Schwester einen Besuch abstatten und an alte Zeiten anknüpfen. Seine Gedanken verlassen Amrum, wandern in der Zeit zurück. Und wenden sich erst wieder der Gegenwart zu, als das Anlegemanöver in Dagebüll beginnt.

Er geht ein Stück zur Seite, um die Anlegestelle zu

sehen. Eine Gruppe Menschen steht dort vor einer Reihe geparkter Fahrzeuge und schaut dem Schiff entgegen. Es sind Polizisten. Und ganz vorn steht Harmsen.

52

Sein Verstand läuft auf Hochtouren. Arbeitet mit einer Intensität, die er normalerweise nur zu einem Bruchteil nutzt. Als die schweren Dieselmotoren mit einem letzten Zittern des Schiffskörpers verstummen, hat er die Lösung. Er weiß, was die Polizeipräsenz zu bedeuten hat. Es gibt nur diese eine Möglichkeit.

Die Erkenntnis lässt ihn ruhig werden. Kalt. Bar jeder Emotion. Er konzentriert sich auf seinen letzten Triumph. Darauf, Harmsen zu zeigen, dass er auch in diesem Fall bereits weiß, was kommen wird.

Ohne sich um die anderen zu kümmern, verlässt er die Fähre. Er geht auf Harmsen zu und bemerkt aus den Augenwinkeln, dass Julia, Andreas und Martina schon dort stehen. Sie sehen ihn an. Alle sehen ihn an. Das ist gut.

Vor Harmsen bleibt er stehen. Lächelt.

»Waren Sie verdrahtet, oder hatten Sie ein Diktiergerät in der Tasche? Wie auch immer, es nutzt Ihnen nur, wenn alles aufgezeichnet wurde. Also los, spielen Sie es uns vor.«

Wortlos zieht Harmsen beide Hände aus der Tasche. In der einen liegt ein digitales Aufnahmegerät, in der anderen ein zusammengeknäueltes Kabel mit einem kleinen Mikrophon, an dem noch ein Klebestreifen hängt.

Harmsen drückt auf eine Taste des Aufnahmegerätes und schaut Michael dabei unentwegt in die Augen.

Rauschen ist zu hören, dann Harmsens Stimme: »Ich möchte mich bei Ihnen entschuldigen.« Wieder Rauschen, dann spricht Harmsen weiter. »Ich habe Ihnen Unrecht getan, das tut mir sehr leid. Ich habe mich so verrannt, dass ich gar nicht bemerkt habe, dass Sie zu solchen Taten nicht fähig wären.«

»Was soll das denn heißen?« Seine eigene Stimme.

»Wir sind die Morde noch mal Schritt für Schritt durchgegangen. Die Planung, die Durchführung … das alles war so perfekt durchdacht, dass es dazu eines ausgeprägt analytischen Verstandes bedarf und … verstehen Sie mich nicht falsch, aber … den haben Sie nicht. Sie sind ein netter Kerl, ein bisschen naiv, und vermutlich war es genau diese Naivität, die ich die ganze Zeit über für perfekte Tarnung gehalten habe. Mein Fehler, es tut mir ehrlich leid. Wahrscheinlich war es tatsächlich Menning. Ich bin sicher, der hat weitaus mehr auf dem Kasten, als er uns glauben machen möchte. Aber das braucht Sie nicht zu interessieren. Wichtig ist: Ich bin absolut sicher, dass Sie nichts mit diesen Taten zu tun haben, und wollte mich deshalb bei Ihnen entschuldigen.«

Eine Pause entsteht, bevor wieder seine eigene Stimme zu hören ist. Leise, aber scharf.

»Sie unfähiger, kleingeistiger Versager. Sie haben doch tatsächlich nicht die Spur einer Ahnung, mit wem Sie es hier zu tun haben. Die ganze Zeit über haben Sie geglaubt, dass ich es war, haben nicht lockergelassen, obwohl sie nichts Handfesteres hatten als ein paar lächerlich schwache Indizien. Sie konnten nichts beweisen. Natürlich nicht. Und Sie können es noch immer nicht. Aber ausgerechnet jetzt geben Sie auf? Warum? Weil meine

Freundin im Sand gesteckt hat und ich so bedauernswert hilflos war und gefesselt danebensaß? Ach, Harmsen, Sie sind ja ein noch traurigerer Polizist, als ich bisher dachte.«

Ein paar Sekunden lang hörte man nichts anderes als Harmsens Atemzüge. Dann wieder seine Stimme. »Was soll der Quatsch?«

»Na, was denken Sie?« Michael selbst, triumphierend. »Natürlich war ich es. Wer denn sonst, Sie Idiot? Menning? Dieses erbärmliche, halbtote Männchen?« Michael lachte.

»Was? Sie? Aber … die Brieftasche, der Ohrring …«

»Alles von mir arrangiert. Hätte ich das nicht getan, wären Sie doch nie auf meine Spur gekommen. Dann hätten wir kein Spiel gehabt. Alles, was Sie gefunden haben, alles, was Sie zu mir geführt hat, habe ich Ihnen präsentiert. Und nun … nun wissen Sie es mit Sicherheit und können trotzdem nichts tun, weil Sie nichts gegen mich in der Hand haben. Ach, und danke für die Entschuldigung, hat mich sehr erheitert. Für die Zukunft wünsche ich Ihnen mehr Erfolg bei ihren nächsten Fällen und verabschiede mich. Wer weiß, vielleicht bin ich ja jetzt auf den Geschmack gekommen. Achten Sie einfach auf ungelöste Fälle.«

Die Aufnahme ist zu Ende. Stille. Michael weicht Harmsens Blick nicht aus, als der das Gerät abschaltet.

»Warum haben Sie mich noch auf die Fähre gehen lassen?«

»Ich wollte, dass Sie sich in Sicherheit wiegen. Ich wollte, dass Sie sich an dem Gedanken, wie Sie es uns gezeigt haben, während der ganzen Überfahrt aufgeilen.

Damit der Sturz so tief wird, dass er vernichtend für Sie ist.«

»Vernichtend? Immerhin bleibt mir die Genugtuung, zu wissen, dass Sie mich nie bekommen hätten, wenn ich kein Geständnis abgelegt hätte. Ich war einfach zu schlau für Sie.«

Harmsen schüttelte den Kopf. »Das sehe ich anders. Ich habe Sie bekommen, weil Ihnen der dümmste aller Fehler unterlaufen ist. Sie haben sich selbst verraten. Ich wusste, wenn ich Sie an ihrem wunden Punkt packe, Ihrer Arroganz, werden Sie genau so reagieren, wie ich das möchte. Ich habe den Köder ausgelegt, Sie haben ihn geschluckt. Und darüber hinaus haben Sie noch einen weiteren, äußerst stümperhaften Fehler begangen. Sehr dumm.«

Dumm? Etwas passiert in seinem Kopf. Er hört seinen eigenen Schrei, wirft sich nach vorn, prallt gegen Harmsen. Seine Hände schießen hoch, schließen sich um den Hals des Polizisten, drücken zu. Von allen Seiten stürzen Schatten auf ihn zu, er wird gepackt, weggerissen. Er fällt zu Boden, sofort sind da Arme, Beine, Hände … Er kann sich nicht mehr bewegen, wird auf den Bauch gedreht. Handschellen klicken um seine Handgelenke, man reißt ihn hoch. Wieder steht er vor Harmsen, starrt ihn an. Nun von zwei Männern flankiert und festgehalten.

»Welchen Fehler habe ich angeblich noch begangen?«

»Diesen.« Julias Stimme. Neben ihm. Mit einem Ruck wendet er ihr den Kopf zu. Sie steht da, sieht ihm regungslos in die Augen, bevor sie ihm die geöffnete Hand entgegenstreckt. Darin liegen zwei kleine Leuchttürme. Die Ohrringe.

»Einen hatte ich noch, einer hing an deiner Jacke«, sagt sie, während Tränen über ihre Wangen laufen.

»Macht zusammen zwei. Beim Kofferpacken heute früh wollte ich dir helfen. Ich hatte deine Unterwäsche und deine Strümpfe schon eingepackt, da fand ich das in einem der Socken.«

Sie hebt die andere Hand, streckt sie ihm entgegen, öffnet sie. Darin eine kleine, durchsichtige Tüte mit einem Ohrring. Ein Leuchtturm.

»Macht zusammen drei.«

Sie wendet sich ab, macht zwei Schritte, dreht sich noch mal zu ihm um. »Wie konnte ich mich nur so sehr täuschen?«

Er schaut ihr nach, wie sie zu den anderen geht, bei denen jetzt dieser Adam Damerow steht. »Du?«, fragt sie. »Warum bist du hier?«

»Deinetwegen«, antwortet er.

Michael wendet den Blick ab. Uninteressant.

»Frau Schönborn hat mich heute früh angerufen und mir von dem Ohrring erzählt«, sagt Harmsen. »Da wusste ich, ich habe Sie am Arsch. Und ich muss sagen, von allen bescheuerten Mördern, die ich bisher erlebt habe, sind Sie mit Abstand der dämlichste.«

Michael starrt Harmsen wortlos an. Dann beginnt er zu grinsen. Drei Sekunden, vier … bis er von den beiden Polizisten, die ihn noch immer festhalten, abgeführt wird.

Widerstandslos lässt er es geschehen. Er denkt an die Nacht, als er mit dem Ohrring zurückkam. Als er damit das Zimmer betrat, in dem die Wageners betäubt in ihrem Bett lagen. Sein Grinsen wird noch breiter.

Wir werden sehen, wer von uns dämlich ist, denkt er. *Nämlich dann, wenn ich beteuere, das Geständnis dir gegenüber in einem Zustand geistiger Verwirrung abgegeben zu haben. Als Folge des psychischen Drucks, dem ich durch dich ausgesetzt war.*

Spätestens aber dann, wenn ihr die Fingerabdrücke und genetischen Spuren von Andreas Wagener auf dem Ohrring findet.

Arno Strobel
Der Trakt
Psychothriller
368 Seiten
Band 18631

»Und wer bist du wirklich?«

Der Weg durch den nächtlichen Park, der Überfall – all das weiß sie noch, als sie aus dem Koma erwacht. Ihre Erinnerung ist völlig klar: Sie heißt Sibylle Aurich, ist 34 Jahre alt, lebt mit Mann und Kind in Regensburg. Sie scheint fast unversehrt. Und doch beginnt mit ihrem Erwachen eine alptraumhafte Suche nach sich selbst. Zwar hat Sibylle ihr Gedächtnis behalten, die Welt aber hat offenbar die Erinnerung an Sibylle verloren: Ihr Mann kennt sie nicht, von ihrem eigenen Hochzeitsfoto starrt ihr das Gesicht einer Fremden entgegen, und niemand hat je von ihrem Sohn Lukas gehört! Wurde er entführt? Hat er nie existiert? Und wem kann sie überhaupt noch trauen?

Fischer Taschenbuch Verlag

fi 18631 / 1

Arno Strobel
Das Wesen
Psychothriller
Band 18632

Wie gefährlich ist Gerechtigkeit?

Die Aachener Kripo erhält einen anonymen Hinweis: Ein Mädchen soll verschwunden sein. Bei ihren Recherchen erleben die Kommissare Seifert und Menkhoff eine große Überraschung: Der Vater des angeblich verschwundenen Kindes ist Dr. Joachim Lichner, ein Psychiater, den sie viele Jahre zuvor wegen Mordes an einem kleinen Mädchen verhaftet haben und der in einem spektakulären Indizienprozess zu einer langjährigen Haftstrafe verurteilt worden ist. Als die Beamten ihn mit erneuten Verdächtigungen konfrontieren, leugnet Dr. Lichner, überhaupt ein Kind zu haben. Er sei unschuldig, genau wie damals. Will ihn jemand zum zweiten Mal hinter Gitter bringen – für ein Verbrechen, das er nicht begangen hat? Warum setzt Kommissar Menkhoff nach all den Jahren alles daran, Lichner ein weiteres Gewaltverbrechen nachzuweisen? Und warum verstrickt sich der Psychiater bei jedem Verhör in immer stärkere Widersprüche, als es um seine frühere Lebensgefährtin geht? Ein erbittertes Psychoduell nimmt seinen schrecklichen Lauf …

Fischer Taschenbuch Verlag

fi 18632 / 1

Arno Strobel

Das Skript

Psychothriller

Band 19103

»Etwas Dünnes, Kaltes strich über ihr Schulterblatt. Langsam, von links nach rechts und wieder zurück. Sie hielt die Luft an, wurde beherrscht vom dröhnenden Schlag ihres Herzens. Dann explodierte der Schmerz.«

Eine Studentin bekommt per Post rätselhafte Botschaften zugeschickt – auf Menschenhaut geschrieben. Die Polizei verdächtigt den früheren Bestsellerautor Christoph Jahn: In dessen Roman schneidet ein Serienkiller jungen Frauen die Haut vom Körper, um darauf den Anfang seines Romans, der von allen Verlagen abgelehnt worden ist, auf schreckliche Weise neu zu schreiben ...

»Das Buch ist fesselnd vom ersten bis zum letzten Wort!«
Alex Dengler über ›Der Trakt‹

»Arno Strobel ist hier eine Punktlandung in Sachen Psychothriller gelungen, so geschickt baut er Spannung auf, steigert sie, und kann gegen Ende sogar noch zulegen.«
Melanie Richter, KrimiKiosk.de, über ›Das Wesen‹

Fischer Taschenbuch Verlag

fi 19103 / 1

Arno Strobel
Der Sarg
Psychothriller
Band 19102

Alles nur ein schlimmer Traum?

Sie wacht auf. Es ist dunkel. Zu dunkel. Sie kann nichts erkennen. Kein Lichtschein durch die Jalousien, keine Leuchtziffern auf dem Wecker. Nichts. Sie will sich aufrichten. Es gelingt ihr nicht. Ihr Kopf schlägt dumpf gegen Holz. Sie ist gefangen. Sie liegt in einem Sarg. Und niemand hört sie schreien.

»Meisterhaft spielt Arno Strobel mit den Nerven seiner Leser. Hochspannung pur!«
Nele Neuhaus

Fischer Taschenbuch Verlag

Arno Strobel
Das Rachespiel
Psychothriller
Band 19694

»Erfüllst du deine Aufgabe, kommt er frei. Erfüllst du sie nicht, wird er sterben.«

Frank Geissler glaubt an einen Scherz, als er die Website aufruft: Ein Mann, nackt, am Boden festgekettet, in Todesangst. Daneben ein Käfig voller Ratten, unruhig, ausgehungert. Frank kann den Mann retten, heißt es. Aber nur wenn er Teil des »Spiels« wird. Angewidert schließt er die Website, doch kurz darauf ist der Mann tot. Und Frank schon mittendrin in einem Spiel, bei dem es um Leben und Tod geht.

»Arno Strobel gehört zu den besten deutschen Thrillerautoren.«
Für Sie

fi 19694 / 1

Arno Strobel
Das Dorf
Psychothriller
Band 19834

Panik, Todesangst, das ist es, was Bastian Thanner in der Stimme seiner Exfreundin hört, als sie ihn völlig unerwartet anruft. Über zwei Monate ist es her, dass Bastian Anna zuletzt gesehen hat, als sie Hals über Kopf und ohne Erklärung einfach verschwunden ist. Jetzt braucht sie dringend seine Hilfe, sie bangt um ihr Leben. Bastian macht sich sofort auf die Suche nach Anna und gelangt in ein Dorf an der Müritz, das ihm von Anfang an unheimlich ist. Zu Recht …

»Es gibt nur wenige Autoren, die mit ihren
Büchern aber immer auf der Bestsellerliste landen.
Einer davon ist Arno Strobel.«
Bayerischer Rundfunk

fi 19834 / 1